I0691219

ANDREW GREY
PEINTURE
PAR
NUMERO

ANDREW GREY
PEINTURE
PAR
NUMERO

Publié par
DREAMSPINNER PRESS

5032 Capital Circle SW, Suite 2, PMB# 279, Tallahassee, FL 32305-7886 USA
www.dreamspinnerpress.com

Ceci est une œuvre de fiction. Les noms, les personnages, les lieux et les faits décrits ne sont que le produit de l'imagination de l'auteur, ou utilisés de façon fictive. Toute ressemblance avec des personnes ayant réellement existé, vivantes ou décédées, des établissements commerciaux ou des événements ou des lieux ne serait que le fruit d'une coïncidence.

Peinture par numéro
Copyright de l'édition française © 2022 Dreamspinner Press.
Titre original : Paint by Number
© 2020 Andrew Grey.
Première édition : septembre 2020
Traduit de l'anglais par Emmanuelle Guilluy.

Illustration de la couverture :
© 2020 Kanaxa.
Conception graphique :
© 2022 L.C. Chase.
http://www.lcchase.com
Les éléments de la couverture ne sont utilisés qu'à des fins d'illustration et toute personne qui y est représentée est un modèle

Tout droit réservé. Aucune partie de ce livre ne peut être reproduite ou transférée d'aucune façon que ce soit ni par aucun moyen, électronique ou physique sans la permission écrite de l'éditeur, sauf dans les endroits où la loi le permet. Cela inclut le photocopiage, les enregistrements et tout système de stockage et de retrait d'information. Pour demander une autorisation, et pour toute autre demande d'information, merci de contacter Dreamspinner Press, 5032 Capital Cir. SW, Ste 2 PMB# 279, Tallahassee, FL 32305-7886, USA www.dreamspinnerpress.com.

Édition e-book en français : 978-1-64108-394-2
Édition imprimée en français : 978-1-64108-395-9
Première édition française : mars 2022
v 1.0

Édité aux États-Unis d'Amérique.

Pour Karen Rose. Je lui ai parlé de l'Alaska, et elle m'a dit que je devais écrire une histoire se déroulant là-bas, alors c'est elle la responsable. Et pour Dominic, dont le soutien ne faiblit jamais.

I

DEVON STARR se tenait près du mur de la galerie et poussa un soupir de soulagement. L'ouverture de sa nouvelle exposition semblait s'être bien passée. Il avait bavardé avec chaque personne présente, et l'excitation avait été palpable. À en juger par les étiquettes rouges sur les cadres, il avait vendu un grand nombre d'œuvres. C'était tout l'intérêt de cet exercice, même si personne, à part Roz, la propriétaire et gérante de la galerie, ne semblait vouloir en parler. Non, au contraire, pendant toute la soirée, il avait parlé de l'inspiration pour une œuvre ou de ce qu'il avait essayé de capturer dans l'image. Certains aficionados avaient déjà compris ce que Devon exprimait à travers son art, selon eux, et voulaient voir s'ils avaient raison.

Pourtant, il y avait encore des personnes qui discutaient tout bas, et leurs conversations étaient les plus intéressantes.

— Nous devrions simplement acheter et faire un bon investissement. Les peintures partent rapidement, et toute son œuvre va prendre de la valeur.

Puis ils se précipitaient vers le personnel de la galerie, et quelques minutes plus tard, un point rouge apparaissait sur le cadre… et un morceau de l'âme de Devon s'envolait vers le plus offrant.

D'accord, c'était peut-être vrai autrefois qu'il mettait une part de lui-même dans chacune de ses œuvres, mais ces dernières années… Devon n'avait même pas réalisé ce qui se passait avant qu'il ne soit trop tard – son esprit semblait bien s'être recroquevillé sur lui-même. Dans les œuvres qui étaient accrochées sur ces murs actuellement, l'art était bon, mais elles ne contenaient pas une partie de lui, pas comme dans ses anciennes œuvres. Peut-être qu'il était le seul à le voir, mais il le savait.

— Tu t'en es bien sorti, dit Roz alors qu'elle semblait flotter jusqu'à lui, un verre de vin blanc à la main.

Devon se détourna pendant une seconde. Quand son regard revint vers elle, le verre à vin avait été posé sur une table à côté, et elle continua :

— Nous avons vendu la moitié des œuvres rien que ce soir, et d'autres personnes arrivent et sont intéressées par le reste.

Elle sourit, et Devon le lui rendit.

— Merci. Je suis content, répondit-il.

1

La source de toute son énergie était vide et avait désespérément besoin d'être remplie, ce qui, ici à New York, signifiait dormir durant les deux prochains jours et réfléchir à ses prochains projets.

— Roz.

Andy, son assistant et bras droit, s'approcha discrètement d'eux.

— Oh, salut, Devon, ajouta-t-il en lui serrant la main. J'ai quelque chose que, selon moi, vous devriez tous les deux voir.

Il inclina la tête vers le bureau et ouvrit ensuite la marche jusque là-bas avant de refermer la porte derrière eux. Andy indiqua du doigt un grand écran.

— J'ai obtenu ça par politesse, mais ce sera publié demain.

Il pencha l'écran, et Devon lut la critique.

— La dernière exposition de Devon Starr, qui a fait sensation dans le monde de l'art il y a tout juste quatre ans, semble… en manque d'inspiration. Les œuvres sont techniquement bonnes, mais elles manquent de vivacité et ne paraissent pas bondir de la toile comme le faisaient ses œuvres précédentes. J'ai été fan du travail de cet artiste depuis que j'ai vu sa première exposition, et je dois admettre que j'en étais tombé à la renverse. Mais ses dernières œuvres semblent tomber un peu à plat.

La critique continuait sur une vue d'ensemble de l'exposition, et Devon passa à la fin.

— Le travail de Devon Starr continue d'être bon, et un bon art vaut la peine d'être accroché sur un mur, mais un art génial inspire l'âme… et c'est exactement ce qui manque à ces œuvres.

Roz pâlit, et Devon eut du mal à respirer. Il ne pouvait pas dire que le critique avait tort, mais ses échecs avaient été exposés pour que le monde entier les voie, et cela faisait mal, même s'il savait que c'était vrai.

— Qu'allons-nous faire ? demanda-t-il, l'estomac noué.

— Vendre ce que nous pouvons et passer à autre chose, répondit Roz.

Devon ne pouvait supporter de regarder les mots plus longtemps. Ils commençaient à lui faire mal aux yeux. Ce qui restait de son énergie semblait s'écouler rapidement comme un ruisseau, et il ne pouvait rien faire pour l'arrêter.

— J'ai besoin d'un verre. Peut-être toute une bouteille de Jack Daniels.

Il ne plaisantait pas. L'envie le frappait tout à coup comme un train de marchandises, et il inspira par le nez, puis expira par la bouche.

— Devon, je… commença Roz en saisissant fortement ses mains. Tu sais que ce n'est pas la réponse.

— Bien sûr que c'est la réponse, soupira Devon. Ce sont les premières œuvres que j'ai réalisées en étant totalement sobre. Peut-être que j'ai besoin d'être soûl pour puiser dans l'énergie et la partie de mon âme que ces gens me demandent.

Ses mains tremblaient. Andy attrapa une chaise et le guida pour s'y asseoir.

— Non. Ce n'est pas la réponse. Ceci est un revers mineur, et tu as besoin de prendre un peu de temps pour laisser l'inspiration venir à toi.

Roz serra doucement ses épaules, mais Devon le ressentit à travers des nuages et du coton, comme s'il était détaché de tout ça.

Elle les contourna pour venir se tenir devant lui.

—Andy, peux-tu ramener Devon chez lui, s'il te plaît ? Il n'y a rien de plus à faire ici ce soir. C'est l'avis d'une seule personne, et tout le monde, ce soir, a aimé les œuvres. S'il te plaît, réfléchis à tout ça avant de faire quelque chose d'inconsidéré, supplia-t-elle, son visage plein de rides d'inquiétude.

Devon prit une grande inspiration en se relevant de la chaise.

— Ça ira pour moi, dit-il pour elle… et pour lui-même aussi.

Il n'allait pas perdre la bataille durement gagnée contre la bouteille à cause d'une foutue critique. Il avait travaillé dur pour ça, et la guerre allait continuer pour le reste de sa vie. Il y avait des moments où elle menait des attaques bien plus proches de ses défenses que d'autres, et à cet instant, les Huns étaient à la porte, à deux doigts de l'abattre, mais elle tenait bon, et Devon s'assurerait que cela reste comme ça.

— Ramène-moi simplement chez moi.

Roz ne semblait pas convaincue, mais Devon était fatigué et avait besoin de manger. Il suivit Andy hors de la galerie et le long de l'escalier de service. Une Hyundai blanche était garée sur le parking. La voiture avait définitivement connu des meilleurs jours, mais Devon y grimpa et laissa Andy conduire sur la Sixième Avenue chaotique, puis tourner à gauche dans sa rue calme de Greenwich Village.

— Tu es sûr que ça va aller ?

— Oui. Ça va aller pour moi, promit-il à Andy, ainsi qu'à lui-même.

Ça irait pour lui. Les Huns se retiraient déjà un peu, et plus il pouvait réfléchir, plus il consolidait ses défenses.

Devon sortit de la voiture, remercia Andy de l'avoir déposé, et lui dit au revoir de la main.

Il prit une grande bouffée de l'air nocturne et toussa presque à l'odeur. C'était New York, et Devon était prêt à parier qu'il pourrait porter un bandeau et des bouchons d'oreille, et quand même savoir exactement où il était grâce aux odeurs combinées de poubelle, d'urine et des gens. C'était déprimant s'il y réfléchissait, alors il repoussa l'idée et marcha jusqu'à la petite épicerie du coin, qui se préparait à fermer. Devon entra vite et prit un sandwich et quelques salades froides, paya, puis retourna à son immeuble et grimpa les escaliers vers son loft/studio à deux étages. Il déverrouilla et fit glisser la porte coulissante, la referma et s'enferma à l'intérieur.

Il sortit un soda du réfrigérateur, s'assit à la table et mangea machinalement. Il savait qu'il donnait seulement l'impression de faire quelque chose, qu'il faisait semblant depuis un moment. Il ne vivait pas, il existait simplement, et il avait besoin de sortir de cette coquille et de retourner dehors. Bien sûr, être dehors signifiait les boîtes de nuit, danser et de l'alcool, de l'alcool, de l'alcool.

Allait-il devoir à moitié se soûler à mort afin de produire son art, la seule chose qui lui donnait l'impression d'être vivant et d'en valoir la peine ? C'était la grande question, et selon Martin Trucmuche, le critique d'art, la réponse semblait être oui.

L'idée était sacrément effrayante, mais cela avait du sens pour lui. Malgré tout, ce n'était qu'une seule personne, continuait-il à se dire tandis qu'il mangeait son dîner.

Après avoir jeté les emballages, Devon se dirigea vers la salle de bain. Il enleva ses habits de gala et se doucha, essayant de faire partir la puanteur de l'échec et de la frustration, mais elle semblait s'accrocher à lui de manière permanente. Abandonnant, il coupa l'eau, s'essuya et éteignit toutes les lumières avant de se mettre au lit dans le seul espace séparé du reste du loft ouvert. Les fenêtres du sol au plafond de l'espace principal, qui laissaient entrer toute la lumière naturelle pendant la journée, accueillaient les lumières de la ville durant la nuit, ce qui aurait rendu le sommeil impossible pour lui. Heureusement, une fois qu'il fut dans sa chambre sombre, l'inconscience l'enveloppa. Mais seulement pour un temps.

LA VILLE était inhabituellement calme, mais le cerveau de Devon ne l'était pas. Trois heures du matin, et il déambulait dans le loft, tournant en rond comme un tigre en cage et ne sachant pas quoi faire. Normalement, il peignait, mais cette satanée critique traînait dans sa tête, et la pensée de prendre un pinceau l'effrayait. Alors il laissait les choses là où elles étaient et faisait simplement les cent pas.

Devon ferma les yeux et essaya de faire apparaître une image digne d'intérêt, n'importe quoi qui pourrait inspirer quelque chose. Il se tint debout devant ses fenêtres, avec vue sur la rue, mais rien ne lui vint. C'était comme si la source qui débordait de sensations depuis son âme s'était asséchée. Mais Devon savait que c'était pire que ça. Son âme s'était affamée et dépérissait. C'était la seule explication.

Peut-être qu'il était fini et que le don, comme tant de personnes l'appelaient, était parti. Peut-être que c'était vraiment venu d'une bouteille. Et si c'était le cas, alors cela n'existait plus, et Devon devrait trouver son chemin sans.

Un seul coup fut frappé à la porte d'entrée, résonnant à travers le loft comme un gong. Devon avança et déverrouilla, puis ouvrit la porte.

— Tu ne dors jamais, putain ? demanda-t-il alors qu'il reculait.

Son ami Stephen entra dans le loft d'un pas désinvolte, portant un sac dans une main et une caisse de Coca dans l'autre.

— J'ai vu la critique et j'ai pensé que tu serais debout devant ces fenêtres, te demandant ce que tu allais faire. J'ai ramené de la crème glacée menthe-pépites de chocolat et Mississippi Mud, alors pose tes fesses, nous allons nous goinfrer jusqu'à faire une overdose de sucre et nous réveiller dans un monde nouveau.

Devon se laissa tomber sur le canapé.

— As-tu de nouveau regardé *Sex and the City* ?

Il prit la menthe-chocolat et retira le couvercle.

Stephen alla dans la cuisine et revint avec des cuillères, puis ouvrit quelques canettes de soda. Il attrapa la crème glacée fondante au chocolat noir et s'assit près de Devon.

— Ne sois pas une garce. Je suis ici avec des offrandes et du réconfort, alors n'en chie pas une pendule. Je t'ai pris du soda sans caféine. J'ai pensé qu'après tout ce sucre, la caféine ferait exploser nos têtes.

— Est-ce que ça a de l'importance ? questionna Devon en secouant la tête. Si ce foutu truc explose, je n'aurai plus à lire d'autres critiques sur le fait que je n'ai plus d'inspiration.

Stephen prit une énorme bouchée, puis posa le pot sur la table.

— Tu te plains depuis des mois que tu te sens vide, et pourtant tu as continué à peindre. Maintenant quand quelqu'un t'interroge là-dessus, tu boudes et deviens tout rabat-joie avec moi.

Il chipa le pot dès que Devon tendit la main pour s'en saisir. Après avoir pris chacun une autre bouchée, ils échangèrent les parfums.

— Donc les choses sont difficiles actuellement. Et alors? Trouve quelque chose qui t'inspire, sors et peins-le. Tu as eu du succès et tu as de l'argent, alors dégage de la ville, change de décor et trouve quelque chose pour recharger ton âme.

Il faisait paraître ça si facile, Devon prit une bouchée de la crème glacée au chocolat, fredonnant au fondant intense et fermant les yeux.

— C'est facile à dire pour toi, dit-il avant de boire un peu de soda. Tu sais, ça ressemble beaucoup à la fac. Tu te souviens?

— Oui, excepté que je ne finirai pas au lit avec toi, et que nous ne nous réveillerons pas demain, avec toi broyant du noir et mon postérieur sacrément endolori à cause de ce bâton entre tes jambes. J'ai déjà donné… ricana Stephen. Cela a presque gâché notre amitié.

— Je doute que ma queue ait quelque chose à voir avec ça, déclara Devon en le rejoignant dans son hilarité. C'était plutôt le fait que nous pensions être amoureux et avons essayé d'être plus que des amis.

Seigneur, quel désastre cela avait été. Devon aimait Stephen de tout son être, mais ils n'étaient en aucun cas faits pour être amoureux l'un de l'autre.

— Plus nous avons essayé, pire c'était.

— Nous n'étions pas si mauvais, contra Devon, se sentant grognon et un peu tyrannisé.

— Tu ronflais assez fort pour réveiller les morts, se plaignit Stephen.

— J'avais une déviation de la cloison nasale, qui a été réparée depuis, merci bien. Et n'oublie pas que tu parles en dormant, répliqua Devon en pensant qu'ils pouvaient être deux à jouer à ça. Et tu ne ramassais jamais rien. Ce dortoir était déjà assez petit sans traverser ta course d'obstacles de linge sale.

— Et tu étais maniaque sur la place de chaque chose.

Stephen fit ressortir sa lèvre inférieure en une moue qui avait été mignonne… dix ans plus tôt.

— Seulement pour pouvoir tout retrouver sans tout mettre en pièces, expliqua Devon.

— Et pourtant, tu réussissais quand même à perdre ta clé au moins trois fois par semaine, rétorqua Stephen avec un grand sourire. Oui, il y avait définitivement une raison pour laquelle les choses n'ont pas fonctionné entre nous. Mais dès que nous avons arrêté tout ce truc du petit ami… et que je suis retourné dans mon dortoir habituel… tout est revenu à la normale.

— Excepté ta fascination anormale pour ma queue, insista Devon avec à son tour un sourire.

Stephen leva les yeux au ciel.

— D'accord. Il y a une chose qui a toujours fonctionné. Toi et moi sommes géniaux au pieu.

Ils avaient été le plan cul de l'autre quelques fois au fil des ans, et cela avait fonctionné. Pas de long terme, pas d'engagement, juste une soirée avec un ami qui se terminait par du sexe renversant. Oui, cette partie des choses, ils connaissaient par cœur. Le reste… Absolument hors de question.

Devon prit une autre bouchée et bâilla.

— Allez, nous devrions ranger et dormir un peu. Veux-tu rentrer chez toi?

La fatigue s'installait. Une fois que Stephen eut secoué la tête, Devon mit la crème glacée au congélateur, puis Stephen et lui allèrent se coucher.

C'était agréable de ne pas être seul, et assez vite, Stephen roula sur le côté et s'endormit, Devon le suivant rapidement.

SA BOUCHE donnait l'impression qu'il avait passé la nuit à boire. Devon fit claquer ses lèvres et sortit du lit, laissant Stephen dormir. Il s'arrêta à la porte de la chambre, regardant en arrière et souriant. Son ami était profondément endormi, et Devon se demanda pour la millionième fois pourquoi ils ne semblaient pas pouvoir faire fonctionner une relation.

Puis Stephen se retourna, pétant bruyamment, et Devon ricana tout bas et se dirigea vers la salle de bain. Il avait définitivement sa réponse.

Se brosser les dents lui donna l'impression d'être plus humain, et il se rasa avant de retourner dans la chambre, où il s'habilla en silence avant de quitter la pièce, laissant Stephen dormir aussi longtemps qu'il le voulait.

Devant les immenses fenêtres, son travail l'attendait, une toile sur le chevalet. Il la regarda et secoua la tête, l'enlevant. Cette œuvre était tout comme les autres à l'exposition, et elle devait être mise de côté. Il pensa à peindre Stephen, mais même cette idée fit chou blanc. Il n'y avait rien du tout qu'il voulait faire ; rien pour allumer un feu dans son ventre et lui faire ressentir quelque chose.

Stephen sortit de la chambre en boxer, se grattant les fesses.

— Flemmarde simplement et regarde la télévision pendant quelques jours, dit-il.

— Tu sais, tu pourrais avoir un petit ami ou peut-être un mari si tu n'agissais pas autant comme un vieux mec marié et hétéro.

— Trou du cul, rétorqua Stephen en lui faisant un doigt d'honneur et démarrant une cafetière.

— Peut-être, mais je ne suis pas celui qui gratte le sien comme s'il avait une MST.

Devon se détourna de la fenêtre et cligna des yeux plusieurs fois. Son téléphone commença à sonner, et il le ramassa, reconnaissant l'indicatif téléphonique 907 comme étant chez lui, mais le numéro ne lui fut pas immédiatement familier.

Il répondit, circonspect, s'attendant à moitié à ce que ce soit un démarcheur téléphonique masquant son numéro avec un qui lui était familier.

— Allô ?

— Devon ? demanda la voix, qu'il reconnut immédiatement.

— Mme Fitzgerald ? Oh, c'est bon d'entendre votre voix.

Il ferma les yeux, et des images de chez lui – l'endroit qu'il avait quitté depuis des années par nécessité émotionnelle – le submergèrent de nouveau.

— Trésor… Je souhaiterais avoir de meilleures nouvelles. C'est ton père.

Il n'avait jamais entendu une telle tristesse dans sa voix. Mme Fitz était le genre de personnes que la tragédie suivait, mais elle continuait simplement avec la même vision des choses : « le soleil se lèvera demain. »

— Qu'est-ce qu'il a ? Je lui ai parlé la semaine dernière, et tout allait bien, dit Devon, l'inquiétude montant en lui.

— Il ne va pas bien. Ton père a fait un léger AVC il y a deux jours. Il ne va pas trop mal, et les médecins disent que, s'il se repose et mange correctement, il peut s'en remettre, mais il est assis tout seul dans ce chalet toute la journée et toute la nuit, ou il descend au Comptoir d'Échange et mange ce qu'ils servent et boit bien trop. C'est ce qui a causé tout ça, je le sais. Toute cette horrible nourriture grasse.

— Où est-il actuellement ? demanda Devon.

— Ton père est à l'hôpital à Anchorage. Joe et moi irons le chercher dans quelques jours. Ils veulent qu'il se repose, mais ils sont sûrs qu'il ne le fera pas une fois rentré chez lui. Tout ça combiné avec le fait que le médecin le plus proche est à Wasilla, à 65 km d'ici. Alors ils veulent s'assurer qu'il est stable et en voie de guérison. Il peut rester ici pendant quelques semaines, bien sûr, mais je pensais que nous devions te mettre au courant. Seigneur, cet homme est têtu comme une mule.

— Ça explique pourquoi il n'a pas appelé pour dire ce qui lui arrivait, indiqua Devon avec un peu d'amertume.

— Tout à fait probable, assura-t-elle, avant de marquer une pause et de dire quelque chose à l'écart du téléphone. Est-il possible que tu viennes et que tu restes avec lui, du moins pendant un petit moment ? Il a besoin de sa famille. Joe et moi comprendrons si c'est trop pour toi et si tu es occupé, avec ta vie, ton succès et tout.

Les mots auraient pu paraître secs, mais son ton ne l'était pas.

Devon prit quelques secondes pour regarder l'espace autour de lui et soupira. Il se sentait vide et plus déprimé qu'il ne se souvenait de l'avoir été un jour. Les seules choses qui l'empêchaient d'aller au débit de boisson du coin étaient ses amis et soutiens, qui l'aimaient et lui botteraient les fesses d'ici jusqu'à l'au-delà s'il ne buvait ne serait-ce qu'une goutte, Stephen et Roz parmi eux. Ils l'aimaient assez pour intervenir s'il en avait besoin.

— Laissez-moi mettre quelques affaires en ordre et voir ce que je peux faire, d'accord ? Je vous rappellerai avant la fin de la journée, et merci de me l'avoir dit.

C'était le moins qu'il pouvait faire dans son état de pilotage automatique et sans caféine.

— Trésor, bien sûr. Tu es de la famille, et il a besoin de toi. Ce vieux bouc ne s'en rend simplement pas compte.

— Merci.

Il dit au revoir et raccrocha le téléphone.

— Était-ce… un appel du nord gelé ? Mon Dieu, tu ne m'emmèneras jamais là-bas. Je me gèlerais le cul, et je l'apprécie où il est, merci, déclara Stephen en se tournant pour jeter un coup d'œil à ses fesses. Tu ne trouves pas qu'il s'affaisse un peu ? Il n'y a rien de pire qu'un type qui vieillit et ne réalise même pas que son cul est sur le point de rencontrer l'arrière de ses genoux.

— Concentre-toi un peu, réclama Devon en prenant la tasse de café que Stephen lui offrait. Mon père a fait un micro-AVC. Il est à l'hôpital et va apparemment assez bien. Ils vont bientôt le renvoyer chez lui.

Il sirota sa tasse et s'assit, devenant de plus en plus engourdi à chaque seconde.

— Veux-tu que je t'aide pour les préparatifs du voyage ? Je peux surveiller ton appart pour toi pendant que tu es parti.

Devon haussa les épaules.

— Voyons, c'est ton père. Il a besoin de ton aide, asséna Stephen en s'asseyant à côté de lui, hanche contre hanche. Si mon père me disait qu'il a besoin de mon aide… enfin, ce serait une fois qu'il aurait gelé en enfer. Après m'être relevé d'être tombé dans les pommes, je serais là pour lui. C'est mon père.

— Même après toutes ces années de disputes ?

— Bien sûr. J'ai mon fonds fiduciaire, grâce à Grand-père, et Papa ne peut rien y faire désormais. De plus, s'il doit demander mon aide, ce serait comme ravaler sa fierté et ses couilles tout en même temps.

Stephen rejeta la tête en arrière et rigola.

— C'est ce que je pensais.

— Oui, d'accord, la situation avec mon père est merdique. Mais ce n'est pas comme ça avec le tien. Tu l'aimes. Alors monte dans un avion, vole jusqu'à ce putain d'Alaska et prends soin de lui pendant quelques semaines. Il a eu un AVC et il aurait pu mourir. Veux-tu que le téléphone soit le seul moyen de lui parler… ? Je ne pense pas.

— Les choses sont… compliquées, grogna Devon.

— Elles le sont toujours, mais on y fait face, affirma Stephen en sortant son téléphone. Il y a un vol qui part demain matin à la première heure de LaGuardia. Tu changes d'avion à Seattle et vas jusqu'à Anchorage.

Il commença à appuyer comme un fou sur les touches.

— Qu'est-ce que tu fais ?

— Je te prends un billet. Première classe tout du long, chéri, expliqua-t-il tout en continuant à pianoter. D'accord. Je t'ai eu un pick-up de location à Anchorage, alors tu pourras prendre la route jusqu'à cette toute petite ville où vit ton père. Et une voiture passera te chercher demain matin devant chez toi pour t'emmener à l'aéroport. Maintenant, appelle cette charmante dame qui t'a dit ce qui se passait. Je t'ai envoyé les détails et ton itinéraire par mail pour que tu puisses lui envoyer.

Stephen rangea son téléphone et croisa les bras sur son torse.

— As-tu toujours été aussi autoritaire ? s'interrogea Devon.

— Oui. Autoritaire est mon deuxième prénom, répondit-il, avant de se lever du canapé et de se diriger vers la chambre de Devon. Où gardes-tu tes valises ? Sous le lit ? Et as-tu des vêtements pour le Grand Nord, ou devons-nous aller faire du shopping ?

Il se retourna, un sourire de plaisir étirant ses lèvres. Cet homme aimait le shopping autant que les mecs de chez lui aimaient tirer sur des choses.

— J'en ai plein, merci.

Il n'y aurait aucun moyen de l'arrêter, alors Devon suivit simplement. Remonter une cascade à la nage était plus facile que d'aller contre Stephen quand il s'était donné une tâche à accomplir. Dans la chambre, Stephen s'habilla, ouvrit ensuite l'armoire et commença à sortir des vêtements, s'arrêtant avec une brassée de cintres.

— Pourquoi as-tu si peur d'y retourner? As-tu corrompu la star de l'équipe de hockey sur glace ou autre chose?

Stephen avait posé la seule question à laquelle Devon n'avait jamais répondu durant toutes ces années depuis qu'ils se connaissaient. Il avait toujours réussi à l'éviter.

— Non, grommela-t-il. Je suis tombé amoureux de l'enfant chéri du coin.

— Et...

— Il ne m'aimait pas de la même manière, répondit Devon en haussant les épaules. Il était aussi mon meilleur ami. Et il est hétéro, avec deux enfants et une ex-femme, et fréquente apparemment la future épouse numéro deux. Non pas que ça ait de l'importance. Je l'ai oublié.

C'était l'homme qu'il n'avait jamais réussi à oublier qui l'avait éloigné depuis une décennie.

— L'as-tu vraiment oublié? demanda Stephen.

— Oui. Cela fait dix ans, et il a sa propre vie. Ce n'est pas important. Craig est hétéro et...

— Il y a plus là-dedans que ce que tu me dis, insista Stephen, assis sur le bord du lit. Beaucoup plus. Est-ce que Craig et toi, vous avez été ensemble? A-t-il brisé ton cœur en un million de morceaux?

— Non et non. Tout le truc du cœur brisé concerne totalement quelqu'un d'autre. Quelqu'un qui ne savait même pas ce que je ressentais pour lui à l'époque, expliqua-t-il, gigotant et pensant qu'il pourrait tout aussi bien partager le reste. Quoi qu'il en soit, les choses se sont mal passées après ça.

— Qui était-ce? demanda Stephen en se penchant en avant.

— C'est ça le truc, reprit Devon en secouant la tête. Il y avait toutes ces rumeurs, et j'étais pratiquement sûr qu'Enrique était gay, mais je ne pouvais pas lancer la rumeur locale contre lui. Et j'étais dans un tel état que j'ai pensé que je n'étais pas assez bien pour lui, puis les choses ont empiré.

11

Seigneur, dévoiler toute cette merde lui donnait envie d'un verre.

— Je suis désolé. Je…

Stephen ne finit pas sa phrase. Devon soupira, alors que des images de ces jours sombres affluaient dans son esprit. Il lutta pour empêcher l'obscurité de l'engloutir. Il cligna des paupières tandis que les souvenirs le frappaient durement.

— Je ne parle pas beaucoup de ma mère, mais je devrais. Après toute cette merde avec Craig, les rumeurs sur le fait que j'étais gay ont commencé en ville, et c'est devenu affreux pendant un moment, avec beaucoup de murmures et des parents serrant leurs enfants de plus près. Jusqu'à ce que Maman y mette un terme. Elle s'en est prise à tous, y compris à mon père, comme la championne qu'elle a toujours été, dit Devon en s'essuyant les yeux. Tu sais que ma mère est décédée juste avant que je parte.

— Tu m'as dit que c'était un accident de voiture, indiqua Stephen.

Devon hocha la tête. Ses parrains aux AA lui avaient dit qu'il avait besoin d'affronter la cause sous-jacente de son alcoolisme, et il avait partagé son histoire à une réunion, mais nulle part ailleurs jusqu'à cet instant, et son cœur martelait à ses oreilles.

— Maman était allée à Anchorage pour assister à une réunion PFLAG. Elle était déterminée à comprendre ce que je traversais.

Devon ravala la boule dans sa gorge, alors que la perte qu'il maintenait habituellement à distance gonflait comme un tsunami. Il inspira profondément pour la faire passer, voulant un verre, mais acceptant le verre d'eau que Stephen appuya dans sa main.

— L'accident a eu lieu sur le chemin du retour.

Logiquement, il savait que ce n'était pas de sa faute, mais perdre sa mère, son champion, les rumeurs en ville, Craig – tout ça avait été de trop.

Et maintenant, il allait devoir affronter tout le passif de la décennie précédente par-dessus tout le reste. Seigneur, et tout ce qu'il avait besoin de faire était de se frayer un chemin au milieu des restes de son cœur en morceaux et de se maintenir sobre. Il allait falloir un putain de miracle.

II

DEVON RÉCUPÉRA son pick-up de location à l'aéroport d'Anchorage et se dirigea vers la petite ville. Les choses avaient changé, bien sûr – il s'y était attendu – mais certaines, comme les montagnes qui entouraient la vallée, restaient les mêmes, et pendant qu'il conduisait, une sensation de paix l'envahit. Ça et l'impression qu'il était petit et relativement insignifiant. Dans l'ensemble, la nature régnait sur cet endroit. Même en ville, avec toutes les commodités modernes, tout le monde était quand même à la merci de Mère Nature, et elle pouvait être une méchante vieille dame quand elle le voulait.

L'été faiblissait déjà. On était seulement fin août, et certains des plus hauts pics étaient blancs avec leur sommet permanent de neige et de glace. Il alluma le chauffage, rien que d'y penser, et sortit de la ville par l'autoroute, qui diminua rapidement en une quatre-voies, puis en deux voies, se dirigeant au nord vers Willow. À Ekluna Flats, il s'arrêta sur le bord de la route pour regarder les élans, tandis qu'ils paissaient dans l'eau jusqu'aux genoux, mangeant autant des herbes aquatiques qu'ils pouvaient afin de s'engraisser pour le long hiver. Devon les observa simplement, pensant à l'hiver et se demandant s'il était déjà arrivé pour lui.

— Mon Dieu, je suis foutrement larmoyant, ça doit cesser.

Il remonta dans le pick-up et continua en traversant Wasilla par Parks Highway, vers la toute petite ville de Willow, son foyer.

Pendant qu'il conduisait, Devon embrassa du regard le paysage familier. Dans cette partie de l'État, très peu changeait. La nature exerçait son emprise sur pratiquement tout, et des bois épais arrivaient presque jusqu'à la route durant la majorité du trajet. Peut-être que c'était ce dont il avait besoin – une chance de renouer avec la terre pour se ressourcer.

Devon ralentit quand il arriva en ville, qui ne ressemblait pas vraiment à une ville, et prit le tournant familier près du centre communautaire et de la bibliothèque. Il contourna le bord de leur parking jusqu'à l'allée de son père, se gara sous les arbres et éteignit le moteur.

Mme Fitz sortit du chalet en bois pour venir à sa rencontre.

— Je ne peux pas te dire à quel point je suis contente que tu sois là.

13

Elle le serra fort dans ses bras, et il ferma les yeux, inspirant son léger parfum, se rappelant les autres fois où elle l'avait réconforté. Après le décès de sa mère était le souvenir principal parmi elles.

— C'est bon et étrange d'être à la maison, soupira doucement Devon.

— Entre. Nous l'avons ramené hier, et Joe est assis avec lui. En gros, ton père a beaucoup dormi, mais il semble aller mieux. Je fais venir Sue Wilson chaque après-midi. Elle est infirmière et passe pour l'examiner.

— Merci.

Elle lui caressa la joue.

— Ce n'est pas un souci, trésor. Tout le monde ici aime ton père. Tu te souviens comment sont les choses ici. Nous faisons face en groupe, et ton père a fait plus que sa part pour aider les autres. Rita Hastings… commença-t-elle en tendant la main vers son sac pour en sortir une petite tablette. Tu te souviens d'elle et de son mari, Ralph ?

— Oui, il est décédé l'an dernier. Papa m'a appelé pour me le dire.

En fait, chaque fois qu'il parlait à son père, il avait un compte-rendu sur chaque personne en ville. D'une certaine façon, c'était comme s'il n'était jamais parti. Excepté le fait que ses erreurs et problèmes ne le fixaient pas tout le temps dans les yeux.

— Eh bien, reprit Mme Fitz avec un hochement de tête, elle traverse une période difficile, et je me souviens que tu ne cuisines pas vraiment. Non pas que je t'en blâme, avec toute cette nourriture facile prête à être livrée à ta porte à New York. Quoi qu'il en soit, Rita a proposé de préparer les dîners pour vous pendant quelques jours. Ils seront simples, et elle vous les ramènera. Alors tu ne t'inquiètes de rien. Elle ne peut pas sortir autant qu'elle en avait l'habitude, mais elle ne peut arrêter de cuisiner, comme si Ralph était toujours en vie, alors ça l'aide aussi un peu.

Devon ne put s'empêcher de sourire. Il aurait dû savoir que Mme Fitz arrangerait tout.

— Eh oui, mes compétences en cuisine ne se sont pas améliorées depuis la fois où j'ai presque fait brûler la maison en essayant de faire des frites et oublié d'éteindre la friteuse.

Ce petit fiasco était arrivé à chaque oreille autour du lac en quelques minutes.

— Et ton père a une liste de choses qu'il voulait faire cet été. Enrique a également accepté d'aider avec certaines de ces tâches. Il est très bricoleur et tient ton père en haute estime.

Elle soupira et sembla parcourir une liste de choses dans sa tête. Ce qui donna à Devon une chance de se demander comment il se sentait à l'idée de revoir son ancien ami. Il aurait dû savoir que revenir ici allait ramener tout un tas de sentiments qu'il n'était pas sûr d'être prêt à affronter maintenant... ou même jamais.

— Merci pour tout.

Elle était la reine pour faire faire les choses dans leur petite ville.

— Je t'en prie. Assure-toi simplement que ton père aille mieux, supplia-t-elle.

Devon pensa qu'il pourrait décharger sa voiture plus tard et entra avec Mme Fitz. Son père était allongé sur le canapé, les yeux fermés. La télévision était éteinte, et Joe était assis sur une chaise à proximité, en train de lire. Il se leva quand Devon entra, et ils partagèrent une étreinte.

C'était un homme grand avec des cheveux d'un noir d'encre et une chaude peau méditerranéenne. D'une certaine manière, il ne semblait pas à sa place si loin dans le nord.

— Merci de prendre soin de lui, souffla Devon.

— Ce n'est pas un problème. Je suis content qu'il se sente mieux. Clare, murmura Joe en ramassant ses affaires, toi et moi devrions rentrer et le laisser se reposer.

Ils quittèrent le chalet, et Devon les ramena tous les deux à leur voiture.

— Le dîner sera déposé dans quelques heures. J'ai demandé à Rita de cuisiner léger, mais qui sait.

Elle sourit, et Devon la remercia de nouveau.

Une fois qu'ils furent partis, il sortit ses sacs et les ramena à l'intérieur dans son ancienne chambre.

Elle avait changé. Les affaires de son enfance avaient disparu, et la pièce était très basique désormais, bien que la couverture à motifs écossais lui soit familière. Il vérifia la penderie et découvrit que certaines de ses affaires avaient été entreposées sur l'étagère supérieure. Non pas que cela ait de l'importance – il n'était pas revenu pour se plonger dans les vieux souvenirs. Devon défit ses bagages aussi silencieusement qu'il put, retourna dans le salon et s'assit pour regarder son père dormir pendant un moment.

— Oh, salut, dit doucement son père en commençant à s'asseoir. Tu es là.

— Oui, je suis arrivé il y a une heure. Mme Fitz s'est occupée de tout pour moi, expliqua Devon en se levant et en s'asseyant près de son père. Comment vas-tu ?

— Je me sens comme si j'étais passé sous un rouleau compresseur, mais je vais mieux qu'hier. En gros, soit je dors, soit je m'ennuie à mourir quand je suis réveillé. Je ne peux pas regarder la télé indéfiniment.

Heureusement que son père avait une réception par satellite, il avait au moins quelque chose à regarder.

— Tu m'étonnes. Veux-tu quelque chose à boire? Mme Fitz m'a donné les horaires pour tes médicaments.

— Cette femme dirigerait tout et tout le monde autour du lac s'ils la laissaient faire, grogna son père.

Mais il souriait, et Devon lui ramena un verre de jus de fruits et de l'eau. Il but les deux et se pencha en arrière.

— Je commence à avoir faim. Fais-tu la cuisine? Ai-je besoin d'avertir les pompiers?

— Non, Papa. Mme Fitz a demandé à Rita de cuisiner un peu, et après ça, nous pourrons nous débrouiller. Rita va ramener les plats d'ici quelques heures. Je peux t'apporter des crackers et du fromage, si tu veux.

— Bien sûr.

Il semblait déjà fatigué. Devon alla lui préparer son en-cas, en faisant un pour lui-même pendant qu'il y était.

— As-tu mangé dans l'avion?

— Pour ce que c'était.

— De la nourriture en plastique, concéda son père. Il n'y aura rien de tout ça ici, je peux te le dire. J'ai le jardin, et il va bien. Tu peux y jeter un coup d'œil et cueillir certaines choses. Peut-être les donner à Rita, si c'est elle qui cuisine.

— Je regarderai demain, offrit Devon.

C'était seulement le milieu de l'après-midi ici, mais pour son corps, après une longue journée de voyage, il était déjà plutôt tard. Il se rassit, la tête penchée en arrière et ferma les yeux, et il se réveilla un peu plus tard au son d'un petit coup sec à la porte arrière. Devon utilisa l'accoudoir pour se remettre debout et alla y répondre.

Il ouvrit la porte pour se retrouver face à ses souvenirs, qui n'avaient pas tellement changé au cours de la dernière décennie.

— Enrique, souffla Devon alors qu'il ouvrait la porte, la gorge un peu sèche. Entre.

— Merci.

Il se décala pour laisser passer Rita, qui portait une cagette à fruits avec des plats à l'intérieur et la posa sur la table. Devon la remercia d'avoir cuisiné pour eux et essaya de maintenir bas le niveau de sa voix. Cela faisait dix ans depuis la dernière fois qu'il avait vu cet homme, et pourtant Enrique semblait exactement le même. Il avait toujours les yeux les plus intenses, et des cheveux noirs et raides tirés en une queue de cheval. Immédiatement, de vieilles sensations qu'il avait pensé avoir enfouies semblèrent reprendre vie. Devon n'avait pas été sûr de quoi en faire avant son départ, et il en était tout aussi incapable à cet instant.

— C'est bon de vous voir tous les deux, dit Devon, mais il garda les yeux sur Enrique.

— J'ai entendu dire que tu étais ici, déclara celui-ci, ayant toujours été un homme de peu de mots. C'est bien que tu sois revenu pour t'occuper de ta famille.

Il tendit le bras et ils se serrèrent la main. Ce fut la première fois, d'après les souvenirs de Devon, où il touchait Enrique.

Puis il se détourna et partagea une douce étreinte avec Rita. Elle paraissait petite et un peu frêle, mais ses yeux avaient la même détermination qu'ils avaient toujours eue.

— Avez-vous faim? leur demanda Devon. Il semble y en avoir suffisamment. Plus que Papa et moi ne pouvons manger.

Il sortit les plats et mit la cocotte chaude dans le four. Ça, il pouvait le faire, en tout cas. Il sortit le saladier de la boîte et le posa sur la table.

Enrique hésita, comme s'il prenait une décision, puis regarda Rita.

— Je dois retourner au Comptoir. Mais merci. Rita, n'hésite pas à rester, je peux passer te chercher plus tard.

— Je dois rentrer également, mais je voulais te voir, expliqua-t-elle en étreignant de nouveau Devon.

Enrique se tourna vers la porte, et Devon l'observa, oubliant ce qu'il était en train de faire. Ce ne fut que quand la porte se referma derrière Enrique que le charme fut brisé et qu'il se souvint qu'il devait finir de préparer les plats. Devon tira une des chaises et s'assit, attendant que le four réchauffe la nourriture. Il n'allait pas l'y laisser très longtemps, mais cette pause lui donnait le temps de simplement réfléchir.

Enrique avait été un mystère pour lui pendant presque aussi longtemps que Devon pouvait s'en souvenir. Il avait essayé d'attirer son attention une fois qu'il avait compris qu'il appréciait les garçons plutôt que les filles et avait pensé qu'Enrique pourrait être pareil, mais Devon avait pensé la même chose de Craig, et regardez comment cela avait fini. C'était mieux si Devon gardait ses sentiments pour lui. Une fois que son père irait assez bien pour prendre soin de lui-même, il emballerait ses affaires et retournerait à New York pour essayer de remettre sa vie en ordre.

— Es-tu prêt à manger ?

Il posa la question à son père quand le minuteur sonna et il lui prépara une petite assiette avec les pâtes au thon. Il ajouta de la salade et ramena le tout à son père, qui mangea lentement.

Devon avait l'intention de manger à table, la même où son père et lui avaient pris tant de repas pendant qu'il grandissait, mais peut-être que c'était mieux ainsi. Il prépara sa propre assiette et s'assit sur la chaise à côté.

— Comment vont les choses à New York ?

— Elles vont plutôt bien, Papa.

Il n'y avait aucune raison de parler de sa dernière série de déceptions. Il prit une bouchée de son assiette, mangeant sans vraiment la goûter, ce qui fut probablement une bonne chose. Bien que ce ne soit pas mauvais, c'était loin d'être le genre de choses qu'il mangeait habituellement. De la nourriture simple. Il n'allait pas s'en plaindre, et son père semblait apprécier. Au moins, il mangeait.

— Comment te sens-tu ? As-tu mal quelque part ?

Il mit son assiette de côté, se penchant vers l'avant et se levant ensuite, ajustant les coussins pour aider son père à être à l'aise.

— Aucune douleur. Je suis juste fatigué d'être fatigué, se plaignit-il avant de prendre quelques bouchées supplémentaires et de mettre son assiette sur le côté. Je veux être dehors à faire des trucs. Et tu devrais faire quelque chose pendant que tu es ici, à part t'occuper de moi et rester assis dans la maison. C'est déjà assez nul que l'un de nous soit coincé à l'intérieur – nous n'avons pas besoin de l'être tous les deux.

— Papa, je suis là pour t'aider à te remettre sur pieds, pour que tu puisses recommencer à réparer les fenêtres et les escaliers… et toutes les autres choses que tu fais par ici.

Son père était l'homme à tout faire du village.

— Je vais dormir un peu, dit-il en tendant lentement la main vers son verre. Penses-tu que je puisse avoir un peu plus de cette salade ? Les médecins ont dit que j'étais supposé manger beaucoup de légumes. Moins de viande.

Il leva les yeux au ciel, mais semblait obéir. Devon lui apporta ce qu'il voulait, ajouta un léger assaisonnement pris dans le réfrigérateur, et tendit l'assiette à son père. Il en prit pour lui-même.

— Y a-t-il autre chose ? Un peu plus à boire ?

18

— J'ai réfléchi, reprit son père après avoir secoué la tête. Nous avons ajouté un genre de centre artistique à la bibliothèque. Il y a des enfants dans la région, et ça grandit. Alors pourquoi ne vas-tu pas y faire un tour et voir si tu peux donner des cours de peinture ou autre chose ? Ils pourraient avoir besoin de ton aide, et tu ne resterais pas assis tout le temps ici. Fais une promenade jusque là-bas.

Il fit un geste de la main et finit son dîner, posant l'assiette sur la table basse en bois usée et remontant sa couverture. Il alluma la télévision sur du baseball, bâilla et se rendormit.

Devon soupira et finit son dîner. Puis il s'occupa de la vaisselle et des restes, baissa les lumières avant de sortir. Il aurait dû être extrêmement fatigué, mais son esprit semblait aller dans un million de directions différentes en même temps.

L'air était vif et pur, le ciel enflammé de couleurs, alors que Devon prenait le chemin depuis la porte d'entrée vers le petit lac peu profond. Il se tint au bord de l'eau, regardant de l'autre côté du lac vers les montagnes s'élevant à l'horizon. Denali se dressait au loin, couverte de neige et aussi majestueuse que possible.

— Je pensais autrefois que la montagne était à moi.

Devon pivota légèrement alors que Craig approchait le long du chemin venant de la bibliothèque, deux garçons marchant derrière lui, un van visible à travers les arbres.

— Moi aussi. Je pense que, peut-être, elle nous appartient à tous.

Il se tourna, et Craig l'enveloppa dans une étreinte à laquelle Devon ne s'était pas attendu.

— Voici Joey, et le plus jeune, c'est Billy.

Devon les salua tous les deux.

— Les garçons, reprit Craig, voici Devon Starr, le fils d'Oncle Charles, et un artiste célèbre.

Craig sourit, et Devon se rappela comment cette expression avait l'habitude de faire palpiter son cœur adolescent.

— Comment va Oncle Charles ? demanda un des garçons.

— Oncle Charles se repose à cet instant.

— Oh, souffla Joey en baissant la tête.

Ces garçons étaient le portrait craché de leur père.

— Nous lui avons amené un petit gâteau, dit Billy.

— Alors entrez et donnez-le-lui, incita Devon avec un hochement de tête. Je suis sûr qu'il sera aux anges de vous voir.

19

Ces garçons étaient précieux, et quand Craig acquiesça de la tête, ils partirent en courant sur le chemin.

— Soyez prudents, vous deux, et ne le laissez pas tomber, appela Craig. Ils aiment simplement ton père. J'espère que ça ne te dérange pas qu'ils l'appellent Oncle Charles... Parfois, Billy l'appelle Grand-père.

Il se tourna pour regarder l'eau et Devon fit pareil. C'était le plus proche que son père était d'être un grand-père.

— Ça ne me dérange pas du tout. Ce n'est pas comme si j'allais un jour lui donner des petits-enfants.

— Bien sûr que tu pourrais, si tu rencontrais la bonne femme, dit Craig.

Devon se tourna vers lui et s'éclaircit la gorge.

— Je ne vais jamais lui en donner. Cependant, un jour, je pourrais rencontrer le bon gars, mais nous n'aurons aucun des équipements pour avoir des enfants, alors... expliqua-t-il, laissant l'idée planer dans l'air. Est-ce que je t'ai choqué ?

— Non, soupira Craig avant de commencer à rire. J'avais pensé que peut-être... mais je ne voulais simplement pas demander. Seigneur, parfois les choses les plus simples sont celles dont il est le plus difficile de parler.

Il continua à regarder l'eau, alors que la luminosité faiblissait, et le lac s'enflamma de rouge pendant quelques secondes avant que la lumière ne change de nouveau et faiblisse un peu plus.

Devon envisagea de parler à Craig de ce qui se passait, comment tout cela l'avait affecté et l'affectait encore, mais ce serait méchant, et c'était un risque inutile. Il avait besoin de prendre les responsabilités de ses propres actions et de sa vie. De plus, ils étaient plus âgés, et tout cela s'était passé dix ans plus tôt. Il était temps de lâcher toutes ces conneries et d'essayer de recommencer. Après tout, les bagages qu'il portait étaient dans sa tête, et quel bien cela lui faisait-il ?

Un rire joyeux dériva hors du chalet et jusqu'au lac où ils se tenaient.

— Alors, y a-t-il quelqu'un dans ta vie ? demanda Craig.

— Pas vraiment. Je n'ai jamais eu de chance en amour.

Il avait eu l'habitude de craquer pour des types qu'il ne pouvait pas avoir, et deux preuves de ce fait étaient l'homme se tenant à côté de lui et celui qui avait déposé leur dîner une heure plus tôt.

— Moi non plus, soupira doucement Craig. J'aimerais me remarier, mais les garçons doivent passer en premier. Je sortais avec quelqu'un récemment, mais ça n'a pas fonctionné.

— Et Jeanie ? Où est-elle ? questionna Devon.

— À Seattle. Elle est heureuse, je pense. La vie ici était trop dure et morne… ses propres mots. Elle voulait… quelque chose de différent.

— Et tu as les garçons pour l'été ?

Craig hocha la tête, et Devon sourit, se retournant vers la maison, alors que les garçons sortaient, souriant tous les deux.

— Oncle Charles dort, dit Billy dans un murmure exagéré.

— Nous devrions y aller et le laisser se reposer, déclara Craig, et Devon acquiesça. Je suis sûr que nous te verrons dans le coin. Peut-être au Comptoir d'Échange samedi. Il y a toujours de la musique en direct maintenant, et c'est là que tout le monde va.

— J'y réfléchirai, dit Devon.

Il les salua de la main, alors que les trois s'en allaient, les observant à travers les arbres. Une fois qu'ils furent tous montés dans le van, ils partirent, et Devon ramena son attention vers l'eau. Cela avait été indolore et étonnamment facile. Pas de peine de cœur ou de grande douleur déchirante. Craig était heureux et il avait deux fils. Peut-être que ce voyage serait émotionnellement plus facile que Devon s'y était attendu et qu'il s'était éloigné pendant dix ans pour rien.

Il fit demi-tour, marchant le long du chemin autour de la berge du lac tandis que le soleil descendait un peu plus. Il souhaita avoir amené une veste, alors que l'air frais du soir tombait lentement autour de lui. Malgré tout, il continua vers la bibliothèque, où quelques lumières brillaient à l'intérieur.

Il pivota pour regarder s'il se passait quelque chose et vit du mouvement à travers les fenêtres. Devon suivit l'allée menant à la porte et l'ouvrit, pensant saluer la personne, quelle qu'elle soit.

— Bonjour, c'est Devon, appela-t-il pour ne surprendre personne.

Il entra, alors qu'Enrique contournait une des piles de livres.

Mon Dieu. Il était beau à se damner. Peut-être pas au sens conventionnel, avec son visage très rond et une épaisse crinière de cheveux raides, ainsi qu'un nez qui avait été cassé deux ou trois fois, mais ses yeux sombres contenaient des profondeurs qu'Enrique gardait pour lui, et cela intriguait Devon. Son cœur battit un peu plus vite rien qu'à le voir, et il ravala difficilement sa salive.

Devon savait qu'il devrait dire qu'il était désolé de le déranger et quitter poliment la bibliothèque. Il pourrait même dire que son père avait besoin de lui. Mais il se retrouva à avancer avant qu'il puisse y réfléchir.

— Qu'est-ce qui t'amène ici ? Je préparais tout pour un cours.

— Je me promenais et j'ai vu la lumière, révéla Devon, se demandant ce qu'il devrait dire. Papa m'a dit que vous offriez des cours d'art et d'autres choses maintenant.

Enrique sourit, ce qui atteignit presque ses yeux.

— C'est le cas, répondit-il, faisant signe à Devon de suivre quand il se tourna. Nous avons toujours eu cet espace à l'arrière. Il était utilisé pour discuter de livres, mais maintenant la majorité de ce que nous proposons est en ligne, et l'espace est devenu disponible, alors nous l'avons cloisonné et transformé en salle commune. J'ai démarré un programme artistique pour enfants. Surtout pour aider à enseigner l'art Natif et l'expression.

— Tu es un artiste ?

Devon ne l'avait jamais su. Il entra dans la pièce et fut entouré par des dessins, des peintures et une mer de couleurs. Il ne savait pas où regarder en premier, mais ses yeux furent attirés par un oiseau en terre cuite posé sur un plateau dans un des coins.

— Pas vraiment. Ce sont des enfants, et je leur raconte surtout les histoires que m'a racontées l'homme que je considère comme mon grand-père, et nous dessinons des images et travaillons avec de l'argile et d'autres matériaux.

Devon était pratiquement sûr qu'Enrique était trop modeste, ce qui piqua sa curiosité. Et son scepticisme fut récompensé quand il vit *E.S* gravé à la base de l'oiseau : Enrique Salazar.

— C'est magnifique.

Il ne le toucha pas, bien que ses doigts en meurent d'envie. La texture était intrigante, mais le mouvement, comme si Enrique avait capturé le corbeau en plein vol, était renversant. Devon hocha la tête de manière absente alors qu'une partie de lui, très profonde, se réveillait pendant quelques secondes. Il essaya de se cramponner à cette sensation, mais elle lui glissa entre les doigts.

— Il est important que tous les enfants sachent que cette région a une histoire et des traditions qui remontent à bien avant que des gens qui me ressemblent n'arrivent ici. Peut-être que je pourrais venir écouter ?

La vérité était que Devon adorerait entendre les histoires que racontait Enrique.

— C'est demain à quatorze heures. Nous faisons ça chaque samedi, et chacun est le bienvenu. Les choses que nous enseignons sont destinées aux enfants, mais l'art est pour tout le monde.

— Je ne pourrais être plus d'accord. C'est superbe.

Devon pivota et découvrit Enrique en train de le regarder.

— Aimerais-tu donner des cours pendant que tu es ici ? Je suis sûr qu'il y a beaucoup de personnes qui seraient intéressées.

Il se détourna, tandis que la lumière extérieure continuait à diminuer. Il ne ferait pas sombre pendant très longtemps, mais les jours deviendraient définitivement plus courts et les nuits bien plus longues dans les prochaines semaines.

— Pourquoi pas. Est-ce que je collaborerai avec toi ?

— Oui, répondit Enrique en hochant la tête. Peut-être mardi prochain. Je ferai passer le mot. Tu peux venir au Comptoir avant ça, et nous pourrons parler de ce que tu pourrais enseigner.

De la sueur couvrit la nuque de Devon et sa bouche s'assécha. Rien qu'en en parlant, il voulait un verre, et il est presque sûr que la réunion AA la plus proche était à Wasilla ou Anchorage. Il devrait vérifier.

— Pouvons-nous nous voir chez Papa ? Je...

Il prit une grande inspiration et obligea l'envie à passer. Il avait appris qu'il devait être capable d'être honnête sur ses besoins.

— Je suis en sevrage. Depuis deux ans maintenant. Je ne bois pas, et...

— Je vois, alors je peux venir chez ton père, affirma Enrique, avant d'hésiter, son regard retenant celui de Devon. Il y a d'autres personnes qui sont dans la même situation.

— Toi ? demanda-t-il doucement, et Enrique hocha la tête.

— Je travaille au bar parfois, et je prépare les boissons pour les clients, mais je n'en prends jamais, expliqua-t-il en haussant les épaules. Je me dis que je n'aime pas le goût. Que je sers de la pisse de morse ou quelque chose comme ça. Ça m'aide à m'en sortir.

— Pourquoi fais-tu ça ? interrogea Devon.

— Parce que c'est ce que je dois faire pour gagner ma vie, et quand tu possèdes le commerce, tu fais ce que tu dois faire afin que ça fonctionne. J'ai une barmaid, et elle est vraiment douée, mais elle a des problèmes comme nous tous, et je dois parfois la remplacer. La dernière fois était difficile, mais j'y suis parvenu.

Il mit ses bras autour de lui-même. Devon comprenait. Il avait ressenti ça plus de fois qu'il ne pouvait compter durant les deux dernières années. Il *pensait* aussi à boire si souvent.

— Je ne sais pas si je pourrais faire ça. J'évite en majorité les situations où l'alcool est très présent. Parfois, je ne peux pas, mais je m'assure de pouvoir boire autre chose. C'est toujours dans mon esprit.

23

Enrique éteignit les lumières, et ils quittèrent la salle d'art avant qu'il réponde.

— Oui, je sais. C'est dans le mien aussi. Mais je refuse de le laisser gagner. L'alcool et mon besoin d'en avoir ont dirigé ma vie pendant un long moment. Je ne vois pas mes parents ou le reste de ma famille depuis qu'ils ont déménagé plus bas dans le sud et à cause de la façon dont j'agissais...

— Oui. Tu te demandes quelle partie de qui tu es était l'alcool et ce qui est vraiment toi, offrit Devon, et Enrique hocha la tête. J'essaie de le découvrir.

— Tout comme moi.

Enrique ouvrit la porte, et Devon sortit dans la nuit. Il y avait un luminaire dans la zone du parking à l'extérieur de la bibliothèque, et les lumières du chalet brillaient à travers les arbres.

— Je pense que j'essaierai probablement de le découvrir pour le reste de ma vie.

— Oui.

Devon pouvait partager cet avis. Une des choses qu'il avait dû apprendre était que cela l'accompagnerait pour le reste de sa vie. Cela pourrait être plus facile avec le temps, mais ne partirait jamais. Il se demandait presque constamment si, quand il avait arrêté de boire, il avait aussi mis un couvercle sur son âme. C'était la question à un million de dollars, et il n'y avait pas de réponse immédiate.

— Je te verrai demain, promit Devon en se tournant en direction du chalet. Je dois retourner voir comment va Papa, aider à le mettre au lit. Mais passe quand tu veux. Nous pouvons préparer une leçon, et tu peux rendre visite à Papa. Je sais qu'il aimerait ça.

Devon le salua de la main et commença à marcher.

Son père était endormi quand il entra dans la maison. Devon vérifia les horaires pour ses médicaments et prit un verre d'eau ainsi qu'un petit en-cas.

— Papa, dit-il doucement, attendant que les paupières de son père s'ouvrent, tu devrais aller au lit. Tu dois manger un peu et prendre tes cachets.

Il mangea les crackers avec un peu de fromage, but de l'eau et prit ses médicaments. Puis il se leva du canapé et traîna les pieds vers sa chambre.

— Bonne nuit, fiston. Je suis content que tu sois là.

Il entra dans sa chambre, et Devon éteignit les lampes et se dirigea vers la sienne, utilisa la salle de bain et s'effondra dans son lit. Mais il ne dormit pas. Un certain visage continuait à traverser ses pensées jusqu'à ce qu'il soit trop fatigué pour rester éveillé plus longtemps.

III

LE COMPTOIR d'Échange de Willow était au même endroit depuis des décennies, bien qu'Enrique ait refait l'intérieur. Dans une ville de cette taille, sans même un point d'intérêt, le Comptoir était le magasin, le restaurant, le bar et même l'hôtel pour toute la ville. Enrique aimait penser que son commerce était le centre de celle-ci. Il apportait des articles d'épicerie basiques également. Tout le long des autoroutes, il y avait des restoroutes et des comptoirs qui offraient des services dans leur région de l'Alaska sauvage, et ceci était son petit morceau de l'intérieur.

— Tu dois aller quelque part ? demanda Angie.

Il finissait les comptes pour le mois, et elle le regardait avec ses grands yeux marron et son visage rond aléoute, repoussant ses cheveux d'un noir d'encre derrière son oreille.

Enrique lui lança un regard noir comme il le faisait quand elle redoublait d'efforts pour mettre son nez dans ses histoires.

— J'ai une réunion.

Angie était une personne assez gentille, mais elle parlait beaucoup, et Enrique n'aimait pas que quelqu'un s'occupe constamment de ses affaires. Les gens autour du lac semblaient déjà tous collés les uns aux autres la plupart du temps, un peu trop proches à son goût.

— Vas-tu à Anchorage comme tu le prévoyais ?

— Tu veux que je prenne certaines choses ? demanda-t-elle.

— Il y a aussi une commande chez le fournisseur de services alimentaires à Northern Lights, dit-il en lui passant une liste. Peux-tu t'arrêter là-bas également ? Les glacières pour les produits congelés sont à l'arrière.

Il allait se lever, mais elle secoua la tête.

— Je sais où tout se trouve. Je partirai à seize heures et serai de retour demain matin. Je prendrai les trucs congelés en dernier, alors tu n'as pas à t'inquiéter.

Elle lui sourit et leva les yeux au ciel. Ils avaient déjà eu cette conversation avant.

— Maintenant, va à ta réunion et passe un bon moment, lâcha-t-elle avec un clin d'œil.

Enrique choisit de l'ignorer. Parfois, elle était simplement une grande emmerdeuse.

Il rangea ses comptes et ferma le bureau, attrapant son cahier et les informations sur le programme artistique. Puis il sortit à grands pas du Comptoir et se dirigea vers sa voiture pour faire le court trajet jusque chez Charles.

Celui-ci l'accueillit à la porte, ce qui était surprenant.

— Je devais retrouver Devon ici.

— Il est près du lac. Je m'attends à ce qu'il revienne d'une minute à l'autre.

Il lui fit signe d'entrer, et Enrique le suivit à l'intérieur. Charles traînait les pieds quand il marchait, mais c'était bon de le voir d'aplomb quand même.

— Te sens-tu mieux?

— Oui. Bien que je suspecte que mon énergie sera partie dans environ une heure, mais au moins, je suis debout, exposa-t-il en tirant une chaise autour de la table.

— Pourquoi est-ce que tu ne t'installerais pas dans une chaise plus confortable? Devon et moi pouvons parler ici, si tu préfères.

Enrique guida Charles vers l'agréable fauteuil inclinable, et il s'assit avec un faible soupir, comme si c'était tout l'effort physique qu'il pouvait supporter.

Devon entra par la porte avant, se glissant dans le salon, et amena de l'eau à son père avant qu'Enrique et lui ne s'installent à la table.

— Je pensais parler de la lumière et comment elle change. Peut-être faire peindre aux gens quelque chose de simple, comme le ciel au-dessus du lac. Les enfants pourraient faire quelque chose de basique, et peut-être que les adultes pourraient mener la leçon à un niveau plus élevé. Qu'en penses-tu?

— Ne prends simplement pas les enfants de haut, avertit Enrique avec un hochement de tête.

— Bien sûr que non. C'est de l'art. Ça doit être une expression de chaque personne.

Il eut un petit sourire en coin et regarda vers Charles, qui s'était endormi, avant de reprendre.

26

— Je suppose que nous utilisons des peintures acryliques, des choses comme ça.

— Oui, répondit Enrique avec un sourire. À base d'eau. Si des plus jeunes sont intéressés, nous aurons des fournitures. Je pensais que tu pourrais faire le cours mardi prochain. Ça me donnera une chance de faire passer le mot.

Enrique était excité par cette opportunité. D'habitude, ce n'était que lui et il travaillait seul avec les enfants. L'énergie dans les yeux de Devon était contagieuse et attirante.

Enrique avait besoin de s'éloigner de ce genre de pensées. En premier lieu, c'était l'Alaska rural. Qui savait comment tout le monde autour du lac prendrait la nouvelle qu'il aimait les hommes ? Bien qu'il supposait qu'avec le peu de secrets qu'il y avait dans cet endroit, la plupart des gens savaient déjà. Il l'avait dit à quelques personnes proches de lui. Il avait finalement pensé que ce ne serait pas une si grosse affaire. C'était simplement qu'il ne se faisait pas confiance. Des années à ramper dans une bouteille et en ressortir finalement de l'autre côté l'avaient amené à questionner tellement de choses sur sa vie et ses choix, notamment celui de son goût pour les hommes.

Malgré tout, Devon lui donnait envie de certaines choses. La façon dont ses yeux dansaient quand il parlait de peinture… Son odeur alors qu'il était assis près de lui, la jambe rebondissant d'énergie. Devon en était vivant. Peut-être qu'il ne réalisait pas la vérité, mais il l'était. Il y avait une sorte de voile sur l'énergie, la couvrant, mais Enrique la voyait et la ressentait dans la pièce. Cette énergie agissait comme un aimant, l'attirant plus près et actionnant sa magie sur les murs qu'il avait construits pour se permettre de passer les jours avec le peu qui restait de lui intact.

— Désolé.

Il se rendit compte que Devon avait parlé et qu'il était parti dans sa propre tête et n'avait pas entendu un mot.

— Je disais que nous aurons besoin de petites toiles. Je vais devoir aller à Anchorage cette semaine, alors j'irai les chercher.

— Il y a de l'argent pour le centre, donc…

— J'en ferai don, contra Devon en secouant la tête, ainsi que d'autres fournitures pour le centre. Je pense que c'est une idée extraordinaire, et j'aime l'idée que les gens ici se débrouillent en art. Je souhaiterais que nous ayons eu des programmes comme ça quand j'étais enfant.

— Moi aussi. J'ai appris mon art de mon grand-père, cependant. Il m'a enseigné les histoires de ses ancêtres, et c'était un artiste talentueux, alors il m'a montré ce qu'il savait. Maintenant, ce que je fais est pour lui, pour qu'il soit fier.

Cela avait été un moment incroyable dans sa vie. Mais ensuite, le vieil homme était mort, et, eh bien, tout avait changé. Sa raison de vivre avait changé.

— Est-ce que tu travailles avec autre chose que la glaise ? demanda Devon.

— Oui. Peut-être qu'un jour, je te montrerai. Ces pièces sont très personnelles.

Il ne les avait jamais montrées à qui que ce soit avant. Elles étaient pour lui-même et pour l'homme à qui il pensait comme étant son grand-père, Grandpa Kallik.

Il se leva pour partir. Rester plus longtemps inviterait la tentation.

— Quoi qu'il en soit, je pense que ce que tu as prévu sera génial.

— J'ai du sorbet dans le congélateur, annonça Devon. Et je connais Papa. Il aime, alors si nous en partageons, peut-être qu'il mangera un peu.

— Il ne mange pas ? s'inquiéta Enrique en se penchant au-dessus de la table.

— Pas beaucoup. Il a pris la moitié d'un sandwich pour le déjeuner et un petit dîner la nuit dernière. J'espérais que son appétit reviendrait pour qu'il reprenne des forces, mais il ne semble pas avoir très faim.

Devon se leva et sortit des bols et un carton de sorbet framboise. Cela avait l'air bon, et quand Devon lui passa un bol, Enrique ne put s'en empêcher.

— C'était ma préférée quand j'étais enfant. Papa en a toujours dans le congélateur.

Devon amena un bol à son père et, après avoir rangé ce qui restait, il rejoignit Enrique à la table.

— Combien de temps restes-tu ? interrogea ce dernier.

Au moins, il saurait la quantité de temps où il allait devoir être fort et résister à cette attraction envers Devon.

À l'époque où ils s'étaient connus étant enfants, cela avait été bien plus facile. Enrique n'avait pas compris qui il était et ce qu'il voulait. Son esprit avait été en désordre. Seuls son grand-père et le temps qu'il avait passé avec lui paraissaient vrais. Devon Starr avait été gentil envers lui, une bonne personne, et Enrique avait eu des sentiments pour lui qu'il n'avait pas compris. Il avait même pensé qu'ils étaient mauvais à l'époque.

Il savait désormais que ce qu'il avait ressenti était bien, mais c'était une époque différente, et il avait été une personne différente.

— Quelques semaines, je pense. Bien que ça dépende de comment ira Papa. Je veux m'assurer qu'il est en bonne voie de guérison.

Enrique pouvait le comprendre.

— N'as-tu pas besoin de retourner à ton travail, les galeries et d'autres choses ? Charles a dit à tout le monde que tu avais eu une grande exposition et que ton travail était fort demandé.

Il s'attendait à ce que Devon lui raconte tout là-dessus, mais à la place, il obtint un regard lointain. Devon repoussa le reste de son dessert. Cela ne devait pas être agréable à dire s'il était prêt à renoncer à cette succulente friandise.

— Le succès va et vient, et en ce moment, en ce qui me concerne, il me donne des indications contraires entre le nord et le sud. Ma dernière exposition a été vraiment terne. La plupart des œuvres ont été vendues, mais les critiques sont partagées, et je comprends pourquoi. Je ne sais simplement pas comment faire pour arranger ça.

Enrique réfléchit pendant quelques minutes alors qu'il finissait de manger et se leva ensuite, faisant signe à Devon en direction de la porte. Il ne voulait pas voir s'il suivait. Enrique ouvrit la porte et sortit de la maison.

Devon sortit derrière lui, et il ouvrit la marche sur l'allée menant à l'eau.

— Veux-tu dire quelque chose que tu ne souhaites pas que mon père entende ?

Enrique soupira et tendit le doigt.

— Regarde. Mon grand-père disait : si tu manques d'inspiration ou de concentration, viens simplement ici et regarde autour de toi. Dans quel autre endroit sur Terre peux-tu trouver un lac comme celui-là, les huards glissant sur l'eau à la surface, pagayant comme des fous en dessous ? Et, dominant tout ça, le dieu des montagnes, le haut sommet, posé là pour tout surveiller.

Enrique tira Devon plus près de l'eau et se mit derrière lui.

— Ferme les yeux.

— Comment suis-je supposé voir et assimiler tout ça si je ferme les yeux ?

— Fais-le simplement, rétorqua Enrique en pensant à le frapper, et regarde avec ton âme et ton cœur. Écoute le souffle de la nature sur le

29

vent, puis laisse-le te parler. Nous utilisons nos yeux pour tout, alors utilise simplement le reste de toi.

Il respira profondément et attendit que Devon respire en même temps que lui.

— Laisse tout ça devenir de nouveau une partie de toi.

— Je ne sais pas si je peux, murmura Devon. J'avais l'habitude de venir ici, et je ressentais toutes les choses dont tu me parles, et ensuite… je buvais… toujours. Et si ce que je ressentais était vraiment l'alcool et que je suis aussi vide à l'intérieur que ce que je ressens actuellement ? Et s'il n'y avait rien de plus ? questionna-t-il en se retournant. Je travaille, je regarde ce que je fais, et rien ne m'émeut.

— Alors qu'est-ce qui t'émeut ? demanda Enrique. Tu as besoin de le trouver et de l'utiliser.

La réponse était si simple pour lui. Il avait toujours tiré son inspiration et son énergie du lac, de la nature et des animaux autour de lui.

— Je sais que mon esprit est lié à cet endroit et aux gens ici. Si je partais, je m'assécherais et m'étiolerais. Parfois, je vais jusqu'à l'océan pour pouvoir m'y lier, et jusqu'aux montagnes pour qu'elles puissent me parler. Ensuite, je reviens ici et laisse ce lac et cette vue me ramener à la maison.

— Je ne sais pas. C'est le problème.

Enrique haussa les épaules. Il voulait claquer Devon sur le côté de la tête, mais il ne le fit pas.

— Alors trouve-le. L'inspiration, la nourriture pour ton âme ne va pas simplement passer devant ta porte et te dire bonjour. Tu dois la chercher. Comme une quête de vision.

Il se détourna et s'éloigna, laissant Devon se tenir près du lac, et entra dans le chalet, où Charles s'était levé et se tenait à la fenêtre. Il croisa le regard d'Enrique, puis soupira et se rassit.

— Il cherche quelque chose, et je ne pense pas qu'il sache ce que c'est, dit-il. C'est une des choses les plus difficiles quand on est parent. On peut voir que son enfant a mal et on ne peut rien y faire. Devon doit trouver son propre chemin. Je veux vraiment l'aider, mais je ne peux pas.

Il comprenait. Pour lui, le chemin était si facile, mais peut-être que c'était son chemin, et que le futur de Devon se trouvait sur un chemin différent du sien. Ou peut-être que leur route était la même, mais la façon d'en trouver le début n'était pas aussi droite que l'un ou l'autre aimerait.

— Il trouvera son chemin, affirma Enrique. Ne serait-ce que parce qu'il le veut tellement.

— J'espère que tu as raison, soupira Charles.

Il se pencha en arrière, fermant les yeux. Enrique s'occupa de la vaisselle et vérifia sa montre avant d'aller retrouver Devon.

Il se tenait au même endroit près du lac.

— Je continue d'essayer de voir ce que tu vois, lâcha-t-il quand Enrique approcha.

— Non. Vois simplement ce que tu vois et ressens ce que tu ressens. C'est tout ce que tu peux faire. Tu ne peux pas voir à travers mes yeux et ressentir à travers mon cœur. Tu as les tiens pour ça. Défais leurs liens et laisse-les s'envoler par eux-mêmes. Je dois retourner au Comptoir avant que ma remplaçante parte pour la journée. Mais je te verrai demain au cours d'histoire et art des enfants.

Il aurait voulu rester plus longtemps. Il tapota l'épaule de Devon, appréciant la sensation des muscles sous sa main.

— Oui. Je te verrai à ce moment-là.

Devon fit demi-tour, et Enrique se tint immobile, voulant qu'il se retourne et le voie, mais finalement, il récupéra sa voiture et repartit vers le Comptoir pour aller travailler.

ENRIQUE ÉTAIT très excité. Il raconterait les histoires de son grand-père adoptif aux enfants, et ensuite, ils pourraient dessiner quelque chose tiré de l'histoire. C'était un projet simple, mais ils aimaient toujours ça, et Enrique se demandait si c'était le dessin qui les attirait ou l'histoire. Non que cela ait de l'importance.

— Bonjour, salua Devon avec un sourire alors qu'il entrait dans la pièce.

— Tu as l'air plus heureux, constata Enrique.

Il espérait que cela signifiait que Devon avait compris une partie de ce qu'il cherchait.

— Je suis impatient d'entendre ton histoire.

Son sourire faiblit, et Enrique se rendit compte que Devon était tout aussi perdu qu'il l'avait été la veille. Il n'aurait pas dû être surpris. Il n'y avait pas de réparation rapide pour ce que ressentait Devon. Ce genre de doutes et de recherches de l'âme qu'il semblait faire prenaient du temps. Enrique aurait dû le savoir et ne s'attendait pas à pouvoir sortir Devon de sa

31

déprime avec une sage parole. Mais il n'avait pas compris les profondeurs de son manque d'inspiration.

— Assieds-toi où tu veux, dit Enrique.

Devon prit un siège à l'une des tables à l'arrière, ne touchant aucune des fournitures artistiques. Les enfants arrivèrent et entrèrent, parlant entre eux, chacun prenant une chaise. Enrique les connaissait tous, ainsi que leurs parents. La vie dans cette petite ville signifiait que tout le monde se connaissait et faisait attention aux autres. Il savait aussi que son cours d'art était une chance pour les parents de faire une pause loin de leurs enfants, et la plupart d'entre eux iraient au Comptoir prendre un verre, ou simplement voir des gens et passer du temps avec d'autres adultes.

— Bon, déclara Enrique, et la salle se tut.

— Vas-tu raconter une autre histoire de Raven ? demanda un des garçons.

Celles-ci étaient toujours un succès. Raven était un des personnages principaux dans la tradition Athabaskan, et il y avait beaucoup d'histoires sur sa ruse et sa bravoure. Quand Enrique était enfant, un des amis de son père, Grandpa Kallik, lui avait raconté ces histoires, et Enrique avait été tout aussi fasciné que ces enfants l'étaient aujourd'hui.

— Pourquoi pas celle où Raven réussit à vaincre la baleine ? proposa Enrique.

À l'accord et l'excitation généraux, il raconta comment Raven avait utilisé sa ruse pour battre une baleine qui terrorisait un village local. Il aurait pu entendre une épingle tomber dans la salle pendant qu'il parlait, mais surtout, Enrique se retrouva à parler presque directement à Devon, espérant qu'il en tirerait quelque chose. Enrique aimait l'action et ajouta autant de drame qu'il put pour garder les enfants captivés.

— Bon. Maintenant que vous connaissez l'histoire, nous avons du papier et des crayons de couleur.

Il passa quelques minutes à montrer comment dessiner Raven, ainsi qu'une baleine, et laissa les enfants essayer.

— Tu es bon, dit Devon à Joey.

L'aîné des garçons de Craig était assis à côté de lui. Il semblait avoir quelques petits problèmes de mobilité et de coordination. Ils partagèrent un sourire. Joey avait manifestement du talent et était bon en dessin ; il lui fallait simplement plus longtemps que les autres.

— Mais l'aile n'est pas belle, constata Joey sur son dessin.

Devon et lui travaillèrent ensemble pour « arranger » ça, pendant que Enrique déambulait dans la salle.

— Raconte-nous une autre histoire, implora une des filles.

— Tu connais les règles. Je vous raconte une histoire, puis vous la dessinez.

Enrique était une bonne pâte, cependant, et commença une autre histoire sur Raven. Les enfants avaient déjà entendu l'histoire de Raven guerrier avant, mais il la raconta de nouveau pendant qu'ils travaillaient, la tête baissée. Après, Enrique se retrouva à flâner vers l'endroit où Devon avait commencé son propre dessin.

Sans même y penser, il observa, tandis qu'une version de Raven et la baleine émergeait sur la feuille de papier, mais en forme abstraite, avec de la lumière et de la couleur éclatant sur la page. Enrique ne le dérangea pas, mais fut fasciné par ce qui apparut ensuite.

— Ça ne ressemble pas à l'histoire, commenta Joey, mais Devon leva à peine les yeux de son travail.

— C'est ainsi que je vois l'histoire quand je ferme les yeux. On n'est pas obligé de dessiner les choses littéralement. J'essaie de dessiner ce que l'histoire signifie pour moi et ce que ça me fait ressentir. Tu vois, beaucoup de couleurs, parce que Raven a gagné et que ça me rend heureux.

Il continua à travailler, et assez vite, les autres se rassemblèrent autour de lui, regardant et ne faisant pas un bruit, ce qui était rare pour des enfants de huit, neuf et dix ans. Ils se bousculèrent afin d'avoir une place pour bien voir pendant qu'ils observaient le dessin prendre forme minute par minute. Enrique ne pouvait pas non plus détourner le regard, alors que l'eau devenait plus violente, avec des bleus plus profonds et des noirs, ponctués par les endroits où le blanc du papier ressortait. Le mouvement était sensationnel, et après avoir travaillé pendant un peu plus longtemps, Devon leva la tête et sembla réaliser que tout le monde était autour de lui.

— Retournez à votre travail et laissez M. Devon faire le sien, les réprimanda gentiment Enrique.

Il savait qu'il devrait suivre son propre conseil et laisser Devon tranquille, mais il avait du mal à le faire. Devon semblait attirer son attention, et Enrique savait que c'était une chose sur laquelle il allait devoir travailler pour la surmonter. Cela n'avait pas d'importance que l'intensité et la concentration de Devon glissent hors de lui comme l'eau sur son dessin… et c'était aussi attirant que n'importe quel aimant. Devon restait seulement pour quelques semaines. Enrique n'allait pas se laisser attirer dans son orbite. Mais peu importait le nombre de fois où il se disait qu'il devrait garder ses distances, son attention le ramenait vers l'autre homme.

— Mais je veux apprendre à faire ça, déclara Joey avec sérieux. C'est si joli.

— Tu peux. Cela prend du temps. D'abord, tu dois pouvoir dessiner les choses basiques, puis tu pourras apprendre comment ombrer et ajouter des couleurs pour les mélanger, expliqua doucement Devon, faisant tourner toutes les têtes vers lui.

— Comment ? demanda Joey.

Devon sourit et se leva, chaque tête dans la salle le suivant, y compris celle d'Enrique.

— Tu vois ces fenêtres ? C'est une journée magnifique. Alors je veux te poser une question, de quelle couleur sont les nuages ?

— Blancs ? répondit précipitamment Helena.

— Vraiment ? Regarde-les de près et dis-moi quelles couleurs tu vois, la questionna Devon. Qu'est-ce que tu vois vraiment ?

— Du gris, nota Joey. Et peut-être du jaune, et il y a du bleu dedans aussi… et du blanc.

— Exactement. Alors, quand vous dessinez les nuages, mettez toutes ces couleurs dedans, tout comme le fait la nature. Rien n'est d'une seule couleur, pas même le ciel. Est-il simplement bleu ?

— Il a beaucoup de couleurs de bleus, répondit Helena avec un sourire, comme si elle comprenait enfin.

— Oui, c'est le cas, et regardez le lac. Il n'est pas seulement bleu, mais noir à certains endroits, même vert près du bord où les plantes s'y reflètent. Quand vous faites vos dessins, essayez d'ajouter toutes les couleurs que vous voyez.

Devon prit un nouveau morceau de papier et commença à dessiner le lac. Il travailla rapidement, les crayons volant sur le papier et retombant sur la table, le suivant ajoutant une touche ici et là. Enrique était hypnotisé, alors que le lac à l'extérieur des fenêtres prenait vie sur la page avec des petites lignes des crayons de l'artiste.

— Qu'en pensez-vous ? Voulez-vous tous essayer ?

Les enfants hochèrent tous la tête et retournèrent à leur place. Enrique leur donna de nouveaux papiers, et ils recommencèrent à dessiner. Il se tint près de Devon, fasciné alors qu'il travaillait sur le lac. Puis, aussi soudainement qu'il avait commencé, Devon reposa les crayons, laissant le bout de papier sur la table, et il se leva.

Ensemble, ils aidèrent chacun des enfants, passant du temps individuel avec eux pour leur donner des conseils. Enrique avait toujours cru que les enfants progresseraient à leur propre rythme, mais après que Devon eut travaillé avec chacun d'eux, leur travail s'améliora à pas de géant et leur utilisation de la couleur devint plus subtile.

— Très bien, faites attention de bien ramener votre travail à la maison avec vous, et remettez les crayons dans les boîtes, invita Enrique à la fin de leur cours.

Ils firent tous ce qu'on leur demandait et sortirent avec leur chef-d'œuvre pour rejoindre leurs parents sur le parking.

Enrique s'assura que chacun avait ses dessins et quelqu'un pour le ramener. Le temps qu'il finisse et revienne dans la salle pour nettoyer, Devon était parti, ses dessins toujours sur la table.

Enrique souleva doucement chacun d'eux, les inspectant minutieusement, puis il les posa sur le côté et finit de ranger la salle. Il verrouilla en quittant le bâtiment et se dirigea vers le Comptoir pour aller travailler.

Comme le temps était clément, il avait prévu de faire quelques-unes des corvées de Charles une fois qu'il en aurait fini avec le travail, mais durant tout ce temps, il se demanda pourquoi Devon avait laissé ses dessins. Peut-être qu'il n'en avait rien pensé. Ils étaient magnifiques, mais il les avait laissés derrière lui.

Enrique essaya de ne pas trop y réfléchir. Après tout, il avait des choses à faire et il avait besoin de passer chez Charles.

Rita l'appela, alors qu'il se préparait à partir, et demanda si, par hasard, il se dirigeait vers le chalet.

— Ma jambe me fait très mal aujourd'hui, je ne pense pas pouvoir conduire.

— Bien sûr. J'allais y aller pour regarder le toit de toute façon.

Il se demanda pourquoi Mme Fitz et Rita s'étaient alliées afin de cuisiner pour Charles et Devon. Cela paraissait être une étrange combinaison pour lui, et quand il s'arrêta et frappa à la porte de Rita, il continua à se poser la question jusqu'à ce qu'elle réponde avec un sourire.

— J'ai leur dîner tout prêt, dit-elle.

Et alors, cela le frappa – préparer les dîners donnait à Rita l'impression d'être utile, et même si elle avait mal, elle arborait quand même un sourire. C'était le genre de communauté qu'ils avaient.

— C'est formidable.

Il entra et s'assit à la table de sa cuisine de la même manière que quand il était enfant et qu'elle venait juste de faire une fournée de ses fameux cookies aux flocons d'avoine.

Il posa la boîte sur la chaise à côté de lui et mit la cocotte dedans, ainsi qu'un autre plat qui semblait contenir une sorte de salade. Enrique souleva le couvercle et le referma sur le mélange vert de gelée.

— Je prévoyais d'aller pêcher ce week-end, je te ramènerai certaines de mes prises. Tu pourras en préparer pour Charles et Devon, et en garder pour toi.

Rita battit des mains avec un large sourire.

— J'adorerais ça. J'ai justement une recette.

Enrique aimait la rendre heureuse.

— Je verrai demain. Y a-t-il quelque chose que tu voulais que je ramène ?

— Non. Ça va pour moi.

Elle leur versa une tasse de thé à chacun, et Enrique resta assis avec elle, bavardant et lui tenant compagnie pendant un moment. Puis il amena la vaisselle dans l'évier, dit au revoir et partit vers la maison de Charles.

Il apporta la nourriture à l'intérieur et déposa le plat dans le four pour le faire réchauffer.

— Où est Devon ?

Charles se dégagea de la chaise où il avait été en train de lire.

— Je ne sais pas. Il a dit qu'il allait se promener après être revenu de la bibliothèque, et je ne l'ai pas vu depuis, expliqua-t-il en sortant les couverts. Viens manger avec moi. Je suis sûr qu'il y en a assez.

Enrique fut déçu que Devon ne soit pas là et allait dire qu'il devait repartir quand Devon passa à grands pas la porte d'entrée. Ses épaules étaient en arrière et son teint vif – le soleil et la brise avaient fait leur travail. Ses yeux brillaient lorsqu'il entra. Les papillons dans le ventre d'Enrique commencèrent presque immédiatement à s'agiter.

— Laisse-moi vérifier le toit. Ensuite, je dois retourner au Comptoir, dit Enrique, déchiré entre le fait de rester et savoir que c'était mieux s'il partait.

Il sortit l'échelle du cabanon et la mit contre le flanc de la maison. Il y grimpa et vérifia la zone où la glace de l'hiver avait fait quelques dommages. Il redescendit, prit quelques bardeaux dans son pick-up et remplaça rapidement la section endommagée. Puis il enleva l'échelle et remit tout à sa place.

Enrique fit de son mieux pour calmer les papillons. Il pensa à retourner travailler, mais il serait impoli de ne pas dire au revoir, alors il frappa à la porte et passa la tête à l'intérieur.

— Je vais rentrer maintenant.

— Tu es sûr de ne pas vouloir rester ? Rita a préparé plus qu'assez, affirma Devon alors qu'il sortait pour le rejoindre.

La guerre fit rage à l'intérieur d'Enrique, mais à la fin, il tira une chaise et s'assit pendant que Devon posait les plats sur la table. Il y avait du steak haché et des tomates dans le gratin de nouilles, recouvert de fromage. Enrique ne dit rien, mais Charles avait eu un AVC et il avait besoin de manger plus léger et de produits frais. Un gratin était répétitif. Malgré tout, ce n'était pas mauvais. Peut-être qu'il pouvait donner à Rita des légumes venant du jardin pour aider à renouveler la cuisine.

— Tu as laissé tes dessins à la bibliothèque, indiqua Enrique.

— Ce sont simplement des griffonnages pour aider à apprendre aux enfants, dit Devon avec un haussement d'épaules.

Il prit une petite part du gratin et de la salade et mangea lentement, son regard semblant parti autre part. Enrique aurait souhaité savoir ce que pensait Devon. La lumière qui avait brillé dans ses yeux pendant le cours artistique avait diminué jusqu'à ressembler à ce qu'il avait vu l'autre jour. Enrique partagea un regard avec Charles, qui haussa les épaules et mangea quelques bouchées avant de reposer sa fourchette.

— Je pense que je vais aller m'allonger.

Il quitta la table, prenant son verre d'eau avec lui, et traîna les pieds le long du couloir avant de fermer la porte de la chambre.

— C'est tout ce qu'il fait, déplora Devon, en le regardant partir. Aller de la chambre au salon chaque jour.

— Peut-être que nous pouvons faire quelque chose avec lui. Monter en voiture jusqu'à Hatcher Pass. Il y a une vue géniale de là, et le trajet est joli. Ça le ferait sortir du chalet, même s'il ne quitte pas la voiture. Ce serait un changement de décor pour lui.

Enrique ne pouvait pas croire ce qu'il offrait. Trois heures dans la voiture avec Devon serait difficile, mais c'était pour Charles. Du moins, c'était ce qu'il se disait.

— Ce n'est pas une mauvaise idée.

— Peut-être que nous pourrions prendre des peintures et de quoi travailler un peu, offrit Enrique. Je voulais faire quelque chose…

— Je sais que tu penses bien faire, grogna Devon du fond de la gorge, mais s'il te plaît, ne pousse pas. Je ne sais pas ce que je vais faire, mais si des choses se passent, ce sera chaque chose en son temps.

Il soupira et ses épaules tombèrent un peu plus. Enrique hésita et le regarda comme s'il cherchait la solution à une énigme.

— Nous pourrions y aller dimanche après-midi. Nous ne sommes pas obligés de prendre les peintures si tu ne veux pas. Il y a un système dépressionnaire qui arrive et ce sera humide pendant quelques jours, mais d'ici dimanche, il devrait de nouveau faire clair.

Devrait étant le mot qui comptait. Le temps ici était extrêmement imprévisible. Les montagnes créaient leur propre météo et faisaient exactement ce qu'elles voulaient.

— Je verrai si je peux le faire accepter.

— Nous pouvons y aller juste après la messe et partir de là, prendre un pique-nique ou autre, proposa Enrique.

Devon grimaça légèrement, mais ne le contredit pas. Enrique n'était pas une personne religieuse, mais il était spirituel, et aller à l'église le dimanche possédait sa spiritualité personnelle pour lui. Ce que le pasteur disait était immatériel. Dans ce moment-là, il était question de communauté et c'était une opportunité de plonger dans ses pensées avec l'esprit de ceux qui étaient partis avant lui.

— Je ne pense pas que ça ait changé tant que ça là-haut, supposa Devon.

— Les mines d'or sont toujours là, concéda Enrique en secouant la tête. L'État est venu il y a quelques années et a posé de meilleures barrières pour empêcher les gens d'essayer d'y entrer. Mais c'est à peu près tout. J'aime bien monter là-haut. Je connais quelques endroits géniaux pour pêcher. Nous pourrions emmener ton père. Je sais qu'il aime pêcher, même s'il est simplement assis sur une chaise sur la rive.

— Ce n'est pas bon pour lui de rester ici tout le temps, approuva Devon.

Il se mordit la lèvre inférieure et parcourut en silence la table des doigts.

— Faisons ça, céda doucement Devon. Je pense que ce sera amusant, et cela fait longtemps que je n'y suis pas allé.

Il hocha la tête, et Enrique se demanda s'il essayait de se convaincre lui-même.

— Alors je nous préparerai un déjeuner, promit-il avec un sourire en se levant. Je devrais retourner au Comptoir et voir s'ils ont besoin de moi. Je reviendrai demain pour apporter le dîner, mais ce sera un passage rapide puisque je devrai retourner directement au travail.

38

Les samedis soirs étaient le moment le plus dur de la semaine pour lui. Tout le monde en ville s'arrêtait habituellement au Comptoir d'Échange à un moment ou un autre, et il y avait beaucoup de sociabilisation et de boisson.

Devon se leva et le reconduisit à la porte.

— Merci. J'apprécie vraiment tout ce que tu fais pour Papa et moi. C'est vraiment gentil de ta part.

Devon ouvrit la porte et la tint de telle manière qu'Enrique dut passer très près de lui. Il fut assez proche pour sentir la douceur dans son souffle et remarquer la pointe de sueur et d'homme qui imprégnait l'air autour de lui. Il lui fallut toute sa volonté pour ne pas inspirer profondément et imprimer cette odeur dans la partie de son esprit qui pourrait la garder pour toujours.

Devon Starr était un homme sensationnel, et il semblait à la fois fort et vulnérable. Il traversait une grande période de doute personnel, mais prenait le temps pour des enfants qui n'auraient jamais eu la chance d'apprendre de quelqu'un comme lui autrement. Cela disait à Enrique que Devon avait bon cœur, et c'était la chose la plus importante.

Une voiture s'arrêta dans l'allée, brisant le charme qui avait maintenu Enrique en place pendant quelques secondes de plus qu'il n'aurait dû le faire. Il s'éclaircit la gorge et fit le premier pas pour s'éloigner du chalet, se dirigeant rapidement vers son pick-up, dépassant Craig et ses deux garçons avec un salut de la main.

Il devait retourner au Comptoir, où les choses étaient familières. C'était comme si le sol sous ses pieds s'était transformé en sable et que l'eau du lac menaçait de le balayer. Le Comptoir était son foyer, et il serait sur un sol émotionnel plus solide là-bas.

— Tu reviens tard, commenta Angie quand il se glissa derrière le bar à moitié plein.

Il salua chaque personne assise sur les tabourets. Une des règles était que, peu importait qui était le client, il n'y avait pas d'étrangers dans son établissement. Si un touriste entrait, il était traité comme un local. C'était la manière dont il voulait que les gens se sentent. Laisser les visiteurs avoir un avant-goût du véritable Alaska et des gens qui vivaient là. Une fois qu'il eut dit bonjour à tout le monde, il jeta un coup d'œil en cuisine pour s'assurer qu'elle n'était pas submergée, avant de rejoindre Angie à l'avant et de se mettre au travail. Au moins, s'il était occupé, il pourrait penser à autre chose qu'à Devon Starr.

IV

DEVON SE tenait près du lac tôt le dimanche matin. Le soleil brillait au-dessus de l'eau, envoyant des cristaux de lumière presque aveuglants, mais incroyablement magnifiques sur le lac pratiquement immobile. Son père dormait encore, mais semblait en fait un peu excité à l'idée de sortir du chalet, bien que Devon s'attendait à moitié à ce qu'il fasse marche arrière à la dernière minute. Il n'était pas sûr de la raison. Appelez ça une impression, en quelque sorte.

— Vas-tu fixer l'eau toute la journée ? appela son père depuis le pas de la porte derrière lui.

— Non, répondit-il.

Il se retourna un peu, mais ne fit aucun autre mouvement pour revenir vers la maison. Après une minute, des pas écrasèrent les feuilles et le sous-bois.

— Alors pourquoi te tiens-tu ici ? demanda son père en se rapprochant. Que se passe-t-il ?

— Devrais-tu être dehors ? s'interrogea Devon.

— Cela fait quinze mètres, répliqua son père en levant les yeux au ciel. Les charlatans disent que j'ai besoin de plus d'exercice, alors je pense qu'il est sûr pour moi de venir aussi loin sur mon propre terrain. Je ne suis pas encore mort.

Devon s'attendait à moitié à ce que son père lui donne une claque. Il se retourna de nouveau, souriant cette fois. Il était bon d'entendre une partie de la fougue de son père revenir.

— Tu n'as pas répondu à ma question. Et n'essaie pas de détourner la conversation. Tu n'es pas trop grand pour que je te pousse dans le lac pour te calmer les idées.

Maintenant, la pointe de rire le fit sourire. C'était une vieille menace que son père avait seulement dû appliquer une fois… quand Devon avait quatorze ans et testait les limites… pour ainsi dire.

— Je ne sais pas, Papa, avoua-t-il en lui faisant face. Enrique dit que je devrais chercher ici pour de l'inspiration, et je continue de regarder et d'espérer que quelque chose arrive, mais je n'obtiens rien. Je tourne sur la réserve depuis un moment, et je continue d'espérer que quelque chose, n'importe quoi, déclenchera une idée… quelque chose, répéta-t-il avant de ravaler sa salive. Je n'en ai pas eu depuis un certain temps et je me demande toujours si mes idées vraiment bonnes étaient là à cause de la boisson et…

La claque sur son épaule ne fit pas mal, mais elle le prit par surprise.

— Hé, s'écria-t-il en frottant l'endroit douloureux.

— C'est presque l'idée la plus stupide que j'ai jamais entendue de toute ma vie. La boisson n'a rien à voir avec ça. C'est ta propre tête qui se met en travers. Arrête de réfléchir autant et laisse cette foutue bosse soixante centimètres au-dessus de tes fesses dégager du passage.

Il fit demi-tour et se dirigea lentement vers le chalet.

— À cet instant, tu as des choses pires auxquelles réfléchir. Il est l'heure d'aller à l'église, et tout le monde en ville va vouloir t'assaillir.

— J'allais rester ici et…

— Et puis quoi encore ! Si tu n'y vas pas, ils vont tous m'assaillir, *moi*, pour découvrir comment tu vas, et je ne l'accepte pas. Alors ramène tes fesses ici, douche, rasage, chaussures et en route. Nous devons partir dans une demi-heure. Et laisse tomber la routine du pauvre type, ça me déprime… et je viens juste d'avoir une attaque.

Clairement, son père ne se gênait pas pour utiliser sa maladie contre Devon. Mais il ne comprenait simplement pas.

— C'est sérieux, Papa.

— Tout comme moi.

Il s'arrêta et revint en traînant les pieds là où Devon se tenait.

— L'inspiration ne vient pas de tes yeux. Même moi, je le sais. Tu as toujours peint avec ton cœur, et c'était de là que l'intérêt et la passion venaient. Ça n'a rien à voir avec l'alcool. Comme je l'ai dit, tu laisses uniquement ta tête se mettre en travers.

— Je souhaiterais que ce soit aussi simple. Je sais comment débrancher mon cerveau, lança malicieusement Devon.

— N'y pense même pas, déclara son père en se rapprochant, les yeux durs comme la pierre. Pas même une seconde. Quand tu buvais, je n'arrêtais pas de m'inquiéter pour toi. Suis-je fier de ton travail et de ce que tu as fait ? Bien sûr que je le suis. Mais si tu ne peins plus jamais mais que tu restes sobre, je serais tout aussi fier de toi si tu ramassais les poubelles. Arrêter de boire demande plus de courage et de détermination que tout ce que tu as fait dans ta vie, et je ne veux pas que tu retournes là-dedans. N'y pense même pas.

Devon déglutit avec difficulté. Doux Jésus. Son père ne lui avait jamais parlé comme ça.

— Tu es fier de moi?

— J'ai toujours été fier de toi, assura-t-il en le tirant dans ses bras. Devon, tu as un don que je n'aurais jamais pu imaginer. Tu vois le monde différemment du reste d'entre nous. Alors peins simplement ce que tu vois et ce qui rend ton cœur heureux. Ce sera éblouissant.

Il le relâcha et soupira lourdement.

— Maintenant, vas-y avant que nous soyons en retard.

Cette fois, son père alla jusqu'à la maison. Devon suivit. Il ne servait à rien de lutter contre lui, et peut-être qu'il avait raison. Peut-être que si Devon lâchait tout pendant un moment, son esprit se calmerait, et il saurait ce qu'il avait besoin de faire.

À l'intérieur, Devon prit une douche et se changea pour quelque chose d'autre qu'un jean. Une fois que son père fut prêt, Devon les conduisit à la petite église, tout au bout de la rue principale. C'était là que tout le monde allait, et elle était non confessionnelle, ce qui convenait à Devon.

Il aida son père à entrer et à s'asseoir sur un banc dans l'entrée. Devon s'inquiétait qu'il soit déjà fatigué, mais une fois qu'il fut assis et que les enfants et la moitié des gens soient venus le voir, il reprit du poil de la bête et fut tout sourire. Peut-être que ce dont il avait besoin était d'être dehors avec des gens plutôt qu'assis à l'intérieur la majorité de la journée.

— Bonjour, Devon, salua Enrique, derrière lui.

Devon n'eut pas besoin de regarder pour savoir que c'était lui. Son cœur battit un peu plus vite, et même dans la salle fraîche, un léger coup de chaleur recouvrit sa nuque alors que l'odeur lourde d'Enrique atteignait son nez. Devon se tourna lentement pour lui faire face.

— J'ai tout préparé pour notre sortie de cet après-midi.

— Je pense que ça va être une journée géniale, confia Devon. Papa est impatient.

Des murmures à proximité attirèrent son attention. Devon avait oublié le genre de microscope sous lequel il serait. Il se tourna, alors qu'un groupe de dames se séparait à trois mètres de lui; Mme Fitz était l'une d'elles, guidant Rita jusqu'à son siège. Un autre groupe d'hommes, certains les fusillant du regard, finit par s'éloigner.

— De quoi s'agit-il?

— Qui sait? écarta Enrique avec un haussement d'épaules. Les gens aiment parler. Il n'y a rien d'autre à faire, alors ils parlent et parlent.

L'orgue commença à jouer, et comme un seul homme, tout le monde bougea lentement jusqu'au sanctuaire et s'assit sur les bancs qui étaient utilisés depuis plus de cinquante ans. Le père de Devon lui avait dit que, quand la ville avait décidé qu'ils avaient besoin d'une église, tout le monde s'était rassemblé, avait arrangé les matériaux, dessiné des plans et construit le bâtiment en tant que communauté. Le nom de son père était sur la plaque des fondateurs dans l'entrée parce qu'il avait travaillé dessus étant enfant avec son propre père. Son père et lui s'installèrent sur le banc sur lequel il s'était assis durant toute son enfance. Devon passa en premier, suivi par son père, Enrique s'asseyant du côté de l'allée.

Tout le monde parlait doucement, et Devon se força à garder les yeux vers l'avant tandis que des murmures continuaient derrière lui.

— Peut-être que c'était une mauvaise idée, dit-il à son père.

— Ils doivent parler de quelque chose, et tu es parti pendant longtemps. Ton retour est une nouveauté. Fais simplement avec.

La musique devint plus forte, les discussions plus faibles, et le service débuta. Devon ne put se rappeler avoir été un jour aussi heureux d'écouter un pasteur pendant l'heure suivante.

MME FITZ l'interpella, une fois que le service fut fini. Elle lui offrit une étreinte, tout comme un grand nombre d'autres personnes.

— Devon. Tu as bien pris tes quartiers ? Tu sais que tu peux passer nous voir quand tu veux.

Elle lui tapota l'épaule, et Rita l'étreignit également. Puis elle suivit Mme Fitz dehors. Craig les remplaça, ses garçons à côté de lui.

— Tu tiens le coup ? Est-ce que le Fouineur Express t'a déjà rendu fou ? demanda-t-il, avec un sourire, et Devon en fut reconnaissant. J'emmène les enfants pêcher jeudi prochain, et je me demandais si tu aimerais venir avec nous. Toi aussi, Enrique. Nous avons plein de place.

— Merci, répondirent-ils tous les deux en même temps.

— J'ai entendu dire que tu donnais un cours d'art mardi, reprit Craig. Seigneur, tu es plus brave que je ne le pensais.

— Hein ? s'étonna Devon. Le cours est plein.

Du moins, c'était ce qu'Enrique lui avait envoyé par mail. De quoi diable était-il question ? Il ne savait pas quel pourrait être le danger.

— Oui. Et ce sont toutes ces dames qui l'ont rempli, annonça Craig en lui tapotant l'épaule. Mieux vaut toi que moi, vieux.

— Je ne comprends pas la raison de tous ces commérages, dit Devon un peu plus fort.

Il s'assura que les autres puissent entendre et, sans surprise, il obtint quelques regards penauds, et les personnes se détournèrent et quittèrent l'église.

— Joli, complimenta Craig, en sortant également. Allez, les garçons, nous devons rentrer à la maison pour le déjeuner. Dites au revoir à M. Devon.

Celui-ci se souvenait de ce sourire et fut soulagé qu'il ne fasse pas faire un saut périlleux à son ventre comme il en avait eu l'habitude.

— Au revoir, dirent-ils tous les deux.

— Je peux aussi prendre des cours d'art ? demanda le plus jeune en se précipitant pour offrir un câlin à Devon.

— Bien sûr que tu peux, répondit ce dernier. Tu peux venir parfois, et toi et moi pouvons avoir un cours ensemble. Ton frère et toi pouvez tous les deux venir, si vous voulez.

Il semblait si sérieux à ce sujet, et Devon n'allait pas le lui refuser.

— Merci.

— Allez, Joey. Nous devons rentrer. Toi aussi, Billy. Montez dans le van.

Craig sourit, et ils quittèrent enfin l'église. Devon les regarda partir.

— Nous devrions y aller aussi, dit son père. Je veux me changer et prendre une autre veste avant que nous partions.

Il alla directement au pick-up, grimpa dedans et baissa la vitre.

Devon se tourna quand Craig sortait du parking.

— Que se passe-t-il entre lui et toi ? demanda Enrique.

— Craig et moi sommes amis, répondit Devon de façon absente, se demandant exactement ce qu'il ressentait.

Une si grande partie de sa réclusion avait été liée à Craig et Enrique, et maintenant il passait du temps avec ce dernier et ne ressentait presque rien d'autre que de l'amitié pour le premier. Il se demandait pourquoi il était resté éloigné en premier lieu, ce qu'il avait manqué exactement.

— Il y a plus, insista Enrique.

Devon pivota pour regarder dans ses yeux, reculant à la compréhension claire qu'il y voyait. Il voulut se couvrir, se sentant nu et exposé pendant quelques secondes.

— Peut-être, s'autorisa-t-il à dire. Je devrais ramener Papa à la maison. Veux-tu nous y rejoindre et nous pourrons partir de là-bas ?

Il avait besoin de changer de sujet et se sentait soudain nerveux à l'idée de passer tout un après-midi avec Enrique, avec seulement son père comme médiateur.

Enrique hocha la tête, mais ne dit rien de plus, puis sortit à grands pas vers son pick-up. Devon le suivit du regard, souhaitant ne pas l'avoir fait quand il se rendit compte que les hommes qu'il avait vus à l'intérieur l'observaient. Il ne savait pas qui ils étaient, ce qui était étrange. Il grimpa dans son pick-up de location et ramena son père à la maison.

— Tu devrais bientôt rapporter ce truc à Anchorage. Tu peux conduire le mien. Ça t'économisera de l'argent.

— J'irai demain.

Il n'était pas sûr de savoir qui irait avec lui pour conduire le pick-up de son père, mais il ne serait pas difficile de trouver quelqu'un. Peut-être que Mme Fitz avait besoin d'aller en ville.

Ils s'arrêtèrent, et son père descendit et alla à l'intérieur. Enrique s'arrêta derrière lui, et Devon le conduisit dans le salon, puis alla changer de vêtements.

Ils partirent peu après, Devon de retour dans un jean et son père assis au centre de la banquette du vieux pick-up d'Enrique. Ils prirent un virage à gauche sur la grande route, puis montèrent un moment avant de prendre l'embranchement vers le col. Presque immédiatement, ils dépassèrent une forêt de poteaux de transmission électrique, au sommet desquels on trouvait un énorme nid.

— Ils sont toujours là ?

— Oui. Les balbuzards reviennent chaque année, et ils ont eu des petits durant le printemps, expliqua son père alors qu'ils continuaient leur chemin. Tu t'en souviens ?

Chaque virage et tournant de cette route revenait dans la mémoire de Devon. Il l'avait prise tant de fois étant enfant.

— Oui, je me souviens, Papa, dit-il tandis qu'il observait par la fenêtre le paysage changé et pourtant familier.

Enrique ne dit rien, mais leurs regards se croisèrent quand il tourna, et Devon se demanda ce que pensait cet homme magnifique. Devon n'en avait aucune idée. Les eaux d'Enrique étaient profondes, et il ne donnait généralement pas beaucoup d'indices sur ce qu'il y avait dans son esprit. C'était à la fois intriguant et énervant pour Devon – cela l'avait toujours été. Non pas qu'il ait le droit de demander, mais il y avait des fois où il souhaiterait le faire.

Le pick-up rebondissait pendant qu'ils montaient le long de la route montagneuse, la rivière passant près du chemin au début mais s'écartant ensuite, prenant un profond défilé, jusqu'à ce qu'ils bifurquent et la laissent derrière. Les arbres près de la ville avaient laissé place à des buissons, puis simplement à de l'herbe de toundra et des lichens une fois qu'ils furent plus haut.

— Es-tu sûr que tu vas bien ?

Ils n'étaient pas très haut, mais il ne voulait pas que son père ait le souffle court.

— Je viens ici depuis que tu mettais des couches. Je vais bien, répondit Charles avec un sourire.

Ils continuèrent jusqu'à ce que la route serpente à travers une longue vallée avec des montagnes recouvertes d'herbe s'élevant de chaque côté, les rochers rejetés et la poussière coulant des restes de quelques vieilles mines.

— C'est ça dont je me souviens, dit Devon.

Et quand Enrique s'arrêta sur le bord de la route, il ouvrit la portière et descendit, remontant son manteau. Le soleil brillait, mais le vent était quand même frais. Mais il ne le remarqua pas vraiment. Tout ce que Devon fit fut de regarder autour de lui, s'émerveillant de cet endroit et se demandant pourquoi il n'y avait pas pensé depuis des années.

— Je savais que tu t'en souviendrais, avoua Enrique.

Il abaissa le hayon, sortit le panier et la glacière et les posa sur le plateau.

Devon hocha la tête et sourit à la manière dont Enrique essayait de l'aider. Il s'assit sur le hayon, et son père et Enrique le rejoignirent. Devon essaya de se souvenir combien d'heures il avait passées avec son père comme ça, roulant – non pas que la destination ait eu de l'importance – et mangeant leur pique-nique assis juste comme ça. Il prit une grande inspiration et laissa la sensation imprégner son corps.

Quand ils eurent fini de manger, Enrique repoussa la glacière dans le véhicule et mit le reste derrière le siège dans la cabine.

— Je vais rester ici avec le pick-up, déclara alors son père. Vous, les garçons, allez explorer.

Il soupira, mais souriait et semblait content. Devon s'attendait presque à ce qu'ils reviennent et le découvrent endormi dans la cabine. Mais tant qu'il était heureux…

— Allons-y, dit Enrique.

— Où ? demanda Devon alors qu'il suivait son pas rapide.

— Là-haut, désigna-t-il. Il y a un chemin, et j'aime la vue.

Il commença à grimper vers un des contreforts. Au début, Devon pensa qu'il était fou, mais ils grimpèrent plus haut, le sol de la vallée reculant. Les sommets n'étaient pas si hauts ni escarpés. L'herbe de toundra les recouvrait, mais l'ascension était ardue et grisante en même temps.

— Tu fais ça souvent? questionna Devon, faisant une pause pour reprendre son souffle.

Enrique s'arrêta, le vent soufflant dans ses cheveux.

— Je n'ai pas grimpé ici depuis mes seize ans. Tu te souviens? Craig m'a mis au défi de le faire, alors j'ai grimpé. C'est vrai, amenda-t-il avec un sourire, tu avais la grippe, alors tu n'étais pas avec nous. Je l'ai fait, et il s'est dégonflé.

Enrique attendit que Devon le rejoigne. Ensemble, ils continuèrent leur montée, progressant lentement mais sûrement.

— S'est-il passé quelque chose entre vous deux?

— Que veux-tu dire? questionna Devon, marquant une pause.

— Il y a quelque chose de bizarre entre vous. Je peux le sentir quand vous êtes ensemble.

Enrique continua à grimper, et Devon le rattrapa. Il leva les yeux au ciel en poursuivant sa montée.

— Es-tu voyant ou autre chose?

— Non.

Enrique s'arrêta de nouveau. Ils approchaient du sommet, et Devon refusa de regarder en bas avant de l'avoir atteint ou il se dégonflerait.

— Tu es tout tendu quand il est là. Tu souris et dis les bonnes phrases, mais tu es toujours tendu.

— Je suis tombé amoureux de lui quand nous étions au lycée, grogna Devon. Je sais que je suis vraiment stupide, mais c'est ce qui s'est passé.

Il ne l'avait jamais admis à qui que ce soit avant.

— Est-ce en partie pour ça que tu es parti et n'es jamais revenu? À cause de ça? demanda Enrique.

— Oui. En partie. Enfin, je continuais d'espérer que Craig me regarderait et comprendrait qu'il m'aimait aussi. Et je pense qu'il m'aimait, mais pas de la manière dont j'avais besoin, et cela a mis le bordel dans ma tête, confia-t-il en regardant vers le haut.

— Est-ce que Craig le sait? interrogea doucement Enrique.

— Oui, avoua Devon avec un hochement de tête. C'était un vrai bazar à l'époque. Quand il a rencontré Jeanie, je savais qu'il n'allait jamais s'intéresser à moi de cette façon. Craig est hétéro.

47

Enrique releva les sourcils, de cette manière qui était à la fois curieuse et sacrément sexy, et il écarta ses cheveux ébouriffés par le vent loin de son visage. L'idée de ce que serait la sensation de ces cheveux contre sa peau traversa l'esprit de Devon, et la froideur du vent n'eut plus d'importance, parce qu'il avait soudain très chaud de plus d'une manière.

— Qu'est-ce que ça veut dire ? demanda Devon en avalant sa salive pour humidifier sa gorge sèche.

— Simplement qu'il y a des rumeurs que Craig aimerait à la fois les hommes et les femmes.

Il se détourna, et Devon fit pareil.

— Eh bien, tant mieux pour lui, déclara-t-il avec un haussement d'épaules.

Enrique lui offrit une nouvelle fois cette même expression confuse et sexy quand il se tourna vers lui.

— Oui, j'ai été salement secoué à cause de lui pendant un long moment – peut-être que c'est le cas de tout le monde.

Il le pensait comme une plaisanterie, mais l'idée lui apparut qu'Enrique pourrait apprécier Craig. Seigneur, il ne l'espérait pas. Craig pouvait bien être bisexuel, mais cela ne signifiait pas qu'il allait un jour être vraiment dans une *relation* avec un autre homme. Devon expira profondément, content que cette page soit véritablement tournée.

— Alors tu ne l'aimes plus ? se renseigna Enrique avec hésitation, sa voix poussant contre le vent.

— Non. Il a sa propre vie maintenant, et elle tourne autour de ses garçons. C'est ainsi que ça doit être. Ils méritent tout ce qu'il peut leur donner, et je ne foutrai pas ça en l'air pour lui. Ce que je ressentais à l'époque est immatériel. Ce n'était pas comme si Craig essayait de me blesser. Je l'ai fait tout seul. C'était ce dont je devais prendre conscience et ce que les AA m'ont aidé à traverser. Que tout ça, c'était mes propres attentes.

Il sourit. Mon Dieu, c'était un énorme soulagement de pouvoir répondre honnêtement.

— C'est à ce moment-là que tu as commencé à boire au tout début ? questionna Enrique.

Devon acquiesça. Du moins, il pensait que c'était la principale raison. Il avait essayé de noyer un cœur brisé et avait fini par emmener tout son être avec. Il s'attendait à plus de questions, mais Enrique hocha simplement la tête, ses yeux remplis d'une compréhension si profonde qu'elle coupa presque le souffle de Devon.

— Toi aussi ? chuchota-t-il.

Enrique se détourna, continuant la montée. Devon ne pensait pas qu'Enrique allait répondre, alors il continua.

— Après ça, j'avais honte de boire, de ce que je ressentais… de tout. Puis, pour couronner le tout, mon travail a commencé à vraiment se vendre, et c'était plus pratique de simplement rester à New York et de tout laisser derrière moi, révéla-t-il, faisant les derniers pas pour se tenir près d'Enrique au sommet. Mais je n'ai rien laissé derrière. Les problèmes m'ont suivi et sont devenus plus gros et se sont enchevêtrés avec les merdes auxquelles je ne voulais pas faire face. Après un moment, c'était plus facile de rester, alors je suis resté.

Il avait fallu beaucoup de temps et une dépression presque totale pour qu'il arrête de boire. Parfois, il se demandait si cela en valait la peine, mais c'était surtout quand il se sentait larmoyant, et il était impossible de ressentir ça en se tenant sur ce qui ressemblait au toit du monde.

— Un amour non réciproque, ça craint vraiment, dit doucement Enrique avec un hochement de tête.

Le vent emporta ses mots. Devon se rapprocha et mit le bras autour de sa taille, ne voulant pas qu'il se sente seul.

Ce simple contact, bien que plus intime que la plupart des gestes, semblait juste à cet instant, et il attira Enrique plus près de lui quand le vent souffla autour d'eux.

— J'ai passé tant d'années endormi, ma tête embrouillée par l'alcool…

Il n'était même pas sûr de la façon dont il pouvait mettre des mots sur ses sentiments. Il laissa traîner sa phrase. Ce qu'il voulait dire ne paraissait pas adapté, même dans sa propre tête. À la place, il se tourna, regardant tout autour un monde escarpé en dessous lui, des montagnes et des vallées s'étirant aussi loin qu'il pouvait voir.

— Regarde, murmura Enrique.

Les nuages semblaient s'écarter juste devant eux, et Denali sortit de son voile de brume pour régner au-dessus de tout. Devon regarda et assimila tout, ne bougeant pas quand Enrique fit quelques pas pour sortir de son éteinte et se rapprocher du grand pic, le plus haut en Amérique du Nord, s'élevant à plus de six kilomètres dans les nuages.

Devon remua légèrement, et ce fut là, juste devant lui. Les cheveux d'Enrique dans le vent, ses yeux remplis de détermination et de colère. Devon ne fut pas sûr d'où venait cette dernière jusqu'à ce qu'il suive son regard vers une cicatrice marron dans la vallée, près de la rivière.

— Encore une compagnie minière ?

— Oui. Ils pensent qu'il y a suffisamment d'or pour que ça paye. Mais tout ce qu'ils font, c'est déranger les eaux et mettre le bordel en aval. Ils sont supposés être écologiquement responsables… grogna-t-il en levant au ciel ses yeux intenses. Ne peuvent-ils pas voir la beauté de cet endroit ? Non. Tout ce qu'ils veulent est ce qu'il y a sous la terre, et ils gâchent tout pour l'avoir.

— Ont-ils eu un permis ? demanda Devon.

— C'est censé être un test de leurs méthodes. Mais regarde ce qu'ils ont déjà fait.

Il marcha d'un pas lourd sur le sommet pendant quelques secondes avant de reprendre.

— Allons-y. Nous devrions descendre et voir comment va Charles. Sois prudent. C'est beaucoup plus facile de monter que de descendre. Regarde où tu mets les pieds et vas-y doucement.

Enrique commença sa descente, mais Devon resta où il était alors que des images commençaient à jouer dans son esprit. Il voulait se mettre à genoux et remercier les dieux pour la grâce qu'ils lui avaient accordée. Il n'était pas sûr de la manière dont il allait représenter sur une toile ce que lui disait son esprit, mais l'inspiration était là, et son cœur était engagé. Son regard revint vers Enrique, qui devenait plus petit à mesure qu'il descendait, laissant le vent souffler autour de lui.

— Tu viens ? appela Enrique, sa voix presque perdue dans le vent.

Devon commença à descendre, faisant des pas prudents en essayant de ne pas laisser le vent le faire tomber. Enrique avait raison, descendre était définitivement plus difficile. S'il tombait et commençait à rouler, il n'aurait aucun moyen de s'arrêter avant d'atteindre le bas de la pente, et bien que l'herbe de la toundra paraisse douce, elle ne l'était pas. Le sol en dessous était dur comme la pierre, et il serait roué de coups jusqu'en bas.

Le pied de Devon glissa sous lui, et il tomba sur les fesses, envoyant un éclair de douleur à travers son corps. Il resta assis pendant quelques secondes avant de se remettre debout et de continuer à descendre. Enrique l'attendait, et quand Devon approcha, il prit son bras et ils firent le reste de la descente ensemble. Une fois qu'ils eurent atteint le bas, le contact d'Enrique s'échappa, et immédiatement, il manqua à Devon. Se tournant vers lui, il fut surpris qu'Enrique rende son regard, ses profonds yeux marron croisant ceux de Devon, et en un instant, celui-ci oublia tout le reste, y compris où il était et le fait que son père était à une centaine de mètres.

50

Bon sang. Enrique l'attirait comme un aimant. Il se pencha, et ses yeux commencèrent à se refermer, alors que ses lèvres s'écartaient.

— Les garçons…

La voix de son père coupa à travers le brouillard qui l'avait presque submergé. Le timing de son père était impeccable. Il fit un pas en arrière avec un soupir. Il n'avait pas le droit d'embrasser Enrique. Il allait partir dans quelques semaines, quand son père serait sur pieds, et démarrer quelque chose avec lui, peu importait à quel point Enrique pouvait l'intriguer, n'était pas une bonne idée ni pour l'un ni pour l'autre.

Pourquoi rien ne semblait fonctionner et toutes ses relations étaient-elles si foutrement compliquées ? Il était probablement mieux de ne pas s'impliquer et de simplement faire ce qu'il était venu faire ici puis rentrer chez lui.

C'était si facile de se le dire, jusqu'à ce qu'Enrique ouvre la portière du pick-up et s'appuie dessus, son regard rencontrant de nouveau celui de Devon pendant rien qu'une seconde, et juste comme ça, la prudence et la logique ne signifièrent plus rien. Devon était un homme de passion. L'artiste en lui avait besoin de suivre son cœur, et il savait ce que celui-ci voulait.

— Tu vas bien, Charles ? s'enquit Enrique.

— Oui. J'ai fait une sieste pendant quelques minutes, mais je pense que je dois redescendre plus bas, expliqua-t-il avant de se rasseoir, ayant l'air fatigué.

Devon alla à l'arrière du pick-up et s'assura que tout était en place avant de grimper au milieu, son père près de la fenêtre.

— As-tu besoin d'air ?

Son père hocha la tête. Devon se retrouva appuyé tout contre la chaleur d'Enrique, et son énergie semblait courir à travers lui.

Le voyage de retour fut tout aussi cahoteux, mais cette fois, il frottait contre Enrique, leurs épaules se bousculant, et l'odeur de ce dernier l'enveloppait, puis était emportée par le vent à travers la fenêtre et remplacée de nouveau quand ils ralentissaient. C'était une chanson et une danse intéressantes auxquelles Devon pouvait céder sans poser de problème à son cœur ou à ce que sa tête lui disait être bien.

Malgré tout, cela ne signifiait pas qu'Enrique s'intéressait à lui. Bien sûr, ils s'étaient presque embrassés, mais là encore, cela aurait pu être tout autre chose. Dans le passé, Devon avait mal déchiffré les gens. Il l'avait fait pendant des années, pensant que chaque geste d'amitié pourrait conduire à plus. Enrique était un ami, un bon ami – du moins, il l'avait été par le passé – et ils redevenaient amis. Devon ne voulait pas gâcher ça. Et même s'il prenait le risque, Enrique était lié à cette terre et cet endroit, et Devon devrait retourner à New York. Cela pouvait être le lieu où il avait grandi, mais ce n'était pas son foyer, ça ne l'était plus. Il avait une vie dans la ville.

— J'ai de la crème glacée au Comptoir si vous voulez vous y arrêter, offrit Enrique.

— Merci. Mais je pense que je dois ramener Papa. Je sais que tu as des choses à faire…

Il espérait qu'Enrique lui dirait qu'il était libre pour le reste de la journée, mais il hocha la tête et ne dit rien de plus. Devon se sentait comme s'il avait manqué une opportunité, mais il devait lâcher prise, puisque son père paraissait définitivement faiblir.

Enrique les déposa au chalet et partit après avoir dit au revoir, retournant probablement au Comptoir d'Échange. Devon aida son père à entrer et à s'asseoir dans son fauteuil. Il s'assit également.

— Vas-tu rester assis là et me regarder dormir pour le reste de l'après-midi? grommela son père, et Devon grogna en se levant. Va faire quelque chose. Tiens-toi près du lac et rumine si tu préfères, mais j'ai besoin de repos. Je ne vais pas passer l'arme à gauche dans les prochaines heures.

— Papa, parfois, tu es vraiment un emmerdeur.

— C'est agréable que tu sois passé alors, honnêtement.

Son père ferma les yeux, et Devon alla dans sa chambre, sortit son ordinateur et ouvrit Amazon. Il y avait un certain nombre de choses dont il allait avoir besoin pour avoir une chance de tirer le plein potentiel de ce qu'il avait dans la tête à cet instant, et il ressentait l'urgence que, s'il ne le mettait pas sur toile, il allait le perdre.

Il passa sa commande, y compris ce dont il avait besoin pour le cours qu'il donnerait, et fut content d'être un membre Prime avec la livraison gratuite sur deux jours. Ici, en Alaska, cela signifiait habituellement un peu plus longtemps, mais la livraison normale pouvait prendre des semaines. Une fois qu'il eut mis en route ce qu'il voulait, il referma l'ordinateur, entendant la pluie commencer à bombarder le toit. Sans rien d'autre à faire, il sortit sa tablette et ouvrit son application de lecture, décidant qu'il pourrait se perdre dans un livre pendant un moment.

C'était une des choses à laquelle il lui faudrait du temps pour s'habituer. Ici, le choix de divertissements était limité. Il pouvait regarder un film sur son ordinateur, mais un peu de calme ne lui ferait pas de mal.

Puis, plus tard, peut-être après dîner, il verrait si son père voulait regarder quelque chose.

LE TEMPS de calme se transforma en heures, et il en sortit uniquement avec le coup frappé à la porte arrière. Devon se leva et trouva Enrique sous un parapluie.

— Entre, proposa-t-il en lui ouvrant la porte. Que fais-tu dehors par ce temps ?

— Je voulais vérifier les réparations que j'ai faites sur le toit hier matin.

— Tout est parfaitement sec, et nous sommes tous les deux reconnaissants de ton aide. L'idée de monter sur ce toit me fout les chocottes.

Il avait été nerveux tout le temps où Enrique avait été là-haut, pour être honnête.

— Je dois aller au Comptoir. C'est dimanche soir, et c'est habituellement assez animé pour nous. Mais je voulais m'assurer que tout allait bien.

Enrique lança un sourire qui alla directement à l'entrejambe de Devon. Il déglutit et essaya de ramener son esprit sur la conversation et loin des pensées scabreuses qui prenaient racine.

— D'accord. Alors je te verrai mardi matin pour que nous puissions tout préparer pour le cours.

S'il n'allait pas rester pour dîner, au moins, Devon savait quand il reverrait Enrique. Il ferma la porte derrière lui, et Devon verrouilla la maison pour garder le froid dehors.

— Tu pourrais y aller et voir ce qui se passe. Voir d'anciens amis. Il n'y a aucune raison que tu restes ici. Je peux préparer mon propre dîner et puis aller au lit, déclara Charles en se levant lentement. Je ne suis pas impuissant.

— Je sais, Papa, mais…

— Tu sais que tu vas devoir affronter cet endroit à un moment ou un autre. C'est le centre de la ville, et tout le monde va là-bas. Ils ont un restaurant et un salon à l'écart du bar. Enrique a ajouté le salon avec de grands meubles et des choses pour que les gens puissent s'éloigner des boissons s'ils le veulent.

Devon se retint de répondre au début. Normalement, sa réponse aurait été de se renfermer. Mais c'était son père, et il pouvait lui faire confiance.

53

— Je ne pense pas être prêt pour ça. J'essaie de ne pas me mettre dans des situations où il y a de la consommation d'alcool, expliqua-t-il en s'asseyant près de son père. Je veux un verre presque chaque jour. Quand les choses deviennent difficiles ou incertaines, la première chose que je veux faire est de me verser un verre de whisky et de prendre un shot... ou six. Ça n'a pas changé du tout. La seule différence entre il y a deux ans et maintenant, c'est que je sais que je ne peux *pas* le faire, j'aime le fait que je peux me souvenir de chaque jour... bon ou mauvais.

— Tu sais qu'Enrique sera là, et tous ceux qui t'aiment. Personne ne te laissera boire ou même t'approcher du bar, assura son père en lui tapotant l'épaule. Tout le monde sait ce que tu as fait, parce qu'ils savent tous que tu buvais. Il n'y a pas de secrets ici, du moins pas de ce genre, et je parie que chaque personne au Comptoir s'assurera que de l'alcool ne passe jamais tes lèvres.

Devon aurait souhaité que ce soit simplement aussi facile.

V

ANGIE ÉTAIT une barmaid et serveuse géniale, alors Enrique la laissait faire ce qu'elle faisait le mieux. Cette fille pouvait donner des conseils de boissons au milieu d'une averse de vodka. Elle avait un truc merveilleux avec les clients et elle portait un sourire pour eux, même si elle en faisait baver à Enrique.

— C'est animé ce soir, hein, patron ? dit-elle avec un sourire.

Elle sortait un plateau de la cuisine, où Manny régnait d'une main de fer. Non pas que cela dérangeait Enrique. La nourriture qui en sortait était une des meilleures sur tout Parks Highway, et cela signifiait que les gens faisaient spécialement un arrêt sur la route principale entre Anchorage et Fairbanks.

— Oui. Il y a beaucoup de gens dehors, et toutes les chambres de l'hôtel sont pleines, ainsi que les espaces de camping.

Il était ravi et totalement occupé, avec plein de personnes sur la route, alors que la saison touristique était toujours forte.

Elle continua jusqu'à une table, distribuant les plats avant de se diriger vers le bar pour les commandes de boissons.

— On dirait que quelqu'un vient juste d'entrer, annonça-t-elle en poussant son épaule.

— Arrête, d'accord ? siffla-t-il à moitié dans sa barbe.

Enrique regrettait vraiment de lui avoir parlé de Devon, parce que, maintenant, elle les appariait déjà dans son esprit. Cette femme était une fouineuse et une entremetteuse notoire. Elle s'imaginait comme une sorte de gourou de l'amour. Heureusement, elle n'avait jamais exercé ses talents sur lui, mais cela semblait être en train de changer.

Angie n'avait pas grandi ici comme la plupart des autres. Elle avait emménagé dans la communauté deux ans auparavant, en était tombée amoureuse et elle était restée. Elle était venue travailler pour Enrique quand il avait renvoyé son employée précédente pour vol.

Elle lui lança un regard noir, puis sourit.

— Très bien, concéda-t-elle avec un clin d'œil.

Enrique se demanda ce que diable elle manigançait. Pourtant, elle retourna travailler, et Devon se tourna pour regarder vers le salon au-delà du restaurant principal et du bar.

Enrique fit signe à Angie d'approcher.

— Amène-lui un grand coca avec de la glace et vois s'il veut manger. Pas de carte des boissons, et ne demande même pas. D'accord?

Il lui tendit un menu, et elle se dépêcha d'y aller.

Enrique passa voir comment allaient les dîneurs, parlant un moment, partageant des histoires et amenant les assiettes depuis la cuisine. Il prépara aussi quelques verres et s'efforça de ne pas penser à ce qu'il faisait. Cela faisait partie du travail, et il se lavait toujours les mains après.

Parfois, le Comptoir ressemblait à un piège pour lui. Il s'était occupé de son problème de boisson, mais l'attrait et le goût étaient toujours là. Enrique aimait son travail, et pourtant des fois, il le détestait aussi. Il y avait des moments où il pensait à tout abandonner, mais c'était son foyer, et le Comptoir était le cœur de leur petite communauté. Il pensait à le vendre, mais ce serait comme vendre la communauté également. Alors Enrique apprenait à vivre avec et à garder ses distances avec la tentation. C'était une des qualités qu'il aimait chez Angie – elle le soutenait et s'interposait au bar. Ça, elle pouvait le faire, mais c'était à lui de se battre contre ses propres problèmes.

— Reviens ici, dit-il à Angie quand elle revint après avoir apporté sa commande.

Ses mains tremblaient, et elle se précipita derrière le bar et le fit partir de là.

— Va t'asseoir avec ton ami pendant quelques minutes.

Elle se mit directement au travail, et Enrique retrouva Devon au salon.

Enrique aimait cet espace. Il avait de grandes fenêtres, avec une vue sur l'étang et la famille de huards à qui il servait de maison.

— Ton père dort? demanda-t-il en s'asseyant sur la chaise en face de lui et se mettant à l'aise.

— Il voulait du temps seul. Je pense que toute cette intimité familiale commence à peser sur son âme d'ermite.

Il sirota le soda et reposa le verre sur la table. Les yeux de Devon étaient écarquillés, et il continuait à regarder vers le bar.

— Tu n'es pas obligé d'être ici. Je sais que c'est difficile, indiqua Enrique en se penchant en avant.

Bon sang, il pouvait presque voir l'attraction que l'alcool avait sur lui.

— Papa dit que je vais finir par devoir y faire face et que c'est bien plus qu'un bar. J'espérais que je pourrais m'y habituer, mais je ne suis pas allé en boîte de nuit ou dans des lieux de ce genre depuis un moment. Le plus proche pour moi, ce sont les inaugurations à la galerie, où ils servent du champagne, et j'ai une propriétaire de galerie qui me surveille comme un faucon. Elle s'assure que j'ai un verre plein de jus pétillant toute la nuit, et chaque membre du personnel donne pour consigne aux serveurs de ne jamais s'approcher de moi.

Il remua sur son siège et prit une profonde inspiration, la relâchant avant de tourner son attention vers les fenêtres.

— La vue aide.

— Oui, elle aide, convint Enrique.

— Doux Jésus, je suis désolé. Je n'arrête pas de parler de comment je me sens, alors que tu possèdes cet endroit. Ça doit être infernal, s'excusa Devon.

— C'est difficile. Quand j'ai acheté le Comptoir, c'était très différent. Plutôt un bar. Je voulais en faire quelque chose de plus familial, alors bien que j'aie gardé la zone du bar, je l'ai faite plus petite, j'ai ajouté cet espace et travaillé pour améliorer la nourriture. Maintenant, c'est un restaurant et ça agit comme un centre communautaire qui sert de l'alcool, exposa Enrique avec un clin d'œil. Je stocke aussi des choses que je n'aime pas. Mon démon de prédilection était la tequila, alors tu n'en trouveras pas ici.

— Bourbon, avoua Devon. Mais si nécessaire, je boirais n'importe quoi.

— As-tu mangé avant de venir ici ? demanda Enrique, et Devon secoua la tête.

Un petit groupe d'hommes grands à l'allure brusque s'assit dans l'un des autres coins, riant et parlant bruyamment. L'un d'eux sembla s'en rendre compte et calma les autres. Ils posèrent leurs verres sur la table, et Enrique ne dit rien, mais pointa du doigt le panneau à la porte : Pas d'alcool dans le Salon.

— Vous plaisantez ? C'est un bar, râla un des hommes, ne faisant pas mine de se lever.

— En fait, messieurs, expliqua Angie en entrant d'un air désinvolte, vous êtes les bienvenus pour manger ici, mais nous n'autorisons aucun alcool d'aucune sorte dans cette partie du Comptoir. Nous avons un certain nombre de personnes qui vivent ici et amènent leurs enfants. Cela doit être un endroit sûr et accueillant pour eux.

Elle sourit, et ils se regardèrent tous les uns les autres, avant de se relever.

— Si vous voulez garder vos sièges, s'il vous plaît, finissez vos verres, et je serai ravie de vous apporter des sodas et de prendre vos commandes de repas.

La manière dont elle souriait et ne perdait jamais son calme fonctionna vraiment, et les hommes finirent leurs verres, commandèrent leur dîner, et se contentèrent de sodas, comme Angie le leur suggérait.

— Nous avons du travail à faire, de toute façon, lui dit un des hommes.

Angie ne perdit pas son sourire jusqu'à ce que son regard croise de nouveau celui d'Enrique. Il savait qu'elle était énervée au-delà des mots rien que par le feu dans ses yeux.

— Est-ce que ça arrive souvent ? s'enquit doucement Devon.

— Parfois. Les gens ont tendance à penser que c'est un bar et rien d'autre. Je pensais en fait à me débarrasser complètement de l'alcool, mais l'affaire ne survivrait pas, alors je l'ai réduit et j'ai essayé de développer d'autres sources de revenus.

Écoutez-le parler comme un véritable homme d'affaires !

Devon se rassit plus confortablement et but son propre soda.

— Messieurs, déclara Enrique en se levant alors qu'un des hommes sortait une flasque de la poche de son manteau. Ce n'est pas autorisé.

L'interpellé se leva, les pieds de la chaise grinçant sur le sol.

— Vas-tu m'arrêter ?

— Non, contra Enrique d'une voix un peu plus forte. Mais chaque personne au Comptoir le fera.

Toutes les têtes se tournèrent vers eux, et certains des gars se mirent debout.

— Il y a un problème, Enrique ? demanda Jason, alors que Kurt, Little Joe – qui était aussi grand qu'une maison – et lui venaient le soutenir. Pas d'alcool dans cette partie du Comptoir. Ne savez-vous pas lire ? Nous avons des enfants qui viennent ici, et il y a des personnes en ville qui ne boivent pas, et ils ont besoin d'un endroit sûr. Y en a-t-il d'autres ?

Jason tendit la main pour avoir la flasque, et l'homme, choqué, la donna. Jason l'ouvrit, sentit ce qui était à l'intérieur et la tendit à Angie.

— Jette cette pisse de cheval, et il pourra récupérer la flasque quand il partira… et tu nous fais savoir s'ils sont avares avec le pourboire.

Le regard noir venant de Jason et des autres fit céder les quatre hommes en silence. Ils hochèrent tous la tête, et les trois locaux retournèrent à leur table.

— Papa a dit que j'aurais plein de soutien, attesta Devon.

— J'ai déjà vu certaines personnes du coin passer derrière le bar et servir, parce que j'étais seul ici et qu'ils savaient à quel point c'était difficile pour moi. Ce lieu est ma vie, et j'ai travaillé dur pour le construire, mais le bar est le fléau de mon existence, même si c'est grâce à ça que je peux me permettre de garder l'endroit ouvert.

Il devint silencieux, alors que les autres commençaient à parler à la table voisine.

— Nous débuterons les opérations, et si ça se passe comme nous l'espérons, cet endroit ne sera plus jamais le même, disait celui qui semblait être le chef. Nous allons amener ce trou paumé dans l'économie du vingt et unième siècle.

— C'est quoi ce bordel ? murmura Devon, alors qu'Angie revenait à la table avec des boissons et un plat d'amuse-gueules.

— Qu'en pensez-vous ? demandèrent les types en se tournant vers Angie. Une vraie ville ici avec des emplois… qui payent bien ?

Ils semblaient excités. Angie, béni soit son cœur, leur offrit un sourire.

— Ça semble génial. Je pourrais avoir un meilleur boulot que ça ? De quel genre de compétences avez-vous besoin ?

Elle s'appuya contre le dossier d'une des chaises, parlant du ton le plus faux qu'Enrique ait jamais entendu venant d'elle.

— Nous allons avoir besoin d'opérateurs pour équipements lourds et de gens pour aider à construire des hébergements, expliqua-t-il en se penchant en avant. Nous aurons aussi besoin de personnes pour faire fonctionner une cantine d'entreprise et des choses comme ça. En voyant ce que vous faites ici, vous seriez parfaite.

Il fit un clin d'œil, et Enrique se détourna, essayant de ne pas afficher un sourire narquois. S'il flirtait avec Angie, ce type faisait fausse route.

— On dirait une grosse opération, avoua Angie.

Enrique écouta attentivement, essayant de ne pas en avoir l'air. Si c'était une grosse opération minière et une partie du test qu'ils avaient vu en haut du col, alors ce serait bon pour la ville… et mauvais pour l'environnement et la montagne. La zone où ils avaient travaillé était fragile. Les herbes ne repoussaient simplement pas. Il faudrait des décennies pour que la terre s'en remette. Les conditions de croissance étaient rudes, et en haut du col, il pouvait neiger presque n'importe quel mois de l'année.

— Ce sera une grande opération. Nos tests ont vraiment donné de bons résultats, se targua un des hommes, et un autre lui donna un coup de coude dans les côtes.

— C'est génial. Avez-vous tous les permis et autres ? questionna Angie.

— Mon vieux, cette fille, c'est vraiment quelque chose, murmura Devon, et Enrique hocha la tête.

Angie était une petite futée. C'était en partie la raison pour laquelle il l'aimait comme la sœur qu'il n'avait jamais eue.

— J'espère que vous obtiendrez ce dont vous avez besoin.

Angie tapota l'épaule du type le plus proche d'elle et partagea un sourire avec tous avant de s'éloigner à grands pas. Elle revint avec leurs commandes et passa les assiettes sur la grande table basse.

— Ne m'oubliez pas désormais, ajouta-t-elle avant de repartir rapidement.

— Je pourrais faire en sorte qu'elle vienne bosser avec nous.

Enrique secoua doucement la tête. C'était une bonne chose qu'Angie ne les ait pas entendus. Elle aurait arraché la tête de ce type, travail ou non. Malgré tout, quand elle revint, elle prit la commande de Devon, et ils partagèrent tous les deux un sourire.

— Tu as été incroyable, lui dit-il, la voix à peine au-dessus d'un chuchotement.

Une fois que Devon se fut décidé, elle partit passer la commande. Ils continuèrent à écouter les types, mais ils commencèrent à parler de femmes, et Enrique ne fit plus autant attention à eux, surtout parce que c'était ça ou les frapper tous. Les idiots.

— Est-ce que tu as tout préparé pour le cours d'art de mardi ? demanda Devon.

— Oui. Je pense t'avoir dit que le cours était plein.

Il était pratiquement sûr que Devon parlait simplement de n'importe quoi pour écarter le sujet de ce qu'ils venaient juste d'entendre. C'était mieux si Enrique ne laissait pas ces hommes savoir ce qu'ils avaient dévoilé et comment la plupart des gens ici allaient se sentir face à ce genre de nouvelles.

— Bien. Je suis prêt, confia-t-il en se penchant en avant. J'ai commandé des fournitures, et je pense que je vais essayer de retravailler.

Il semblait si hésitant, mais Enrique savait que c'était un premier pas pour Devon, et chaque voyage commençait avec un seul pas.

Ils parlèrent jusqu'à ce qu'Angie revienne avec l'assiette de Devon. Enrique décida alors d'aller voir comment se passaient les choses. Quand il se leva, un petit groupe de locaux prit sa place à la table. Au moins, Devon ne serait pas assis tout seul pendant qu'il mangeait.

— Quels porcs! dit Angie à Enrique alors qu'elle passait avec un plateau de vaisselle.

Il alla dans la cuisine et trouva une autre commande prête à être envoyée. Il la ramena et remplit le soda de la personne. Puis il retrouva Angie dans la cuisine, attendant une commande.

— Nous devons découvrir quels sont vraiment leurs projets là-haut, dit-elle.

— Oui. S'ils ont la permission d'exploiter un gisement, ça pourrait affecter la rivière et le lac. Ça ne sera pas bon! De plus, ils détruiront tout ce qui entre en contact avec eux parce qu'ils parlent d'enlever la couche arable. C'est pour ça qu'ils ont besoin de l'équipement lourd.

— Que faisons-nous? s'enquit Angie. Ils prendront ce qu'ils veulent et laisseront le reste d'entre nous nettoyer le bazar. Nous l'avons déjà vu avant. Ce n'est pas comme si l'APE [1] ou qui que ce soit d'autre en bas en a quelque chose à foutre de ce qui se passe ici. Nous sommes à des milliers de kilomètres, et personne ne le verra. Ils auront un permis et ensuite, ils feront tout ce qu'ils veulent. Tu te souviens du bordel près de Palmer? La zone qu'ils ont mise à nu ne s'en est toujours pas remise, et les mineurs sont partis depuis une décennie.

Enrique le savait bien. La nature reprenait enfin l'espace, mais cela prenait beaucoup de temps. Et à certains endroits, c'était toujours à nu là où il y avait auparavant eu des forêts et une région sauvage.

— Nous devons stopper ça.

— Oui. Mais nous trouverons comment faire un autre jour. Pour l'instant, j'ai besoin que nos invités se sentent à l'aise pour qu'ils recommencent à parler et nous donnent autant d'informations que possible sur leurs projets.

Il lui sourit et Angie leva les yeux au ciel.

— Très bien. J'utiliserai mes charmes pour délier leurs langues. Ils semblent être le genre de mecs qui ne pensent pas qu'une femme puisse être une menace.

---

1 Agence de Protection de l'Environnement

— Une sous-estimation à leurs risques et périls, certifia Enrique.

Angie prit sa commande et quitta la cuisine. Il vérifia que tout fonctionnait bien et trouva Joshua derrière le bar à prendre les commandes. Il fit un salut de la main et signala qu'il le couvrait. Enrique continua à accueillir les clients et s'assura que tout le monde avait ce dont ils avaient besoin. Puis il rejoignit de nouveau Devon, prenant son assiette vide, remplissant son verre et le laissant parler. Enrique détestait le laisser et souhaitait pouvoir avoir plus de temps seul avec lui, mais il travaillait, et Devon avait plein de compagnie. Parfois, gagner sa vie se mettait en travers du fait de vivre vraiment.

LUNDI SOIR, Enrique était fatigué, et il se réveilla mardi matin en s'étant à peine reposé. Chaque fois qu'il fermait les yeux, son esprit alternait entre des images de Devon et de ce que cette foutue compagnie minière ferait le long de la rivière et sur le col, jusqu'à ce que toutes ces images se mélangent dans son esprit et que Devon devienne responsable de la dévastation. Il se réveilla en sursaut et dut se réorienter vers ce qui était réel, respirant profondément dans son petit appartement à l'arrière du Comptoir.

Doux Jésus, après un rêve comme celui-là, il aurait tendu le bras vers un verre d'alcool, mais il se consola avec un verre d'eau et un coup d'œil dehors vers l'étang aux huards. Même à cinq heures du matin, il faisait assez clair pour bien le voir, même si l'été se terminait, ces jours touchant à leur fin.

Il se fit un rappel de rassembler les meneurs civiques pour convoquer une réunion et faire savoir aux gens du coin ce qui se passait. Ils méritaient d'avoir leur mot à dire sur la façon dont leur petite communauté grandissait et sur ce qui arrivait à l'environnement autour d'eux. Une fois cette tâche faite, il retourna se coucher et réussit à dormir pendant quelques heures, cette fois accompagné de bien meilleurs rêves, dans lesquels Devon jouait un rôle très intéressant et sensuel.

Enrique s'habilla et alla dans la partie principale du Comptoir. Il ouvrait à huit heures pour proposer un léger petit déjeuner aux clients qui y passaient la nuit. Il prépara les tables et posa les aliments du petit déjeuner avant que ses clients n'arrivent, cherchant surtout du café.

— Que fais-tu ici de si bonne heure ? demanda-t-il à Angie quand elle entra par la cuisine et le rejoignit dans la salle.

— Je devais venir te parler. Les mineurs ont trouvé assez d'or pour rendre leur entreprise rentable. Et c'est effrayant, parce que, pour ce faire, ils exploiteront tout le lit de la rivière et le passeront dans une machine automatique à battée. Leur opération draguera les berges et le lit de la rivière. Le saumon se reproduit dans cette rivière, mais ils utiliseront tellement d'eau et remueront tellement de saletés et de vase que l'eau ne sera plus jamais claire.

Elle semblait avoir la tête prête à exploser sous la pression.

— Je vais parler aux habitants aujourd'hui et convoquer une réunion. Nous avons tous besoin d'unir nos voix et voir ce que tout le monde pense.

Mais honnêtement, Enrique n'était pas sûr de comment se sentiraient les gens dans la région. La perspective d'un développement économique allait être attirante pour certains. Il le savait.

— Cela fonctionnera seulement si nous pouvons découvrir quelles sont les étapes suivantes et faire assez de bruits pour attirer l'attention des gens. Parce que, une fois qu'une telle chose a disparu, elle ne revient pas.

Il y avait peu de choses qu'il pouvait faire à cet instant, mais il comprenait son sentiment d'urgence. C'était une chose sur laquelle ils ne pouvaient pas lâcher prise, ou ils en payeraient le prix d'une manière presque inimaginable.

— Est-ce que ça s'applique simplement à la terre ou à d'autres trucs ? questionna Angie, les sourcils relevés.

Enrique oubliait à l'occasion qu'elle était parfois une des personnes les plus perspicaces sur la planète. Dieu merci, elle était de son côté.

— Angie… avertit-il fortement.

— Voyons, Enrique. Aie un peu de cran. Je t'ai vu avec Devon. Tu observais chacun de ses gestes quand il était ici et tu faisais attention à lui. Mais je suppose que tu n'as pas vu qu'il te regardait aussi, déplora-t-elle en secouant la tête et en levant les yeux au ciel comme s'il était bête. Parfois, les mecs, vous êtes simplement aveugles.

— Mais il reste seulement jusqu'à ce que son père aille mieux, et ensuite il repartira.

— Qui en a quelque chose à foutre ? rétorqua-t-elle en haussant les épaules. Ce mec t'apprécie, et tu l'apprécies. Alors fais quelque chose ou non. Mais il va rester pendant quelques semaines, et si vous pouviez vous rendre heureux ?

Enrique secoua la tête.

— Je ne peux pas tout risquer – (ma santé mentale, ma sobriété, ma vie ici, pensa-t-il) – pour quelque chose de temporaire. Et en dépit de ce que tu peux penser sur ce qu'il ressent par certains regards…

— Loin de moi l'idée de mettre mon nez dans ta vie, mais au moins, montre-lui ce que tu ressens. Parce que si tu ne le fais pas, asséna-t-elle en le frappant du doigt sur le torse, tu le regretteras. Alors tu peux le laisser faire ce choix.

— Très bien, grommela-t-il. J'y réfléchirai. Mais pour l'instant, j'ai des clients à servir et des chambres à ranger.

Il avait plein de choses à faire – peut-être même assez pour garder son esprit loin de Devon pendant un petit moment. Non pas que cela allait faire beaucoup de bien.

IL NETTOYA les chambres et les prépara pour les clients suivants. Il refit aussi la chambre pour le couple qui restait une nuit de plus, et après ça, il eut l'inventaire à faire et des listes de choses qu'il devait obtenir en ville à organiser. Enfin, il se doucha et mit de vieux vêtements. C'était une journée magnifique quand il monta dans son pick-up pour le court trajet jusqu'à la bibliothèque. Il voulait y être de bonne heure pour s'assurer que tout était prêt pour le cours avec Devon.

Enrique fut surpris de le voir déjà dans la salle, assis à une des tables, la tête baissée, une toile devant lui, pinceau à la main.

— Que fais-tu ici? demanda doucement Enrique, ne voulant pas le faire sursauter.

— Je suis venu ici, parce qu'il y a une meilleure lumière et que je pouvais utiliser une des tables. Papa m'a donné la clé, expliqua-t-il en se levant et en plaçant la toile face au mur. Je suppose que j'ai perdu la notion du temps.

Devon semblait coupable pour une raison ou une autre, et le fait qu'il ne voulait pas qu'Enrique regarde son travail ne lui échappa pas. Il n'y accorda pas trop d'importance. Beaucoup d'artistes n'aimaient pas montrer ce qui n'était pas fini.

— Ce n'est pas du tout un problème. Tout le monde sera là dans une demi-heure. J'allais simplement tout préparer.

Il sortit les peintures acryliques et installa chaque poste de travail. Devon sortit les toiles et tourna les tables de manière à ce qu'elles soient toutes face aux fenêtres.

— Je pense que ça va bien marcher, dit-il en reculant pour observer. De cette manière, elles pourront toutes voir ce que j'ai besoin qu'elles voient.

Il installa une petite table juste devant les fenêtres. Il se tourna, et Enrique se tint près de lui, observant le lac. C'était merveilleusement calme et paisible. Enrique serait volontiers resté ici, comme ça, pendant des heures.

Un frisson le parcourut quand Devon passa un bras autour de sa taille, et il s'appuya contre le contact, appréciant simplement d'être avec lui.

— Je commence à penser que tu avais peut-être raison. Que ce qui est à l'extérieur de ces fenêtres pourrait être la clé vers ce dont j'ai besoin. Mais ce n'est pas tout, souffla Devon.

— Es-tu en train de dire que tu penses que j'ai raison ? le taquina un peu Enrique.

— Oui et non. Je pense que ce qui est là dehors est une partie du puzzle, mais pas tout. Il y a quelque chose qui manque.

Devon se tourna vers lui, ses yeux profonds et remplis d'une chose qu'Enrique ne put pas tout à fait identifier, bien qu'il pensait qu'il devrait.

— Il semble que je ne puisse pas mettre le doigt dessus, mais je suis en train de tester un truc, et nous verrons comment ça fonctionne, indiqua Devon en soutenant son regard.

Le pouls d'Enrique accéléra.

— Vous êtes là ? appela Mme Fitz depuis les portes extérieures, coupant tout ce que Devon aurait pu dire.

— Nous sommes dans la salle commune et prêts pour le cours, appela Enrique, alors qu'ils s'éloignaient l'un de l'autre.

Il prit une profonde inspiration et fit couler de l'eau dans l'évier pour se laver les mains, simplement pour avoir quelque chose à faire. Cela lui donna quelques secondes pour se détourner de Devon et se demander pourquoi celui-ci hésitait. Ils s'étaient tenus si près, et tout ce que Devon avait eu à faire était de réduire la distance entre eux, mais il ne l'avait pas fait. Peut-être qu'Angie avait tort et que Devon ne l'appréciait pas de cette manière.

Enrique secoua la tête. Il se serait de nouveau cru au lycée. Mais peut-être que vieillir ne rendait pas le fait de commencer quelque chose qui en valait la peine plus facile que cela l'avait été à l'époque.

Bien sûr, il n'avait aucune idée si quelque chose commençait ou pas.

— Ça semble merveilleux, dit Mme Fitz quand elle entra.

— Prenez place où vous voulez. Devon va bientôt démarrer le cours, lui répondit Enrique après avoir reçu une étreinte de sa part.

Elle étreignit aussi Devon et continua à parler pendant qu'elle s'installait.

— Avez-vous entendu parler de cette nouvelle opération minière?

— Oui, répondit Enrique. Nous devons rassembler les gens. Cela pourrait être mauvais.

— Je suis d'accord, dit-elle avec force.

— Moi aussi, ajouta Devon, alors que les autres arrivaient.

Il prit les commandes et accueillit chaque personne, les aidant à prendre place avant de permettre à Enrique d'en prendre une.

Devon fit un geste vers les fenêtres alors qu'il faisait le tour et refermait la porte.

— Je sais qu'il se passe beaucoup de choses pour nous tous à l'extérieur. Mais ici, je veux que vous vous vidiez la tête. Chacun d'entre vous, s'il vous plaît, fermez les yeux et prenez une grande inspiration.

Enrique obéit, écoutant simplement l'écho et le calme de la voix intense de Devon.

— Nous allons passer les prochaines heures ensemble, et nous allons apprendre des techniques de base de peinture. Mais nous allons aussi ouvrir nos esprits et nos cœurs aux possibilités et les laisser nous parler d'une manière différente. Au lieu d'agir sur ce que nous ressentons et voyons, nous allons mettre ça sur nos toiles. Alors, on inspire profondément et on relâche… Bien. Maintenant, recommençons… et encore. C'est ça. Lâchez prise sur tout ce qui est dehors. Ici, c'est un lieu calme et sûr où nous pouvons être nous-mêmes et laisser notre créativité nous traverser.

Il se tut un instant.

— Maintenant, je veux que vous ouvriez les yeux et regardiez le paysage familier. Je suis sûr que vous avez vu ce lac chaque jour depuis des années. Mais je veux que chacun d'entre vous trouve une chose qui capture son intérêt. Un oiseau, une branche flottant à la surface, peut-être quelque chose qui sort de l'ordinaire. Vous n'avez pas besoin de dire ce que c'est, concentrez-vous simplement sur ça pendant quelques minutes, parce que ce sera le centre de votre travail. Maintenant, imprimez cette image dans votre esprit et retenez-la dedans, parce que vous allez en avoir besoin pour avancer.

Enrique choisit un brin d'herbe qui semblait bondir au centre de l'eau. Il remarqua aussi que Devon ne regardait pas alors qu'il tournait son chevalet pour montrer sa toile blanche.

— Nous n'allons pas essayer de finir toute la peinture aujourd'hui. Je pensais plutôt que nous pourrions nous concentrer sur les détails la semaine prochaine. Ce que je voulais faire aujourd'hui était de nous concentrer sur un élément de la peinture, le ciel.

— Pourquoi le ciel? demanda Mme Fitz.

— Parce que, dans la peinture d'un lac en grande partie serein, le ciel est ce qui pose l'état d'esprit. Et nous voulons peindre depuis l'arrière vers l'avant. Alors le ciel sera la partie supérieure, peut-être les deux tiers de la peinture. La prochaine fois, nous ajouterons l'eau, puis suivrons avec la terre et le premier plan. Le ciel, vous pouvez le rendre clair et ensoleillé ou sombre et mélancolique. Nous avons tous vu des jours couverts où les nuages touchent presque le lac, et vous savez ce que ça vous fait ressentir. Je voulais commencer avec l'émotion dans l'image. Et quand nous peindrons l'eau, nous pourrons y faire refléter le ciel.

Il était si patient. Enrique se retrouva complètement captivé tandis que Devon démontrait comment faire des nuages et ajouter la couleur de base du ciel.

— Voyez comme c'est facile de transformer un nuage clair et bouffant en menaçant? Assombrissez juste un peu le gris, et puisque notre lumière vient de cette direction, nous voulons assombrir l'autre côté.

Il fit une démonstration en ajoutant le ciel réel, des bleus aux gris, et tout entre les deux.

— Chacun d'entre vous décide de l'état d'esprit que vous voulez véhiculer et vous pouvez commencer à travailler sur votre ciel. Ce qui est agréable est que vous ne pouvez pas faire d'erreur, parce que tout ce que vous faites peut être modifié. Alors, amusez-vous.

Devon continua à travailler sur sa peinture pendant quelques minutes avant d'aller voir chaque personne, offrant des observations et des idées.

Enrique se laissa glisser dans ce qui était juste devant lui, décidant de peindre la lumière du soleil qu'il voyait ce jour-là, mais assez vite, les nuages prirent possession de son image et le soleil diminua, ses rayons de lumière passant au travers comme si une tempête venait de passer. Il continua à travailler, ajoutant des touches de lumière mais ayant du mal à l'obtenir.

— Magnifique, dit Devon à côté de lui. Essaie de fondre la lumière avec la couleur des nuages. Après ça, ce n'est pas tant du doré qu'un éclaircissement des autres couleurs autour. C'est ça qui le rendra plus naturel et moins comme une peinture.

Enrique savait où il était et à quel point Devon s'était rapproché de lui. Il s'immobilisa et inspira profondément avant de ramener son attention sur ce qu'il était en train de faire.

— Magnifique, répéta Devon en reculant. Ce n'est pas une course, mais une chose pour laquelle il faut prendre son temps.

Le cœur d'Enrique ralentit vers une allure normale quand Devon bougea pour aider les autres.

Enrique posa son pinceau et obligea sa main à arrêter de trembler. Il aimait que Devon apprécie son travail, mais ça et les sentiments agités qu'il ressentait pour lui semblaient tous se mélanger. Il lui était difficile de penser et de voir les choses clairement dans sa tête. Quand Devon revint et posa une main sur son épaule, les mains d'Enrique arrêtèrent de trembler et il fut capable de reprendre.

Une fois que tout le monde eut bien commencé, Devon retourna à sa propre toile et la tourna pour qu'il puisse regarder vers la classe. D'une certaine manière, Enrique remarqua que Devon gardait un œil sur le cours pendant qu'il travaillait.

— Je pense que je comprends, murmura une des dames.

— C'est un bon professeur, dit Mme Fitz alors qu'elle continuait à travailler.

— Il est possible de parler si vous voulez, mais souvenez-vous que ça peut déranger les autres. Alors, s'il vous plaît, soyez courtoises.

Devon sourit sur le côté de son chevalet, et le bavardage mourut aussi vite qu'il avait commencé.

Après presque une heure et demie, Enrique mit de côté son travail et déambula dans la salle, regardant l'ouvrage des autres. Certains étaient vraiment détaillés, pendant que d'autres étaient primitifs, mais chacun était évocateur de l'artiste. C'était vraiment impressionnant. Il y avait du vrai talent ici.

Puis il avança là où Devon travaillait. Sa toile était à couper le souffle avec seulement le ciel, qui prenait les bords et le haut de la toile. Il avait aussi commencé à travailler sur le paysage, qui n'incluait définitivement pas le lac. Quelque chose d'autre était perceptible sur la toile de Devon, et quand Enrique se tourna, le sourire de celui-là était éclatant.

— Je pensais que nous étions supposés peindre le lac, taquina Enrique. Qu'est-ce que ça va être ?

Il savait que, quand les choses arrivaient, on ne les remettait pas en cause. Devon haussa les épaules.

— Je pense que c'est une étude pour ce que je veux faire sur celle-ci, dit-il, en pointant la toile plus large toujours tournée vers le mur, avant de s'adresser au reste de la classe. Est-ce que tout le monde avance bien ? Nous avons la salle pour un moment, alors vous pouvez rester aussi longtemps que vous voulez. Enrique doit retourner au Comptoir, je pense, cependant.

— Ne t'inquiète pas, intervint Mme Fitz, travaillant encore. Je peux fermer.

Enrique mit sa toile de côté pour la faire sécher et dit au revoir à tout le monde, avant de se préparer à partir. Il lança un dernier regard à Devon et ce sur quoi il travaillait, curieux de voir ce que ça serait, avant de retourner travailler.

Sur le trajet, il continua de penser à ce qu'Angie avait dit. C'était la seconde fois que Devon et lui avaient été seuls, et il pensait que quelque chose aurait pu se passer entre eux. Il avait vraiment besoin d'agir d'une manière ou d'une autre pour montrer à Devon ce qu'il ressentait, et maintenant il avait une bonne idée. Il accéléra et vérifia comment allait Angie avant d'attraper du matériel et de repartir pour mettre les choses en mouvement.

VI

APRÈS QUE les autres, à l'exception de Mme Fitz, avaient quitté le cours, Devon continua à travailler jusqu'à ce qu'elle lui demande de fermer. Il resta pendant environ une heure de plus, posant les bases du paysage. Cela faisait un long moment depuis la dernière fois qu'il s'était plongé si profondément dans son travail, et il avait bon espoir que son inspiration se traduirait sur l'œuvre plus grande qu'il prévoyait.

Il vérifia quelle heure il était et commença à ramasser ses affaires. Tous les autres avaient rangé leurs fournitures, et il fit pareil avant de prendre ses toiles et son sac avec lui, verrouillant le bâtiment et traversant le parking vers la maison de son père.

— As-tu passé une bonne journée ? lui demanda celui-ci.

Il était assis sur son fauteuil, en train de regarder la télévision. Il l'éteignit et se leva.

— C'était bien. On dirait que tu as plus d'énergie, constata Devon, en posant son travail de côté pour qu'il sèche. Tu veux quelque chose à boire ? Il y a des crackers et d'autres choses. Nous pourrions grignoter ça.

Il prit un soda pour son père et un pour lui-même.

— Je vais bien. J'ai mangé des restes pendant que tu étais parti et j'ai fait quelques petits trucs ici. Peut-être que demain, nous pourrons aller à Anchorage pour la journée, proposa Charles, semblant excité.

— J'ai du travail que j'aimerais faire, signala Devon, détestant anéantir son espoir. Le temps est supposé être de nouveau ensoleillé, et je veux vraiment profiter de la lumière et du ciel dégagé. Pourquoi pas plus tard cette semaine ? Ça t'irait ?

Il ne voulait pas le décevoir, mais il voulait aussi travailler pendant qu'il était inspiré. C'était comme s'il allait le perdre s'il ne pouvait pas le mettre sur toile.

Charles hocha la tête, et Devon se dirigea vers sa chambre, où il installa un chevalet et sortit les fournitures qu'il avait récupérées dans la journée. Dès qu'il fut en place, il commença à travailler et se plongea dedans avec facilité. L'art, la joie de créer, l'excitation de faire ce qu'il aimait – tout l'encercla d'une manière qui n'était pas arrivée depuis longtemps. Une

70

partie de lui voulait tomber à genoux et remercier le ciel d'avoir récupéré son mojo, mais il n'osa pas arrêter. Ce don, cette vision, pouvait être fugace, et il allait en tirer avantage pendant qu'il le pouvait. Son cœur battit plus fort quand il ajouta la figure centrale à l'œuvre.

Sa main tremblait un peu, mais c'était simplement de l'excitation. Il continua, ajoutant une couche de peinture après l'autre, mélangeant ses couleurs pour avoir exactement ce qu'il voulait. Le travail fini serait à l'huile, sur la toile finale qui était posée à côté du mur, mais cette étude allait être rapide, et ça lui allait bien. Il s'arrêta et recula, souriant à ce qu'il avait fait. L'état d'esprit était bon, tout comme les couleurs et la majesté. Il avait capturé ce qu'il voulait... mais quelque chose n'allait pas. Pas encore.

L'image était parfaite, la scène magnifique. C'était ce qu'il avait voulu peindre, mais il n'en était pas tout à fait heureux. Il n'en avait pas fini avec le paysage, mais il ne savait pas ce qui manquait.

Des voix le tirèrent de sa créativité presque frénétique, et il soupira, le rythme de son cœur ralentissant alors qu'il quittait la chambre pour voir ce qui se passait.

— La gazinière a arrêté de fonctionner, expliqua son père.

Pendant ce temps, Enrique tirait l'appareil loin du mur, il se pencha, les muscles saillants, faisant tout paraître facile. L'attention de Devon fut attirée par la manière dont son jean s'étira autour de ses cuisses.

Il entra dans la cuisine, et il lui fallut toute son énergie pour ne pas se jeter sur Enrique et lui arracher ses vêtements sur-le-champ. Ses fluides artistiques faisaient toujours tourner sa libido à plein régime, mais Devon savait que ce n'était pas tout. Il voulait Enrique, et tout son corps semblait en alerte et prêt à l'action. Devon espérait foutrement que son sexe, qui était aussi dur qu'un mât, ne pointait pas droit comme un compas vers la personne qu'il voulait.

— Voilà le problème, indiqua Enrique, alors qu'il commençait à remplacer le cordon effiloché. Ça ne sera pas long à réparer maintenant.

Devon resta à proximité pour l'observer. D'accord, peut-être qu'il se comportait un peu de manière perverse. Après environ dix minutes, Enrique et lui remirent la gazinière en place et en état de fonctionnement. Devon l'alluma.

— Je dois y retourner et rattraper mon retard sur certaines affaires, souffla Enrique.

Devon suivit son regard vers l'endroit où son père était assis sur son fauteuil.

— Enrique, veux-tu rester pour dîner ? demanda celui-ci. Nous avons plein de restes.

Mais Enrique se dirigeait déjà vers la porte, et partit après un :

— Passez une bonne nuit.

Sa présence manquait déjà à Devon. Après quelques minutes, il mit un plat dans le four, enclencha un minuteur, puis s'assit avec son père. Ils n'avaient pas parlé depuis longtemps, et il aurait souhaité savoir quoi dire. D'une certaine manière, il ne connaissait pas vraiment son père, et il y avait la possibilité, avec ses problèmes de santé, que ceci soit sa dernière chance. Son père alluma la télévision, et ils restèrent assis là en silence pendant un moment jusqu'à ce que le minuteur sonne, et ils passèrent alors à table.

Son père mangea peu. Devon l'observa.

— Papa, tu dois retrouver ta force.

— Je sais, dit-il doucement, mangeant un peu plus, probablement pour rendre Devon heureux.

Ce dernier se moquait de la raison pour laquelle son père le faisait tant qu'il mangeait vraiment quelque chose.

— Tu as l'air d'aller mieux, observa-t-il.

— Être assis tout le temps m'ennuie à mourir, soupira son père.

— Je verrai ce que je peux faire pour ça. D'accord ?

— J'apprécie, et ma santé mentale aussi.

Son père sembla avoir un peu plus d'énergie et mangea plus. Cela ne pouvait pas être tout ce qui le préoccupait, mais n'importe qui pourrait être affecté par un léger cas de malaise de réclusion.

Une fois leur repas terminé, Devon fit la vaisselle et mit la propre de côté pour la rendre à Rita.

— Vas-tu regarder la télé ?

— J'allais prendre une chaise pliante et m'asseoir près du lac.

— Il y a quelques moustiques, avertit Devon.

Cette méchante bestiole était l'oiseau officiel de l'Alaska, ou du moins, ils paraissaient assez gros pour l'être parfois. Ils pouvaient être féroces plus tôt dans l'année et s'attardaient toujours, en particulier après la pluie. Tout le monde possédait un insecticide.

— Alors je vais regarder la télévision, grommela son père.

Devon s'assit avec lui pendant un moment avant de retourner dans sa chambre et de se remettre au travail.

La toile sur laquelle il avait travaillé semblait encore inachevée, et il n'était pas sûr de quoi en faire, alors il la mit de côté et commença quelque chose de nouveau, une autre étude. Une nouvelle fois, l'œuvre sortit naturellement, mais il savait d'où cela venait. Il sentait le portrait d'Enrique jaillir du plus profond de lui, coulant sur la toile avec la facilité de l'eau d'une cascade. Cela se produisait simplement. Devon perdit la notion du temps alors qu'il complétait les yeux intenses et les lèvres pleines d'Enrique. Il se sentit redevenir chaudement excité et l'ignora du mieux qu'il put. Il ne s'arrêta pas avant que la lumière ne faiblisse enfin.

Parfois, il n'y avait pas assez d'heures ou de lumière dans la journée.

Devon nettoya ses pinceaux et rangea les peintures. Dans le salon, son père ronflait dans son fauteuil. Devon l'aida à se lever et à aller dans sa chambre, puis il se prépara un en-cas et s'assit avec les fenêtres ouvertes et les lumières éteintes, écoutant les insectes et les autres sons de la nuit tandis qu'il observait la lumière de la lune sur le lac.

Son téléphone vibra dans sa poche, et Devon sourit au message de Craig. *Partant pour un bain de minuit ?*

Trop froid. Ils l'avaient fait étant enfants, quand leurs parents n'étaient pas dans les parages, mais il ne faisait pas assez bon dehors actuellement, et ils étaient trop vieux pour des trucs comme ça.

Tu veux un verre ? demanda Craig.

Non. Merci. Il envoya sa réponse et se demanda si Craig s'était souvenu qu'il ne buvait pas. Combien de verres Craig pourrait-il bien avoir déjà bu ?

Et de la compagnie ?

Il y eut un coup à la porte arrière, et Devon alla y répondre pour découvrir Craig sur le pas de la porte avec une bouteille à la main.

— Que fais-tu ? questionna Devon. Je ne bois pas. Tu te souviens ?

La dernière chose dont il avait besoin était la tentation.

— Oh, ouais, désolé. Hmmm…

Il cligna et baissa les yeux vers la bouteille comme s'il essayait de comprendre quoi en faire. Il finit par la vider et la mettre dans la poubelle avant de revenir là où Devon attendait.

— Que veux-tu, Craig ? Il est presque minuit, et Papa dort.

Craig attrapa sa main, et Devon referma la porte alors qu'il était tiré derrière le coin de la maison et vers le lac, sur le petit ponton. Il fit un pas en arrière, s'assurant de ne pas finir dans l'eau.

— J'ai besoin de te parler, confia Craig. Il y a quelque chose que j'ai besoin de dire et que j'aurais dû dire depuis longtemps.

Il titubait d'un côté à l'autre. Devon espérait sacrément que Craig ne terminerait pas dans l'eau, parce que ça ne l'intéressait pas de se geler les fesses en allant le chercher.

— Écoute, continua Craig. J'étais déboussolé quand j'étais gamin, et toi… eh bien, tu avais tout compris.

Il se rapprocha. Le souffle de Craig prit Devon par surprise. Seigneur, il sentait l'alcool mélangé avec l'odeur de la mort. Il se demanda si c'était comme ça qu'il sentait quand il buvait.

— Tu devrais rentrer chez toi et cuver. Où sont tes clés? demanda Devon.

Craig les sortit, et Devon les prit et les enfonça dans sa poche.

— Tu vis au bout de la rue dans cette direction. Rentre à pied. Je ramènerai le van dans la matinée.

— Tu es un bon ami. Allons nager, s'écria Craig en enlevant son haut et retirant ses chaussures.

— Non. Tu dois rentrer chez toi. Il fait trop froid pour nager, et tes fils… Rhabille-toi et rentre.

C'était totalement une mauvaise idée. Quand il était plus jeune, ceci aurait été un rêve devenu réalité. Maintenant, tout ce qu'il voulait était que Craig rentre sain et sauf, et pouvoir ensuite aller se coucher.

Craig se rapprocha d'un pas lourd, tirant Devon dans ses bras, puis l'embrassa.

Le baiser ne ressemblait pas du tout à ce que Devon avait imaginé. Quand il était adolescent, il avait toujours pensé que les baisers de Craig seraient magiques. Au lieu de ça, c'était désordonné, plutôt mou et inintéressant. Ou peut-être qu'il était complètement bourré, et Devon n'avait pas non plus besoin de cette complication. Bien que ça n'ait pas d'importance. Il n'y avait plus aucune étincelle entre eux, s'il y en avait eu un jour.

— Il est tard, et tu dois rentrer chez toi, déclara Devon en reculant. Où sont les garçons?

— Avec leur grand-mère.

Il répondit et hoqueta, mettant la main devant sa bouche avant de ricaner. Au moins, il était un ivrogne heureux. Devon avait vu beaucoup de gens qui ne l'étaient pas, et il n'était pas d'humeur pour ce genre de scène.

— Allez, insista Craig. Nous pourrions aller à l'intérieur. Je sais que tu m'aimes bien, et peut-être que nous pouvons voir si les choses peuvent fonctionner entre nous.

Il essayait probablement de sourire, mais l'alcool lui jouait des tours, et cela sortit de travers et de manière ridicule. Puis il tira Devon à lui.

Celui-ci utilisa l'opportunité pour les écarter tous les deux du ponton et leur faire remonter le chemin vers la porte de la maison.

— J'aime les garçons autant que les filles, tu sais.

— Je ne savais pas, mais tout va bien. Merci d'avoir partagé.

Il essayait de garder les choses légères, mais Craig paraissait avoir d'autres intentions.

— J'aurais dû être avec toi quand on était gamins. J'aurais dû m'accrocher à toi et retenir tout ça de toutes mes forces. Je t'aimais à l'époque, mais j'avais trop peur pour dire quelque chose.

Il hoqueta de nouveau et devint très sérieux, agitant la main pour obtenir l'attention de Devon.

Celui-ci n'était pas sûr de vouloir la lui donner. Découvrir que toute cette langueur, cette angoisse et cette misère pleine de dégoût de soi avaient été pour rien, c'était presque plus que ce qu'il pouvait supporter. Il était vrai que les choses avaient bien tourné pour lui, et si cela avait fonctionné avec Craig, il ne serait jamais parti et n'aurait jamais saisi les opportunités qu'il avait eues. Willow, Alaska, était un endroit agréable, mais Devon savait qu'il y avait un grand monde génial au-dehors, et il en avait fait l'expérience. Rien de tout ça ne se serait produit si Craig et lui avaient réussi à faire marcher les choses entre eux.

— Craig, tu es soûl, et les choses sont ce qu'elles sont.

Il lui avait fallu beaucoup de temps pour l'accepter.

— Peut-être, mais toi et moi pouvons rattraper le temps perdu.

Il se pencha pour un autre baiser, mais cette fois, Devon recula. Il n'était pas intéressé et il avait besoin d'amener Craig à un endroit où il pourrait s'allonger et cuver cette cuite.

— Ce que nous devons faire est d'aller à l'intérieur et faire dodo, contra-t-il avec un sourire.

Craig chancela sur ses pieds, l'alcool qu'il avait ingurgité plus tôt affectant sa tête. Il fit quelques pas de plus et tomba presque.

— Je veux cousser avic toi…

Ce n'était pas du tout ainsi que Devon avait imaginé ça. Dans ses rêves, cela avait toujours été plutôt romantique et important, pas une confession soûle et bredouillée d'amour et de regret.

— Craig. Allez. Rentrons, et tu pourras aller dormir.

Il pensa que Craig était parti si loin maintenant qu'il ne se souviendrait de rien le lendemain. Devon ramassa les chaussures et la chemise de Craig et le guida vers la maison.

Craig était devenu silencieux, et Devon n'avait aucune idée de ce qu'il pensait. Peut-être qu'il ne réfléchissait pas – peut-être que ce qu'il avait bu avait émoussé son esprit jusqu'au néant. Une fois qu'il l'eut ramené à l'intérieur, il déposa les chaussures et la chemise sur le sol.

— Allonge-toi sur le canapé, je vais aller te chercher une couverture.

— Je peux m'allonger et coucher avec toi.

Craig ouvrit son pantalon et le repoussa, le jean s'accrochant autour de ses pieds. Il se laissa tomber sur le canapé, ne portant rien d'autre que son boxer et se mit à l'aise, ronflant bruyamment.

Maintenant, *ça*, c'était diablement sexy. Devon grogna et alla jusqu'au placard dans le couloir. Il y prit une couverture et la mit sur Craig avant de fermer la maison et d'aller dans sa chambre.

Devon se mit au lit et sous les couvertures avec les fenêtres ouvertes. Rien dans sa vie n'avait jamais été facile. Peut-être qu'il aurait dû courir après Craig quand il en avait eu l'opportunité. Après tout, il avait passé tant d'heures dans cette même chambre, se demandant à quoi ça ressemblerait d'être avec lui. Aujourd'hui, il en avait eu la chance, mais…

Il ricana tout bas. Durant tout ce temps, il s'était demandé ce que serait un baiser de Craig, et maintenant, il avait sa réponse. Peut-être que ce qui l'embêtait était qu'il avait passé tant de temps à construire ce moment dans son esprit et que cela n'en avait pas valu la peine. Craig embrassait de façon horrible. Devon laissa cette idée pénétrer dans son esprit, puis il commença à rire doucement. Peut-être que, dans le futur, avant d'avoir le béguin pour un mec pendant des années, il devrait s'assurer que celui-ci n'embrasse pas comme un poisson.

Son hilarité faiblit, alors qu'il était frappé par le poids du temps qu'il avait passé éloigné et le nombre de décisions qu'il avait prises basées sur son amour non réciproque pour Craig. Comment diable avait-il pu être aussi stupide ? Craig n'était pas la bonne personne pour lui, peu importait ce qu'il avait pu penser quand il était jeune. Devon était encore en train de tout décrypter, mais s'accrocher à toute cette colère résiduelle ne faisait que lui peser.

Et comme ça, il se sentit plus léger et un peu plus heureux. Au moins, il pouvait voir plus clairement les choses qu'il voulait vraiment.

CRAIG ÉTAIT parti quand il se réveilla, ce qui fut un soulagement. Devon travailla toute la journée sur ses études, mais il n'était pas prêt pour une plus grande toile. L'idée de ce qu'il voulait représenter prenait forme par morceaux, mais il n'avait pas la grande inspiration. Peut-être que cela avait été son problème tout du long. Peut-être qu'il avait simplement besoin de laisser les pièces s'assembler.

— As-tu faim ? demanda son père quand il sortit de sa chambre, le ventre grondant. Regarde ce que Rita nous a fait ce soir.

Il sourit aux blancs de poulet fendus en deux avec une légère sauce, qui sentait comme un paradis acidulé.

Devon s'assit et, quand son père le servit, il s'y attaqua, se souvenant qu'il n'avait pas mangé de toute la journée. Il mangea la première bouchée rapidement, puis ralentit.

— Waouh. Qu'y a-t-il d'autre ?

— Une salade de fruit, probablement pour le dessert, et une petite salade de brocolis. Elles sont toutes les deux incroyables.

Son père en servit, et Devon fut obligé d'être d'accord sur le fait qu'elles étaient incroyables. Il se rassit plus confortablement une fois qu'il eut mangé.

— Que s'est-il passé d'autre aujourd'hui ? J'étais un peu ailleurs.

Il s'était noyé dans son travail, et cela l'avait à la fois excité et vidé. Il était sûr qu'il dormirait bien cette nuit-là.

— Pas grand-chose. Craig est passé récupérer quelque chose qu'il avait laissé ici. Est-ce que Craig et toi… ?

Il baissa le regard. Il n'y avait que de l'inquiétude dans sa voix.

— Non.

— Bien. Je l'apprécie, mais Craig Hoover n'est pas assez bien pour toi. Il a ses garçons et il doit trouver ce qu'il veut. Et tu es trop mature et intelligent pour être son expérience, déclara-t-il, en posant ses couverts. Alors, que s'est-il passé ?

— Il est venu alors qu'il était soûl. Il a demandé… J'ai dit non… Je l'ai couché sur le canapé. C'est tout. As-tu vu Enrique ?

— À part quand il a amené le dîner, non. Je sais qu'il a été plutôt occupé. Un petit groupe est passé sur la route vers Denali, et ils ont pris toutes ses chambres et décidé de rester un jour de plus. Oh… et il y a une réunion demain dans la salle communautaire à la bibliothèque pour parler de ce truc minier. Je vais y aller.

— Qu'en penses-tu ? demanda Devon, pas surpris de sa décision.

— Je suis du même avis qu'Enrique là-dessus. Ces gens gâcheront la région et la rivière, et nous devrons vivre avec le bazar une fois qu'ils seront partis. J'ai déjà passé un appel à un ami à Juneau. Il travaille dans la division minière au Département de Ressources naturelles, et il va voir ce qu'il peut trouver pour nous sur leur demande.

Charles se leva et commença à s'occuper de la vaisselle. Devon hocha la tête, puis se leva à son tour avec un sourire pour l'aider.

— Je pense que je vais venir avec toi. Ce chantier semble être une mauvaise idée, et même si je n'ai pas vraiment voix au chapitre, je veux soutenir Enrique.

Une fois le nettoyage terminé, il se retint de retourner dans sa chambre pour travailler. La lumière n'était pas si bonne, et il avait besoin de s'éclaircir la tête. À la place, il décida d'aller se promener. Il devait faire quelque chose pour empêcher son esprit de passer d'une idée à l'autre à toute vitesse pour ses toiles. Être créatif était génial, mais il y avait des fois où ça le rendait fou. C'était comme si sa tête avait peur d'oublier quelque chose, alors elle rabâchait les choses encore et encore afin de les garder fraîches. Cela devenait un peu monotone.

— Je reviendrai plus tard. À moins que tu aimerais venir avec moi ? proposa Devon.

— Non. Je vais rester ici. Amuse-toi bien.

Il était déjà dans son fauteuil avec la télévision allumée le temps que Devon quitte le chalet.

Il n'était pas sûr de l'endroit où il voulait aller, mais il se retrouva à marcher le long de la grande route en direction du Comptoir. Il faisait encore assez clair pour bien voir, et après dix minutes, il prit le tournant, entra dans le bâtiment et s'assit dans le salon. Le lieu était animé mais pas bondé.

— Qu'aimerais-tu ? demanda Angie en posant un verre de Coca devant lui. J'ai quelque chose de différent. Des tot-chos. Des pommes de terre râpées et frites, avec du fromage à nacho et du piment. Ils sont vraiment bons, avec une pointe de piquant.

— Alors amène une petite assiette, s'il te plaît, commanda-t-il, avant de se pencher pour inspecter le reste de l'endroit. Est-ce qu'Enrique travaille ?

— Non. Il est retourné chez lui pour l'instant. Parfois, il sort quand il est agité. Je peux l'appeler et lui dire que tu es là, offrit-elle, semblant heureuse de le faire.

— Ça va. S'il est occupé, je ne veux pas le déranger.

Il se rassit, regardant par les fenêtres, alors que la nuit tombait sur le paysage. Il aimait toujours cette partie de la journée. Le travail était fait, et il pouvait laisser son esprit se détendre. Devon ferma les yeux, laissant le calme le pénétrer.

Quelqu'un s'assit sur la chaise en face de lui, et il n'eut pas besoin d'ouvrir les yeux pour savoir que c'était Enrique. Son odeur et le soupçon d'excitation qui traversa Devon lui dirent exactement qui c'était.

— J'ai travaillé dur et j'avais besoin de sortir, expliqua-t-il en ouvrant les yeux avec un sourire. Angie a dit que tu étais chez toi. Tu n'étais pas obligé de venir ici pour moi.

Bien qu'il en soit vraiment heureux.

Angie ramena sa commande avec une serviette et une assiette supplémentaires. Devon fit signe à Enrique, et ils mangèrent lentement.

— Le dîner de ce soir était incroyable. Je me demande si quelqu'un a mentionné à Rita le fait que Papa avait besoin de manger plus léger, dit-il avec un clin d'œil et un sourire. Merci pour ça. J'apprécie vraiment.

Enrique hocha simplement la tête et ne répondit pas tout de suite.

— Je t'ai vu la nuit dernière avec Craig, avoua-t-il enfin. Il était ici, et je l'ai suivi, parce qu'il avait trop bu et…

— Oui. Il a fini par venir à la maison. Complètement bourré. Il a dit des choses dont je doute qu'il se souvienne. Je l'ai mis sur le canapé quand il est tombé dans les pommes.

— Oh… Je suis content qu'il aille bien.

— Tu l'as suivi ? demanda Devon. Alors tu savais où il était.

— Je savais qu'il se dirigeait vers chez toi, oui, expliqua Enrique en remuant nerveusement sur sa chaise. Je savais qu'il y était arrivé, et ensuite…

— Je vois. Tu nous as vus lui et moi sur le ponton, dit Devon, et Enrique acquiesça. Alors tu l'as vu essayer d'enlever ses vêtements ?

— Et il t'a embrassé. Après ça, je suis parti, déclara Enrique en baissant le regard.

— Et tu ne sais pas qu'il a passé la nuit sur le canapé et qu'il a réessayé de m'embrasser, mais que je l'ai arrêté.

Il y avait tellement de tension dans la bouche d'Enrique que Devon fut surpris de ne pas pouvoir entendre ses dents grincer.

— Que je l'ai fait rentrer dans la maison et qu'il est presque tombé deux fois, parce qu'il chancelait sous l'effet de l'alcool. Quand je l'ai couché sur le canapé, il s'est endormi, je l'ai couvert, puis je suis allé me coucher. Tu n'as rien vu de tout ça.

Devon n'était pas sûr de savoir si Enrique était en colère ou non.

— Non. Mais il t'a embrassé.

Devon hocha la tête. Il aimait bien taquiner Enrique juste un peu, alors qu'une vision plus claire de ce qui s'était passé apparaissait. Il mangea une des croquettes et sourit.

— Oui, il m'a embrassé. Il n'y a rien eu. Il embrasse comme un poisson, murmura-t-il.

Enrique sourit, puis grogna et s'assit confortablement en riant.

— Ce n'est pas drôle. En fait, c'est plutôt triste pour Craig… et tous ceux qu'il a embrassés.

D'accord, peut-être que c'était *un peu* amusant.

— Tu ne l'avais jamais embrassé avant… et tu l'aimais…

— Oui, grommela Devon, la légèreté le submergeant une nouvelle fois. Réfléchis-y. Si j'avais su qu'il embrassait aussi mal, ça m'aurait épargné des années de boisson et des centaines d'heures de thérapie. Je sais maintenant que je l'ai vraiment oublié. Il n'y avait rien que de l'amitié. Tout ce que je voulais faire était de le ramener chez lui auprès de ses garçons.

— Mais il voulait plus, insista Enrique avec un signe de tête.

— Il semblerait. Mais je doute qu'il se souvienne de quoi que ce soit. Il était si soûl et flageolant que tout ce qu'il a dit ou fait cette nuit… Se soûle-t-il souvent comme ça ? questionna Devon après avoir marqué une pause.

— Pas que je sache, répondit Enrique en secouant la tête.

— Alors que s'est-il passé la nuit dernière pour qu'il se soûle à ce point ? Je ne me rappelle pas non plus qu'il ait été un grand buveur, déclara-t-il, définitivement curieux.

— Son ex-femme, la mère des garçons, se remarie. Je pense que ça l'a durement touché. Elle a trouvé quelqu'un, et d'après ce que j'ai entendu, ils déménagent sur la côte Est, ce qui éloignera encore plus les garçons de lui le reste de l'année.

Devon essaya d'imaginer ce que ça pouvait faire. Cela devait avoir sacrément blessé Craig.

— J'imagine que Jeanie ne l'autorisera pas à garder les garçons. Ils aiment être ici, et je pense qu'ils considèrent cet endroit comme leur foyer.

Jeanie ne lui avait jamais paru être du genre mère poule, mais là encore, Devon pensait que les choses changeaient quand on avait ses propres enfants. Craig était certainement différent. Au lycée, il n'avait été question que de lui et de son image, et maintenant, il était plutôt clair que tout tournait autour de ses garçons.

— Je ne sais pas, dit Enrique. Mais il ne sera plus le même quand il ne pourra pas voir ses fils. Il prend l'avion jusque là-bas pour les vacances et y passe une partie de l'hiver pour pouvoir être proche d'eux. Il y a des vols réguliers pour Seattle, alors c'est assez simple. Mais il ne va pas pouvoir faire des allers-retours jusque Danbury, dans le Connecticut, sans peine.

Cela semblait être une autre chose qui n'avait pas changé. Le Comptoir d'Échange était toujours la voie expresse de l'information sur tout ce qui se passait à Willow.

— J'espère que les choses marcheront pour lui.

Et cette information expliquait en partie pourquoi Craig avait été soûl et s'était rendu chez lui. Tout du moins, la partie «soûl». Devon doutait qu'il soit capable de traverser ce genre de douleur sans une fortification. Il aimerait penser qu'il était assez fort pour résister à une tempête de cette sorte, mais il n'était honnêtement pas sûr qu'il arriverait à maintenir sa sobriété.

Enrique sembla lire les pensées de Devon.

— Avec cette maladie, le fait de ne pas boire à proprement parler est le plus facile. C'est la manière dont nous utilisons l'alcool pour émousser la douleur qui est difficile. Nous en venons à nous reposer sur ça, et quand les temps deviennent durs, nous revenons aux vieilles habitudes.

Devon mangea encore quelques croquettes et but le soda qu'Angie avait apporté. Peut-être qu'il était temps de changer de sujet.

— Papa a dit qu'il y avait une réunion demain. Est-ce que quelqu'un a pu découvrir plus d'informations sur l'opération minière?

— Quelques-unes. Ton père passe des coups de fil, mais ils veulent drainer toute la zone. En gros, ils redirigeraient l'eau de la rivière et l'utiliseraient pour laver de grandes quantités de poussière et de sédiments. C'est sale et ça renverra tous les sédiments dans la rivière. Ils disent qu'ils les collecteront dans des bassins, mais c'est probablement des conneries, expliqua-t-il en se rapprochant avant de baisser la voix. Je suspecte que, une fois qu'ils auront le feu vert, ils feront ce qu'ils veulent et que les règles ne signifieront rien pour eux. C'est une opération rapide. Ils partiront probablement du jour au lendemain, et nous serons tous coincés avec le bazar.

— Ça semble être le sentiment général, convint Devon. Alors comment arrêtons-nous ça?

— Faire refuser leur permis en premier lieu, et c'est pour essayer de faire ça que nous nous réunissons. Si nous pouvons prouver qu'ils ne suivent pas les règles du DRN, ça s'arrêterait sur-le-champ.

— Peut-être que, toi et moi, nous pourrions monter là-haut pour voir ce que nous pouvons trouver, proposa Devon avec un hochement de tête. Il y a beaucoup de gens qui voyagent jusqu'en haut pendant la journée, mais tu sais que toute action illégale se passe la nuit, quand ils pensent que personne n'observe.

— Il y a un sentier qui monte de l'autre côté de la rivière et serpente le long de la rive, l'informa Enrique. Ce n'est pas assez large pour que quelqu'un y monte un truc plus gros qu'un véhicule à trois roues, et le début du sentier est à l'arrière de la propriété ici. Alors je doute qu'ils sachent même qu'il existe. Peut-être qu'il faudrait monter là-haut et camper pendant un jour ou deux.

— Nous pourrions le faire. Je n'ai pas de sac à dos, mais je pense que Papa a toujours l'équipement de camping, et je pourrais préparer certains trucs.

C'était la dernière chose qu'il s'attendait à faire pendant sa visite, mais étant enfant, les gars et lui, ce qui incluait Craig et Enrique, ainsi que d'autres, étaient souvent allés camper durant l'été.

— Alors nous irons à la réunion, verrons ce que tout le monde a à dire et partirons de là. Nous pouvons y aller lundi matin et être de retour le jour suivant pour ton cours. Si nous pensons que ça en vaut la peine, nous pourrions revenir plus tard ce jour-là. À moins que tu aies besoin de travailler.

— Prévoyons comme ça, approuva Devon, selon comment se passe la réunion. Demain, c'est aussi vendredi, alors il est probable que certains des mineurs viendront au Comptoir.

— C'est vrai. Je dirai à Angie et certains locaux qui ressentent la même chose que nous de les mettre à l'aise et de voir ce qu'ils peuvent en tirer. Nous allons avoir besoin de toutes les informations possibles pour y mettre un terme.

— Exactement, conclut Devon.

Il mit la dernière croquette dans sa bouche, lâchant un grondement de plaisir à la chaleur et l'onctuosité. Elles étaient sacrément bonnes. Il fut tenté d'en prendre plus, mais une assiette suffisait.

— C'est plutôt animé ce soir.

— Assez normal, en fait, admit Enrique en regardant autour de lui. Nous sommes complets demain et pendant le week-end, alors ça va être bondé. Une nuit tranquille, c'est bien. Ça donne à tout le monde la chance de se voir et de se préparer pour ce qui vient ensuite. Je vais te ramener un autre soda.

Il tapota les accoudoirs de sa chaise et se mit debout. Il s'éloigna, et le regard de Devon le suivit tout du long. Il ne voulait pas, mais sans même y penser, il ne pouvait le quitter des yeux. Enrique était un bel homme… Bon sang, il était magnifique, grand et large à tous les bons endroits. Et ces cheveux… Mince, Devon pourrait être en train de développer un fantasme dessus, parce que tout ce qu'il avait besoin de faire était de fermer les yeux, et très vite, ces cheveux glissaient sur les épaules nues d'Enrique et sur son torse. Devon voulait y passer les doigts et… D'accord, il trouvait définitivement son fantasme, mais ça semblait être uniquement pour les mèches noires d'Enrique, avec leur éclat si sombre qu'elles paraissaient presque avoir une pointe de bleu.

Enrique revint mais ne put rester qu'une minute, ce qui lui allait. Devon se rassit sur sa chaise avec la meilleure vue de tout l'Alaska, observant le lac à l'extérieur avec la montagne au loin et, quand il tournait la tête sur le côté, il pouvait voir directement dans l'autre salle, où Enrique donnait à tout le monde l'impression d'être le bienvenu, et la vue s'améliorait immensément, en particulier quand Enrique lui tournait le dos.

Devon se dit qu'il n'y avait rien de mal à apprécier la vue, à la fois intérieure et extérieure. C'était inoffensif. Enfin, c'était supposé l'être, en tout cas. Il savait que les apparences pouvaient être trompeuses. La vue du lac, des montagnes et de la luxuriance couvrait la réalité de l'Alaska. C'était magnifique, sans aucun doute, mais cette beauté cachait un danger, parce qu'en dessous se trouvaient des ours, des loups, des élans et un grand nombre de créatures létales. Sans parler de la terre elle-même qui regorgeait de dangers difficiles à comprendre pour la plupart des gens. Se perdre pouvait signifier la mort. Le temps pouvait tourner, même en août, et il était possible d'être pris par surprise, à la merci de la nature sauvage.

Devon tourna la tête, tandis qu'Enrique passait à grands pas entre les tables dans la zone de restauration, allant vers la cuisine, et il sut sans l'ombre d'un doute qu'Enrique pourrait être tout aussi dangereux pour son cœur et peut-être même son âme. Dans la nature, on prenait des précautions, on amenait des choses pour se protéger. Avec Enrique, la seule protection était de rester complètement éloigné, et cela devenait impossible. Devon avait besoin d'affronter le danger, parce que les récompenses potentielles étaient tout aussi grandes.

VII

ENRIQUE N'AURAIT pas dû être choqué, mais d'un autre côté, peut-être que c'était la seule façon de réagir. La réunion publique était un exercice de gestion de la colère et de maîtrise. Il y avait très peu de soutien pour une opération minière, et définitivement un soutien grandissant pour une action contre eux. Tout le monde dans la salle avait un lien avec cet endroit, et ils savaient qu'exploiter une mine amenait de la prospérité à court terme avec des conséquences à long terme.

— Abattez ces bâtards maintenant et arrêtez ce foutu truc.

C'était ce que Joshua Tindale avait dit, et il avait fallu Mme Fitz et d'autres personnes pour le calmer.

— Ce n'est pas un combat que nous pouvons gagner de cette façon, avait dit Devon avec plus de calme que ce que ressentait Enrique. Nous devons les affronter légalement et les faire partir de manière permanente. Si nous faisons ça, alors d'autres y réfléchiront à deux fois avant de venir ici pour essayer de prendre et détruire les choses qui appartiennent à tous.

Enrique aimait la façon dont les yeux de Devon brillaient et la passion qui avait rempli sa voix. Il n'avait pas pu détourner les yeux de lui à ce moment-là, pas plus qu'il ne le pouvait à cet instant alors qu'il était appuyé contre le siège de son trois-roues, observant Devon sortir son paquetage. Enrique l'attacha et s'assura qu'il était bien fixé.

— Prêt à partir ?

Il grimpa lorsque Devon eut acquiescé et se tendit pendant une seconde quand Devon s'installa derrière lui, glissant ses bras autour de sa taille. Puis il se détendit de nouveau sous le toucher, savourant la façon dont Devon allait bien derrière lui, son cœur passant à travers les vêtements d'Enrique jusqu'à sa peau hypersensible.

— Tiens-toi bien.

Devon le serra un peu plus fort, le prenant au mot. Non pas qu'Enrique allait s'en plaindre une seule seconde. Il tourna la clé, démarra le moteur et sortit de l'allée vers la grande route. Il prit le virage au Comptoir, le dépassant et fonçant vers l'arrière, trouvant facilement le départ du sentier, et ils furent rapidement entourés de broussailles et de plantes des plaines. Il ralentit mais continua.

— Depuis combien de temps connais-tu ce chemin ? demanda Devon. Je ne m'en souviens pas de quand j'étais enfant, et nous avions l'habitude d'explorer toute la région.

— Il a toujours été là, répondit Enrique avec un haussement d'épaules. Je pense que, parce qu'il monte sur le côté inintéressant de la rivière, la plupart d'entre nous n'y ont pas fait attention.

Le sentier était rude et pas utilisé très souvent, alors il dut ralentir et éviter des zones de végétation surabondante. Malgré tout, le chemin était assez prononcé pour qu'il n'ait pas de problème à le trouver.

Quelques fois, ils longèrent le bord de la rivière, et Enrique s'arrêta, l'eau claire et très froide coulant à toute vitesse. L'Alaska avait beaucoup de rivières et des millions de lacs, mais tous n'étaient pas propices à la pêche ou à la vie sauvage. Ceux qui naissaient de la fonte des neiges en montagne étaient parfaits et habituellement remplis de poissons qui attiraient d'autres visiteurs plus dangereux. Ceux qui venaient des glaciers étaient gris et couverts de limon qui étouffait tout sur leur passage jusqu'à la mer.

— Le pouvoir brut dans cette eau, souffla Devon derrière lui, tremblant un peu.

Enrique le ressentait aussi, la pression de la nature et l'énergie qui s'enroulait dedans.

Il repartit lentement et continua à remonter le courant avant de trouver un endroit où se garer juste à l'écart du sentier et d'éteindre le moteur.

— Nous devrions faire le reste du trajet à pied.

Ils décrochèrent leurs sacs, et Enrique tira une bâche camouflage sur le trois-roues et l'attacha. Satisfait de son travail, il mit son sac sur son dos.

— Nous devrions garder une petite distance avec la rivière pour qu'on ne nous voie pas. L'eau couvrira la plupart des sons, et la végétation de ce côté est plutôt épaisse.

Il écarta d'une tape quelques moustiques et ouvrit la marche, Devon juste derrière lui. Celui-ci s'aspergea de répulsif. Enrique était heureux que les incessants suceurs de sang le laissent tranquille la majorité du temps.

— Ils sont tout droit dans cette direction, déclara Devon environ dix minutes plus tard.

Ils s'étaient rapprochés de la rivière. Les arbres et les taillis les abritaient, mais le bourdonnement des moteurs indiquait que les mineurs étaient encore au travail.

— Laisse-moi jeter un coup d'œil. Je reviens, dit Enrique.

Il déposa son sac et avança à travers la végétation vers la rivière. Il s'avéra qu'ils n'étaient qu'à une centaine de mètres. C'était assez loin pour qu'on ne les remarque pas, mais ils ne verraient également pas ce que faisaient les mineurs. Il resta au milieu des arbres et des taillis, accroupi pour faire profil bas. Après quelques minutes, il retourna auprès de Devon.

— Qu'en penses-tu ? lui demanda ce dernier.

— Je ne suis pas sûr, répondit Enrique en s'appuyant contre un arbre. Nous avons besoin d'être plus près pour pouvoir les observer, mais nous ne voulons pas qu'ils nous voient. La tente est en camouflage vert, alors ce sera difficile de la voir, mais nous ne pourrons pas disparaître complètement.

— Alors nous pouvons faire un leurre. Il y a plein de branches. J'ai pris du cordage. Nous pouvons les attacher ensemble pour faire un cadre et couper des branches fraîches que nous insérerons. Ils ne nous verront pas, et nous pouvons faire de petites fenêtres pour les observer au travers. La partie délicate est de mettre en place le leurre, mais nous pourrons le faire quand il commencera à faire un peu plus sombre.

Enrique aimait cette idée, et ils commencèrent à rassembler des matériaux. Il ne lui fallut pas longtemps pour construire un cadre d'environ deux mètres quinze de long et un mètre cinquante de haut. Il y avait beaucoup de bâtons, et les attacher ensemble fut facile. Le leurre n'avait pas besoin de durer longtemps.

— Nous devons mettre la verdure dessus, puis le porter jusqu'à la rivière. Je pense que nous pouvons probablement le mettre suffisamment en retrait pour que personne ne le remarque si nous restons derrière.

C'était plus lourd qu'il ne le pensait, mais ils réussirent à rapprocher le leurre de la rivière et à l'attacher à un arbre pour qu'il reste droit. À ce stade, ils avaient un mur vert derrière lequel se cacher, avec également des arbustes bas comme bordure entre eux et la rivière. Quand il monta la tente, elle fut assez basse au sol pour ne pas qu'on la voie, et avec leur matériel caché derrière la barrière verte, ils étaient en gros invisibles, en particulier si personne ne les cherchait activement.

Le crépuscule fut sur eux le temps qu'ils aient monté la tente et installé leur couchage. Ils ne pouvaient pas faire de feu pour un certain nombre de raisons, alors ils mangèrent un dîner froid et regardèrent par leurs trous d'observation.

— Ça me donne un peu l'impression d'être un voyeur ou un truc comme ça, murmura Devon.

Enrique devait admettre qu'il avait la même idée.

— D'accord. Ils creusent le sol le long de la rivière. Ils ont tout marqué comme ils sont supposés le faire, et ils ont construit un bassin de rétention là-bas.

— Pourquoi ? questionna Devon.

— C'est là que le ruissellement est supposé couler pour que la poussière puisse se déposer et que l'eau sans sédiment puisse être remise dans la rivière. C'est assez simple, mais ça limite leurs progrès.

Il suspectait que la nuit, on permettait au contenu du bassin de couler dans la rivière - boue, sédiments et tout le reste. Malgré tout, ils devaient le prouver.

— Qu'y a-t-il là en bas ? demanda Devon en pointant du doigt. Ce type continue à regarder et à déambuler par là.

— Un coude dans la rivière, répondit Enrique. Je parie qu'il y a un point de collecte pour les sédiments et l'or qui est dedans, mais c'est en dehors de la zone qu'on leur a attribuée.

— Alors nous surveillerons ça aussi. Il fait trop clair pour qu'ils fassent quelque chose maintenant.

Devon recula et sortit un autre sandwich, qu'il tendit à Enrique. Il s'installa sur la petite chaise pliante, et Enrique fit pareil sur la sienne.

— Oui. Le truc, c'est que, l'endroit où ils travaillent est plutôt visible depuis un certain nombre d'endroits, alors ils auront besoin de l'obscurité ou de nuages pour être dissimulés. Donc, ils pourront faire pratiquement tout ce qu'ils veulent sans être vus.

Enrique prit le soda que lui offrait Devon et décapsula la bouteille.

— Ce que je ne comprends pas, c'est comment ils peuvent en tirer suffisamment pour que ce soit rentable. Ils devraient creuser tout le lit de la rivière sur une grande distance dans les deux sens. Je sais qu'il y a probablement de l'or dedans. Nous prospections étant gamins et nous avons trouvé quelques paillettes.

— C'est vrai. Mais au prix de l'or aujourd'hui, ils doivent retourner assez de terre par leur procédé pour obtenir assez d'or. C'est ce qui me rend nerveux. Tu déplaces une tonne de terre et obtiens quinze grammes, alors tu déplaces dix tonnes aussi rapidement et obtiens cent cinquante grammes. Déplace une centaine de tonnes et tu en obtiens un kilo et demi. Fais ça chaque jour, de manière efficace, et tu as une vraie production... Cela détruira complètement la rivière et la vallée, soupira-t-il, indigné à cette pensée. Bien sûr, quelqu'un pourrait les arrêter, mais pas avant qu'ils aient créé de sérieux dommages.

Il se leva et jeta un coup d'œil aux travailleurs. Ils semblaient en train de réduire progressivement la cadence pour la nuit.

Peut-être qu'il avait tort et qu'ils respectaient les règles, ou c'était un coup monté pour conserver les apparences. Il était peu probable qu'ils partagent ce qu'ils faisaient de mal avec tous ceux qui travaillaient là.

Le bourdonnement des moteurs et de l'équipement s'éteignit lentement. Des voix se firent entendre par-dessus l'eau alors que les hommes finissaient leurs tâches. La majorité s'empila dans des camions et partit.

Enrique partagea un regard inquiet avec Devon, se demandant s'ils avaient eu tort. Malgré tout, il s'installa plus confortablement alors que la lumière baissait lentement.

— Que veux-tu faire? l'interrogea Devon, reflétant son inquiétude. Ça pourrait être simplement une fausse piste.

— Peut-être. Mais de cette manière, nous saurons.

Enrique se rassit contre un arbre, son regard dérivant vers Devon. D'autres équipements furent arrêtés jusqu'à ce qu'il n'y ait plus que le vrombissement de ce qui était probablement le générateur. Une seule lumière brillait à l'extérieur d'une remorque garée de l'autre côté de la rivière, et quelques hommes entraient et sortaient.

Le bruit de la nature prit alors le dessus. La vitesse de l'eau le long de la rivière, les oiseaux se souhaitant bonne nuit, les insectes bourdonnant, et même le craquement de branches, alors que les créatures de la nuit sortaient pour chasser et pêcher.

— Y a-t-il toujours des ours ici? demanda Devon.

— Probablement. Mais avec le flot rapide de la rivière et les mineurs, je soupçonne qu'ils se sont tous dirigés vers des endroits différents. Cependant, nous devons être vigilants. Tu te souviens quand Craig et son ami Kyle étaient venus ici? évoqua Enrique avec un sourire.

Devon ricana. C'était un son magnifiquement heureux.

— On aurait pu penser que Craig avait maîtrisé l'ours d'une seule main, et Kyle a fini par souiller son sous-vêtement et ses parents ont déménagé après ça.

— Oui. Il s'est avéré que l'ours était un ourson orphelin qui cherchait désespérément de la nourriture et a dévalisé leur camp. Ils ont raconté ça comme s'ils avaient combattu le plus grand grizzli de l'état.

Enrique était bien conscient que même un ourson était dangereux, mais quand même.

— Toute la nourriture est sous clé, reprit-il, et les boîtes sont supposées garder les odeurs. Cependant, si quelque chose vient renifler dans le coin, laisse-le prendre la nourriture et retournons au véhicule.

Devon hocha la tête et sursauta légèrement au craquement de branchage suivant. Bon sang, il était nerveux.

— Il y a des cerfs ?

— Et des élans. Ils viennent souvent ici. Détends-toi. Je connais très bien cette région.

Il avait aussi amené un pistolet chargé et était prêt à l'utiliser. C'était une question de survie dans la nature sauvage.

— Qu'est-ce que c'est ? questionna Devon quand une lumière s'alluma en amont.

— Allons voir.

Ils s'assurèrent que tout était bien rangé avant qu'Enrique conduise Devon sur le chemin. Il y avait juste assez de lumière pour voir devant eux. Il alla lentement et prudemment, pointant les racines.

Devon trébucha, et Enrique le rattrapa, le prenant par le bras pour le maintenir debout. Malgré tout, il ne sembla pas retrouver l'équilibre, et Enrique dut le tenir plus fermement. Mince, Devon se sentait bien dans ses bras, et sans surprise, il se cramponna à lui.

— Tu vas bien ? demanda Enrique.

— Maintenant, oui.

Devon ne le relâcha pas, et Enrique resserra sa prise, ne voulant pas le laisser. Tant que Devon lui permettait de le tenir dans ses bras, il le ferait.

— Merci, murmura Devon.

Enrique le relâcha. Ils continuèrent sur le chemin en direction des lumières, qui devenaient plus vives.

— Tu parles de créer une balise, chuchota Enrique.

Le grondement d'un grand moteur diesel vibra dans la nuit. Ils se rapprochaient. Le chemin prit un virage sur la droite. Enrique descendit et alla dans les taillis, les écartant juste assez pour pouvoir regarder de l'autre côté de la rivière, où une grande pelle traversait le lit de la rivière. Elle avait laissé une traînée tourbillonnante de limon, qui fut balayée par l'eau alors que le matériau du lit était placé à l'arrière d'un tombereau. La pelle travailla jusqu'à ce que le camion soit plein, puis l'opérateur la recula de la rivière et suivit le tombereau en aval.

— C'est quoi ce bordel ? souffla Devon derrière lui.

Les lumières s'éloignèrent et la zone devint sombre.

— Ils veulent probablement tester cette partie, et c'est ainsi qu'ils peuvent le faire sans éveiller de soupçons, expliqua Enrique en reculant dans les taillis.

— J'ai des photos, déclara Devon en levant son téléphone.

Enrique le serra dans ses bras. Il avait été si bouleversé par ce qu'il voyait qu'il n'y avait pas pensé, mais il était ravi que Devon l'ait fait.

— Voyons ce qu'ils en font.

Enrique ouvrit la marche pour revenir à leur camp. Comme on pouvait s'y attendre, les écoulements du bassin étaient ouverts, libérant toute l'eau, et les moteurs tournaient, probablement pour traiter ce qu'ils avaient pris en amont. Enrique et Devon prirent des photos, pas sûrs de leur qualité sans flash, mais avec les lumières utilisées, il pourrait y avoir suffisamment d'éclairage.

Après environ une heure, les moteurs se turent de nouveau et les lumières s'éteignirent, ne laissant une fois de plus que le calme de la nuit.

— C'est probablement tout ce qu'ils vont faire ce soir.

Devon essaya de ne pas bâiller, mais il échoua à l'étouffer, et cela ne fit qu'envoyer une vague de fatigue à travers Enrique.

Il ouvrit le rabat de la tente et entra, Devon le suivant. Il n'y avait pas beaucoup de place. Il enleva ses chaussures et ses chaussettes avant de faire glisser son jean et de se mettre dans le sac de couchage. Devon fit pareil, et ils s'allongèrent en silence.

Enrique écouta sa respiration régulière pendant quelques minutes, se demandant à quoi pensait Devon. Alors, il pensa « Et puis merde » et se rapprocha, glissant son bras autour de la taille de Devon.

— Il fait plus froid que je m'y attendais, murmura celui-ci.

Enrique étendit sa couverture sur lui, le tirant encore plus près, jusqu'à ce que son torse s'appuie contre le dos de Devon.

— C'est mieux ?

— Oui.

Il se rapprocha encore, et Enrique passa la main sous le t-shirt de Devon et sur la texture lisse de son ventre.

— Est-ce que je peux ? demanda-t-il.

Devon bougea, roulant sur le côté. Enrique laissa sa main glisser sur son dos, alors que leurs lèvres se trouvaient dans le noir. Il ferma les yeux – au fond, ils étaient inutiles à cet instant – permettant à ses autres sens de prendre le relais. Ils ne parlèrent pas, ce qui, de bien des façons, rendit les choses plus faciles. Tout ce qu'Enrique avait à faire était de ressentir, et il en profita. Devon avait un goût de paradis, et il était encore meilleur au toucher. Enrique provoqua un faible gémissement quand il glissa les doigts sous la ceinture du boxer de Devon.

— Tu es sûr de ça? demanda doucement Devon contre ses lèvres.

Enrique s'immobilisa immédiatement. Il commença à retirer ses mains et se prépara à retourner de son côté de la petite tente.

— Nous ne sommes pas obligés si…

— Non, affirma Devon plus fort. Je ne veux pas que tu arrêtes. Je m'assure simplement que c'est ce que tu veux.

Enrique le serra plus fort, prenant soin de lui faire sentir à quel point il voulait tout ça.

— J'ai eu tort avant, et je ne veux plus me tromper là-dessus… pas avec toi, avoua Devon avant de l'embrasser plus fort.

Enrique se plongea directement dans le baiser. Il avait espéré depuis un long moment que c'était ce qui arriverait, mais cela n'avait jamais semblé bien… jusqu'à maintenant.

Il se figea et écouta. La nuit était calme, pas de moteurs, juste des insectes et l'appel de l'obscurité, auquel Enrique se retrouva à répondre avec un oui retentissant.

— Oui, je veux tout ça, et je te veux, toi.

Il tira sur l'ourlet du t-shirt de Devon, le relevant jusqu'à ce qu'il glisse de ses bras. Enrique l'amena à son nez, respirant l'odeur terreuse qui lui appartenait avant de le mettre sur le côté. Il enfouit le visage contre le cou de Devon, inspirant profondément et assimilant la richesse, se convainquant que c'était réel et pas un rêve dont il se réveillerait déçu et seul.

Devon trembla sous lui, signalant que ce n'était pas un rêve, son ardeur enveloppant Enrique, alors qu'ils créaient une bulle de chaleur contre la menace de la froideur de la nuit. En ce qui le concernait, rien n'entrerait dans cette tente pour refroidir leur passion. Enrique augmenta l'intensité, prenant les fesses de Devon dans ses grandes mains, joignant leurs hanches avec un profond soupir qu'il ressentit jusque dans son âme.

— Enrique, souffla Devon, en ouvrant les boutons de sa chemise.

Enrique essaya de se rappeler la dernière fois où les mains de quelqu'un avaient tremblé pendant qu'elles le déshabillaient et ne put trouver. L'excitation qui passait entre eux était comme un courant électrique qui devenait plus fort à chaque seconde. Une fois que leurs hauts furent enlevés, Enrique le serra contre lui, leurs torses appuyés l'un contre l'autre, peau contre peau, cœur contre cœur. C'était une expérience sublime, et il la savoura, caressant Devon d'une main, le retenant de l'autre.

Il ne voulait pas le lâcher assez longtemps pour défaire Devon du reste de ses habits, mais il devait le faire. Le besoin d'être avec lui sans séparation était écrasant. Il cafouilla avec le boxer de Devon, mais réussit à le repousser de ses hanches. Devon l'enleva jusqu'au bout, et Enrique retira ensuite le sien.

— Mon Dieu, tu es si bon, murmura-t-il dans l'obscurité maintenant totale.

— Toi aussi.

Devon ondula sous lui, se frottant et remuant, se cramponnant à Enrique comme s'il était un filet de sécurité.

— J'ai besoin de... plus...

— Je sais, apaisa Enrique, les immobilisant tous les deux. Si tu continues comme ça, ce sera fini trop vite.

— J'allais dire la même chose, ricana Devon.

Malgré ça, il ne lâcha pas ni n'arrêta les petits cercles qu'il dessinait sur le dos d'Enrique. Ils avaient besoin de reprendre leur souffle. Enrique inspira profondément, espérant que le brouillard de besoin lascif ne faiblirait pas. Il devint plus épais, et l'anticipation prit la relève, le rendant encore plus fou de désir. Devon l'attira vers le bas, ses doigts passant dans ses cheveux longs.

— Je les aime. Tes cheveux sont plus doux que je ne le pensais.

— Ils sont rêches et...

— Magnifiques, interrompit Devon. Tes cheveux m'ont fasciné depuis que je suis revenu. Les laisses-tu pousser pour une raison particulière ?

— Il y a des traditions et des trucs comme ça concernant les cheveux, répondit Enrique avec un haussement d'épaules, mais surtout, je les aime comme ça.

Il tendit la main et retira le lien, les laissant tomber en avant. Devon les caressa, et Enrique resta immobile pendant quelques secondes avant de les remettre derrière lui.

— Je pense que je suis en train de développer un genre de fantasme pour tes cheveux.

— Tu plaisantes, pas vrai ? ricana-t-il.

Devon secoua la tête. Il les tira vers lui, et ils tombèrent en rideau devant les yeux d'Enrique. Celui-ci resta impassible jusqu'à que Devon les enroule entre ses doigts, les repoussant une nouvelle fois.

— Je me demandais comment ils seraient entre mes doigts. Peut-être quand nous serons autre part, nous pourrons...

— Je suis content que tu aimes mes cheveux, grogna Enrique, mais...

— Mais, continua Devon, amenant ses lèvres près de l'oreille d'Enrique, je veux les sentir sur ma queue et savoir ce que ça fera quand tu me caresseras comme ça.

Il frissonna. Bien qu'Enrique n'ait aucune idée de la raison pour laquelle Devon ressentait ça, l'essoufflement dans sa voix le fit trembler.

— Peut-être plus tard.

Il écarta ses cheveux, embrassant Devon une nouvelle fois. Assez parlé.

Devon sembla approuver.

Les doigts d'Enrique trouvèrent les mamelons de Devon, les pinçant, et il fut récompensé quand son amant releva les hanches, gémissant doucement.

— Tu aimes ça?

— Oui.

Enrique se pencha et suça le petit bourgeon, faisant tourner sa langue dessus, provoquant un doux concert dans la respiration lourde de Devon, qui s'accéléra de plus en plus chaque seconde.

— Ils sont vraiment sensibles, n'est-ce pas? taquina-t-il.

— Mmh mmh.

Devon haleta quand Enrique continua son traitement, traversé de frissons que son propre corps accepta. Comment ne pouvait-il pas le faire? Devon était si chaud et sexy, et le devenait encore plus à chaque instant qui passait. Rien que ça était suffisant pour lui faire perdre la tête, mais en y ajoutant le fait que l'attraction et le besoin de Devon augmentaient le sien, Enrique était presque hors de contrôle. Son sexe palpitait, et il ferma les yeux pour essayer de s'empêcher de craquer. Il voulait que cela dure, et que ce ne soit pas rapide et précipité. Devon et lui n'étaient pas des adolescents. Ils méritaient de prendre leur temps. Mais Devon et leurs corps semblaient avoir leurs propres idées face auxquelles Enrique était incapable de s'imposer.

La montée de plaisir arriva si vite sur lui, et il ne put la réprimer. Devon passa par-dessus bord avec lui, et rapidement, ils furent tous les deux allongés dans les bras l'un de l'autre, respirant profondément.

— Tu vas bien ? demanda Enrique dans un murmure.

— Plus que bien, répondit Devon, un sourire dans la voix. Où vas-tu ?

Enrique fouilla dans son sac et sortit un petit linge. Il l'utilisait habituellement pour nettoyer son matériel, mais il était propre et il les essuya tous les deux.

— Je voudrais vérifier ce qui se passe dehors. Je reviens tout de suite.

Enrique enfila ses vêtements et quitta la tente, ayant besoin de respirer pendant quelques secondes. Il ne pouvait pas croire ce qu'il venait de faire, et son cœur battait fort pendant qu'il essayait de tout digérer.

Il ne le regrettait pas. Pas une seule seconde. Mais cela changeait tout entre eux, et il n'y avait pas moyen de faire demi-tour. Si les choses fonctionnaient, Enrique serait aux anges, mais le revers de la médaille était tout aussi vrai. Il en avait pincé pour Devon depuis si longtemps que, maintenant qu'ils avaient fait ce pas en avant, les choses seraient différentes. Si ça ne fonctionnait pas entre eux, il pourrait perdre un ami proche.

— Tu vas bien là dehors ? demanda Devon alors qu'il sortait de la tente pour s'asseoir près de lui. S'est-il passé quelque chose ?

— Non, soupira Enrique. C'est calme, et je vais bien.

— Peut-être un peu paniqué ? insista Devon, et Enrique hocha la tête. Nous nous connaissons depuis que nous avons douze ans, et maintenant… ça.

— Oui.

Bien que ce n'était pas ce qui le perturbait. Du moins, pas vraiment. C'était plus les changements qui surviendraient à cause de ça.

— Les choses ne seront plus jamais pareilles.

— Est-ce si gênant ? questionna Devon. Les choses changent tout le temps. Et parfois, nous avons besoin d'accepter qu'elles puissent changer et qu'elles ne seront plus jamais les mêmes. Ça va, avoua-t-il avec une grande inspiration. De quoi ça a l'air ? Comme si je savais de quoi je parle ? Parce que le changement m'effraie parfois à mort. Mais celui-ci, avec toi, ne m'effraie pas. Oui, les choses seront différentes entre nous. Sur le long terme, en bien ou en mal, enfin, ça doit encore être déterminé, mais ça dépend de nous. Alors nous décrypterons tout ça.

Enrique soupira, parce qu'il était obligé d'être d'accord, mais c'était difficile, même maintenant. Après avoir été en sevrage pendant un temps, abandonner le contrôle était une des choses les plus difficiles à faire. Il avait

94

été capable de passer la main à un pouvoir supérieur, mais ceci – son cœur – il avait du mal à le donner à qui que ce soit.

Devon se rapprocha, enroulant les bras autour de sa taille.

— Tu dois te souvenir que personne ne peut tout contrôler. Mais si c'est ce que tu veux… et que c'est ce que je veux, alors toi et moi pouvons en parler et tout démêler.

— Peut-être. Mais quand ton père sera remis ? Il devient plus fort chaque jour et peut supporter de plus en plus par lui-même, observa-t-il en tournant lentement dans les bras de Devon. C'est agréable comme ça, rien que nous deux, mais je ne peux m'attendre à ce que tu restes ici pour toujours. Ta vie est à New York, et ton talent est bien trop grand pour cet endroit.

— Ça n'y ressemble pas, soupira Devon.

— Conneries. C'est tout. J'ai vu ce que tu peux faire. Tu as plus de talent que tous ceux de ma connaissance réunis, et ce talent a besoin de faire partie du monde. Et je n'ai pas ma place là-bas. Cet endroit est là où est ma place et où je suis heureux, asséna-t-il en s'appuyant contre Devon, le laissant simplement le serrer, avant de faire un geste pour montrer ce qui l'entourait. J'aime ma vie ici et les gens que je rencontre. Ils me rendent heureux. Je ne pourrais pas exister dans un endroit comme New York sans aucun espace ouvert. Tout n'est pas parfait, mais ce lieu et cette terre font partie de mon âme.

Il se tut, la gorge sèche. Devon le tira plus près de lui, partageant tous les deux la chaleur dans le froid de l'air nocturne.

— Je n'ai pas de réponse, avoua-t-il doucement avant de reculer légèrement. Mais nous trouverons ensemble. Alors n'essaie pas d'attaquer cette montagne de colère et d'insécurité tout seul.

Devon semblait si fort. Enrique hocha la tête et resta où il était.

— Allez, retournons dans la tente avant d'être mangés vivants et de commencer à trembler plus que ce n'est déjà le cas, offrit Devon en se tournant et en entrant dans la tente.

Enrique hésita, puis entra également et referma le rabat derrière lui. Après s'être déshabillé, il s'allongea, et Devon le serra contre lui tout de suite.

— Je ne sais pas comment lâcher prise sur certaines de ces choses.

— Tu n'as pas à le faire. Je sais que je ne peux pas non plus. Mais j'essaie de ne pas m'inquiéter de ce que je ne peux pas changer. De plus, ne veux-tu vraiment pas voir où ça nous mène ?

Il caressa doucement le torse d'Enrique, et celui-ci ferma les yeux, savourant simplement la chaleur et l'énergie de Devon. Il devait admettre qu'il le voulait. Il voulait savoir et comprendre ce qui était possible. L'idée d'une relation avec Devon était presque trop délicieuse pour être vraie, d'où la raison pour laquelle ça n'arriverait pas.

Sa logique circulaire commençait à lui donner mal à la tête, et il la repoussa. Devon avait raison ; s'il voulait donner une chance à tout ceci, alors il avait besoin de vraiment le faire et ne pas laisser ses angoisses prendre le dessus.

— Je le veux, répondit-il tout bas.

En fait, plus il y pensait, plus il en arrivait à la conclusion qu'il devait le faire. Enrique avait des sentiments pour Devon depuis assez longtemps, il était temps d'y faire quelque chose ou de le laisser partir complètement. Après ce qu'ils venaient tous les deux de faire et la façon dont cela lui avait totalement soufflé l'esprit, Enrique devait leur donner une chance ou courir le risque de manquer quelque chose qui pourrait être aussi spécial qu'il l'avait imaginé.

— Mais tu as peur, dit Devon en se rapprochant. Et tu penses que moi non ? Je n'ai jamais eu de chance dans mes relations. Pourquoi penses-tu que j'aie commencé à boire ? Tu sais, un de mes parrains m'a dit une fois que, quand on commence à boire, on arrête de mûrir et de grandir. En gros, on reste coincé. Alors, si tu commences à dix-sept ans, tu restes mentalement à cet âge. Je n'y avais jamais pensé de cette façon, mais je pense que c'est vrai. Je suis resté coincé à vingt ans pendant un long moment, et je ne suis jamais allé au-delà.

— Je pense que moi aussi, admit Enrique avec un signe de tête.

— Alors il est peut-être temps que nous grandissions tous les deux, concéda Devon en l'embrassant. Je veux une relation mature avec quelqu'un à qui je peux parler et avec qui passer du temps.

Il renifla et se détourna pour éternuer doucement dans son coude.

— Je veux pouvoir parler des choses pour lesquelles je suis nul… et celles où je suis bon.

— Moi aussi, ricana Enrique. Et avoir quelqu'un qui est heureux pour moi dans mes succès et énervé quand les choses ne vont pas bien. Et quelqu'un qui écoutera simplement ce que j'ai à dire.

Il voulait quelqu'un qui serait à lui et serait là pour lui. Il était pratiquement sûr que Devon l'appréciait et se souciait de lui, mais il se demandait quand même combien de temps cela pourrait durer.

Enrique décida qu'il allait voir ce qui se passait. Devon avait raison, il ne pouvait pas tout contrôler, alors il allait être reconnaissant pour chaque instant qu'ils auraient ensemble.

Devon posa la tête sur l'épaule d'Enrique, et celui-ci passa un bras autour de Devon en retour, le serrant alors que la fraîcheur de la nuit s'infiltrait, propice à un bon sommeil.

Enrique ferma les yeux, et tout à coup, le sol gronda alors que les moteurs démarraient, déchirant le calme des bois avec le bruit des hommes et du travail. Devon était encore endormi et avait roulé sur le côté. Enrique ne voulait pas le réveiller, alors il s'habilla aussi silencieusement qu'il put et emmena ses chaussures et d'autres affaires hors de la tente.

Il semblait qu'ils avaient eu un visiteur dans la nuit. La glacière, bien que toujours fermée, avait été renversée sur le côté et des objets avaient bougé, mais rien de plus destructeur que ça. Enrique pensa que, n'obtenant rien d'intéressant, leur visiteur était simplement passé à autre chose.

Il enfila ses chaussettes et ses chaussures et arrangea ses habits, vérifiant ce que faisaient leurs proies, mais ils semblaient travailler dans leur zone, les portes du bassin fermées. Tout était comme ça devait être, ou du moins, ça paraissait ainsi. Tout était comme cela avait été quelques jours plus tôt quand ils étaient montés sur le col, avec peu de preuves des activités secondaires de la nuit précédente.

Devon sortit de la tente, et Enrique sourit quand il vint à lui, ses vêtements débraillés, tirant son t-shirt et mettant ses chaussures.

— Je suppose qu'ils sont au travail et que tout est normal.

— Oui. Aucun signe de la malveillance d'hier soir.

Devon sortit son téléphone et parcourut les photos.

— Certaines ne ressortent pas bien. J'en ai quelques-unes où ils prennent la terre au mauvais endroit, mais sur certaines, la lumière est horrible. Je ne les ai pas vraiment en train de libérer l'eau du bassin quand ils ne devraient pas. Ce ne sont que des masses floues avec des taches de lumières.

— Mince, souffla Enrique. Je pense que nous devrions repartir. Ils ne vont rien faire pendant la journée à part du travail normal, et nous n'avons pas besoin de les observer en train de faire ça.

— D'accord, et je pense que je dois parler à Papa… suggéra-t-il avant de marquer une pause. J'ai besoin d'un meilleur appareil que celui-là, et peut-être d'un trépied pour que je puisse étendre l'exposition.

Devon fit demi-tour et retourna dans la tente. Il en sortit quelques minutes après avec les sacs de couchage roulés, complètement habillé.

Enrique rangea tout le reste et défit la tente, puis ils redescendirent vers le trois-roues, laissant le leurre en place.

— Ces gens sont vraiment sournois.

— Oui, mais ils sont négligents. Je veux dire, nous avons des photos d'eux, et ce qu'ils faisaient serait visible pour n'importe qui depuis la route, contra Devon alors qu'il passait au-dessus d'un rondin.

— Mais personne ne monte là-haut de nuit, et si quelqu'un monte, il regarde la route, pas ce qui se passe ailleurs. C'est plutôt traître après la tombée de la nuit, et quiconque montant là-haut à ce moment-là mijote probablement quelque chose. Souviens-toi comment les autres avaient l'habitude de monter là pour se peloter au lycée ? signala Enrique avec un sourire. Je rêvais de ce que ça serait de t'emmener là-haut. Mais je n'en ai jamais eu le cran à l'époque.

C'était une chose qu'il n'avait jamais confiée à qui que ce soit.

— Je ne sais pas si je l'aurais eu. C'était une période étrange, et même si nous avions été ensemble, ça ne signifie pas que nous serions restés comme ça.

Devon posa ce qu'il portait et tira Enrique dans une étreinte.

— Parfois, les choses se passent comme elles sont supposées le faire, affirma-t-il en l'embrassant, puis souriant. Rentrons pour pouvoir emballer les choses dont nous aurons besoin. Puis toi et moi, nous pourrons passer une autre nuit seuls dans les bois.

VIII

Devon aimait rouler derrière Enrique sur le trois-roues, en particulier maintenant qu'il avait beaucoup plus de liberté pour laisser vagabonder ses mains. Le moteur faisait vibrer le siège, ce qui envoyait un frisson d'énergie à travers lui. Son sexe était dur comme la pierre, et il appuyait ses hanches contre les fesses d'Enrique, aimant les petites pointes de sensation qui le secouaient pendant qu'ils roulaient.

— Est-ce que ça te pose un problème ?

Pendant une seconde, il se demanda s'il présumait des choses qu'il ne devrait pas, mais Enrique appuya en retour contre lui comme réponse. Devon le serra fort, posant la tête contre le dos d'Enrique et laissant le vent, le soleil et la puissance du véhicule et du conducteur le submerger.

— Je suppose que tu aimes les sensations fortes, déclara Enrique quand il s'arrêta.

— Autant que n'importe qui. Mais je dirais que tu es une sensation plus que suffisante pour moi.

Il glissa les mains sous la chemise d'Enrique, les paumes à plat contre son ventre alors qu'ils repartaient. Devon ne put s'empêcher de sourire, et il lui fallut une seconde pour comprendre pourquoi. Il était *heureux* – du genre foutrement heureux « au point de se tenir au milieu d'une rue bondée de New York et de hurler son bonheur. »

Ils entrèrent en ville et traversèrent la grande route avant de s'arrêter devant le chalet du père de Devon. Il descendit à contrecœur et réajusta ses habits pour que son père ne voie pas son érection.

— De quoi as-tu besoin que je m'occupe ?

— Pas grand-chose, répondit Enrique avec un haussement d'épaules. Vois ce que tu peux faire pour l'appareil et comment va Charles, et je reviendrai cet après-midi. Il n'y a pas besoin de se précipiter, mais nous devons être là-haut avant qu'ils ferment tout pour la journée. Autrement, ils pourraient nous entendre arriver.

Enrique lui lança un sourire. Devon pensa qu'il allait partir quand il sauta du trois-roues et l'attira dans un baiser qui fit se recourber les orteils de Devon.

— Un aperçu pour plus tard.

Il sourit de manière coquine avant de remonter sur le véhicule et de démarrer, soulevant un peu de poussière sur le chemin.

Devon le regarda partir, ne bougeant pas avant qu'Enrique soit hors de vue. Puis il alla à l'intérieur, où son père était allongé sur le canapé, ayant l'air légèrement vert. Immédiatement, l'inquiétude monta en flèche dans son ventre. Bon sang. Peut-être qu'il aurait dû rester à la maison.

— Qu'est-ce qui ne va pas ?

— J'ai mangé un peu du chili épicé que Rita a apporté, et ça m'a joué un sale tour.

— Tu as assez de jugeote pour ne pas manger ça au petit déjeuner, grogna Devon, les dents serrées. Je vais te trouver des antiacides. Ils pourraient aider à soulager les ballonnements et la douleur, mais tu vas te familiariser avec les toilettes, et tout est de ta faute.

Depuis son sevrage, il trouvait difficile d'être compatissant envers les douleurs auto-infligées. Pourquoi son père avait-il mangé autant de chili à dix heures du matin, cela le dépassait. Il devait s'ennuyer et avoir cherché quelque chose pour s'occuper.

Devon prit les cachets et de l'eau et les donna à son père, puis il passa en revue le réfrigérateur pour voir ce qui pouvait s'y trouver d'autre et le jeter. Ceci fait, il retrouva son père avec un peu plus de couleur, assis et se frottant le ventre. Les cachets commençaient généralement à agir plutôt vite une fois qu'il les avait pris.

— As-tu toujours ton Nikon ?

— Bien sûr. Il est dans ma chambre, étagère supérieure du placard. Pourquoi ?

— Les mineurs mijotent quelque chose de mauvais, expliqua-t-il en s'asseyant. J'ai pris des photos avec l'appareil de mon téléphone, mais elles ne ressortent pas assez bien pour y voir clairement. Je pensais que je pourrais ajuster la vitesse d'obturation pour avoir de meilleures photos.

Il se redressa, souriant, et découvrit son père en train de le fixer. Comme un de ses psys à New York, essayant de voir dans sa tête.

— Je connais cet air et ce sourire satisfaits. Enrique et toi… vous êtes ensemble ? tenta-t-il avec un large sourire. Je suis très heureux pour vous deux. Et il était sacrément temps. J'ai toujours pensé que vous seriez mieux assortis, mais tu suivais Craig comme un chiot.

Devon avait pensé qu'il avait réussi à cacher cette partie à son père, mais manifestement, il n'était pas aussi subtil qu'il le pensait.

— Tu savais? Ça explique tout le soutien que j'ai eu depuis que je suis arrivé, et en particulier plus récemment.

— Oui. Je pense qu'Enrique avait compris qu'il t'aimait bien en retour et voulait te le montrer. Mais tu n'as pas saisi l'allusion. Ou du moins, tu as pris ton temps, railla-t-il gentiment.

Son père étira les bras avant de se remettre debout. Il s'arrêta ensuite devant Devon.

— Ce garçon t'apprécie, et ce depuis un long moment. Ce que tu feras de ce que je t'ai dit ne dépend que de toi. Je sais que ta carrière et tout le reste sont à New York, mais… Tu as besoin de réfléchir sérieusement et longtemps à ce que tu veux – ce que tu veux vraiment – avant d'y retourner automatiquement et de faire ce que tu penses qu'on attend de toi, déclara-t-il, les yeux devenant intransigeants, en levant une main dès que Devon ouvrit la bouche. Je ne te dis pas quoi faire ou ce qui est bien pour toi. Je ne l'ai jamais fait et ne le ferai jamais. Mais tu dois réfléchir à ce que tu veux, parce que tu pourrais sacrément regretter une mauvaise décision pendant longtemps.

Il fit un signe de tête, ayant dit ce qu'il avait à dire, remonta le couloir jusqu'à la salle de bain et referma la porte.

Bon sang, quand son père était-il devenu si sage? Devon s'assit durement alors qu'il se rendait compte qu'il ne connaissait pas vraiment son père. Enfin, il le connaissait, mais il y avait définitivement des choses chez son père – comme la personne qu'il était maintenant – dont Devon n'avait aucune idée. Il était perspicace et il voyait des choses que Devon ne voyait certainement pas.

— Tu te sens bien? demanda-t-il quand son père le rejoignit.

— Oui. Mon ventre n'est plus noué.

Il avait meilleure mine, son teint moins pâle, et il bougeait comme s'il avait moins mal. Il se rassit, et Devon alla chercher l'appareil photo, puis le tendit à son père pour qu'il puisse lui montrer les réglages. Devon le lui avait acheté pour Noël quelques années auparavant. Son père avait toujours aimé prendre des photos et avait un bon œil.

— Tu dois prendre soin de toi pour ne pas te sentir comme ça.

— J'ai presque soixante-dix ans, grogna son père en levant les yeux au ciel, et je vis généralement seul ici. Mon médecin veut que j'aie une alimentation saine et que j'abandonne toutes les choses qui donnent de la valeur à la vie. Il dit que je ne devrais pas manger de bacon ni de porc, pour l'amour de Dieu. Nous vivons pratiquement au milieu de nulle part, et il me dit de manger beaucoup de légumes. Où suis-je supposé les trouver ? Je fais pousser ce que je peux, mais tout est amené ici par camion. N'importe quelle tomate fraîche est rouge.

Il ricana, et Devon sut exactement de quoi il parlait.

— C'est peut-être vrai, mais tu n'as pas besoin de te rendre malade.

Il fit de son mieux pour lancer à son père un regard noir, mais échoua probablement. Alors il reprit.

— Enrique et moi retournons sur le site de la mine ce soir. As-tu besoin de dîner ou d'autre chose ?

— Non. Il y a assez de restes pour me maintenir nourri pendant un moment, et tu reviendras au matin. Ça ira pour moi. Je vais m'ennuyer à mourir, mais ça ira.

— Alors trouve quelque chose à faire. Tu n'es pas obligé de rester ici toute la journée. Tu as plus de forces qu'avant. Tu n'as pas besoin d'en faire trop, mais appelle un de tes amis et joue au poker ou à n'importe quoi. Réunis quelques amis.

C'était une partie de ce qui rendait cette communauté spéciale. Alors même qu'il le disait, Devon réalisa qu'il ne savait pas ce que son père faisait pour s'amuser. Il devait prendre le temps d'apprendre à connaître son père. La dernière fois qu'ils avaient passé beaucoup de temps ensemble, Devon était bien plus jeune, et ils avaient besoin de se connaître l'un l'autre en tant qu'adultes.

— J'ai quelques personnes qui viennent ce soir, admit-il. D'habitude, je sors rendre visite aux autres, je vais à la pêche, je parle aux gens. Être à la maison tout le temps est nul.

S'il était toujours sur la brèche, Devon pouvait définitivement voir comment ce temps trop calme lui taperait sur le système.

— Vas-y doucement pendant encore un petit moment, et le médecin te donnera vite le feu vert pour conduire de nouveau, j'en suis sûr. Alors tu pourras sortir et rendre visite à qui tu veux.

Cela n'arriverait pas assez vite pour Devon.

Un coup à la porte interrompit leur conversation, et son père dit au visiteur d'entrer. Enrique les rejoignit, et Devon lui fit signe de s'asseoir.

— Que se passe-t-il ? demanda son père, heureux d'avoir de la compagnie.

— J'ai tout préparé pour ce soir. Mais il est supposé commencer à pleuvoir à un moment ou un autre, révéla-t-il, semblant nerveux. Ça ira pour la tente, mais je voulais m'assurer que tu avais le matériel pour ça avec toi, parce que si nous voulons observer ces types, nous allons devoir aussi garder l'équipement sec.

Comme pour accentuer ses paroles, il fit plus sombre à l'extérieur, alors qu'une épaisse couche de nuages obscurcissait le soleil.

— Nous pourrions attendre un temps meilleur, offrit Devon.

— C'est vrai. Mais si je devais faire un truc illégal, je voudrais le faire quand il y a moins de personnes dehors et que la visibilité est basse.

— Tu penses qu'ils manigancent plus que ce que nous avons vu la nuit dernière ? questionna Devon en se penchant en avant.

— Je ne sais pas. Mais nous devons le découvrir et nous avons besoin de preuves.

— Et vous avez besoin de le faire vite, intervint Charles. J'ai eu un message sur le répondeur disant que ces gens mettent vraiment beaucoup de pression pour obtenir leur permis. Ils disent que leurs méthodes sont sûres, qu'ils suivent les règles et que ce qu'ils veulent faire est financièrement viable.

— C'est un tissu de conneries, répliqua Enrique, la mâchoire serrée en tambourinant des doigts sur l'accoudoir du canapé. Ils prennent des tonnes de raccourcis. C'est uniquement viable parce qu'ils dispersent les échantillons où ils veulent et font passer ça pour leur lieu de test. Qu'est-ce que nous manquons ? Il doit y avoir autre chose.

— Pourquoi ? demanda Devon, ne le suivant pas.

— Faire rater leur test n'est pas dans leur intérêt. S'ils doivent parsemer d'or la zone de test afin d'avoir un bon résultat, alors ces personnes fraudent leur entreprise ainsi que l'environnement, expliqua-t-il, son sourire s'élargissant. Nous pouvons peut-être envoyer ce que nous trouvons à la compagnie également, au lieu de l'envoyer simplement à l'État. S'ils n'en savent rien, il est possible que le responsable de l'exploitation soit celui qui mène l'effort pour installer cette mine. J'ai besoin d'y réfléchir un peu plus.

Il se tut, tambourinant toujours des doigts. Le téléphone du père de Devon sonna, et il le ramassa.

— Quand on parle du diable.

Devon observa tandis qu'Enrique semblait s'enfoncer plus loin dans ses pensées et que son père parlait doucement au téléphone.

— Tu es sûr… ? Ils sont si haut placés… ?

Devon essaya de se concentrer sur ce que disait son père, mais Enrique lui donnait tellement chaud, et toute son attention dérivait, alors qu'il s'inquiétait et se demandait ce qui passait dans l'esprit d'Enrique.

103

— Merci. Je te recontacterai certainement.

— Que se passe-t-il ? demanda Devon.

— Hatcher Mining semble avoir de sacrées relations, lâcha son père, semblant déçu et se tordant nerveusement les mains. C'est probablement une filiale montée pour ce projet en particulier, mais ils ont des amis plutôt puissants à Juneau, et ils semblent pouvoir obtenir de faire passer des choses rapidement.

— Ça va. Dis-nous simplement ce qui se passe, et nous y ferons face.

— Des représentants se font entendre pour leur donner du soutien, et tu sais que l'exploitation d'une mine et d'autres industries comme ça sont énormément attrayantes pour le gouvernement. Ils veulent exploiter les ressources qui sont ici, et l'État veut l'argent. Pendant des années, nous avons existé sur les revenus du pétrole, et maintenant, ça devient de plus en plus difficile à maintenir, alors ils cherchent de nouvelles sources de revenus, soupira-t-il.

— D'accord. Ce n'est pas nouveau, concéda Devon en se tournant vers Enrique, qui hocha la tête.

— Pour faire court, vous devez obtenir vos preuves aussi vite que possible. Je les ferai passer aux bonnes personnes, mais le timing est définitivement essentiel. Il y a beaucoup d'argent et d'influence derrière le projet, alors à moins qu'il y ait une preuve claire pour le faire dérailler, ça pourrait passer sacrément vite, affirma son père, paraissant fatigué. Je déteste voir un lieu que j'aime être ravagé. La ville ne sera plus la même, et la vallée ne se remettra jamais de quelque chose comme ça. Les mines qui sont là le sont depuis des décennies, et elles n'ont pas changé. Les résidus miniers n'ont pas augmenté durant tout ce temps, mais les dommages faits par l'exploitation du lit de la rivière et la zone avoisinante ne guériront jamais.

— D'accord. Alors nous devons trouver un moyen de l'arrêter. Et c'est tout !

— Oui, approuva Enrique. Je vais retourner au Comptoir. Je dois m'assurer que tout est en place pour ce soir, et je vais chercher d'autres équipements de pluie. Si c'est humide, alors nous devons nous y préparer. J'espère que les mineurs travaillent sous la pluie et ne se planquent pas en attendant que ça passe.

— S'ils font ça, contra Devon en riant, ils ne feront jamais rien. Il pleut assez souvent pour qu'ils ne puissent avoir qu'une semaine complète de travail dans l'année. Non, ils travailleront avec des vestes de pluie et autres, mais ils travailleront.

Cette fois, Enrique et lui obtiendraient les preuves dont ils avaient besoin.

LA PLUIE commença vers seize heures, de fines gouttelettes au début, puis elle devint plus régulière. Devon emballa tout son équipement dans le pick-up de son père et alla au Comptoir, où il se gara et trouva Enrique en train de se préparer. Il avait tiré ses cheveux en arrière dans une queue serrée et était déjà emmitouflé contre le froid. Même dans son équipement de pluie, il était sexy.

— J'ai la tente ainsi que le rabat qui va à l'avant. Nous n'en avions pas besoin la nuit dernière, mais ceci nous donnera un endroit où nous abriter de la pluie pour nous essuyer avant de rentrer dans la tente. Toi et moi ferions mieux de déguerpir d'ici et d'y aller, ou nous serons trempés le temps de monter le camp.

Devon hocha la tête et retourna au pick-up, où il enfila son matériel de pluie et sortit le reste de l'équipement. Il avait mis l'appareil photo de son père dans un sac étanche, ils allaient en avoir besoin. Ce voyage allait être un exercice d'équilibre pour réussir à tout garder au sec, et cela n'allait pas être facile.

— Allons-y.

Ils attachèrent le reste de l'équipement et mirent l'appareil dans la boîte à l'arrière du trois-roues avant de quitter l'arrière du parking.

Les feuilles portaient toujours beaucoup d'humidité, alors Devon garda la tête baissée, resta près d'Enrique, les yeux fermés, et se couvrit autant que possible pour éloigner l'eau de son visage et ses yeux. Le trajet prit plus longtemps que le jour précédent.

Dès qu'ils furent près de leur camp, Devon déballa l'équipement pendant qu'Enrique prenait la tente et se dirigeait vers le leurre. Il suivit et trouva le leurre intact et la tente pratiquement assemblée. Ils ajoutèrent les sacs de couchage et montèrent l'abri extérieur, ainsi qu'une bâche, qu'ils accrochèrent au sommet du leurre, puis au sol pour faire un appentis. Ce fut seulement après que Devon installa l'appareil photo.

Ils avaient une bonne vue sur l'activité du site minier qui, comme Devon s'y attendait, était une ruche. La pluie n'impactait rien du tout. Il prit des photos de l'équipement et de ce que faisaient les hommes.

— Pourquoi maintenant ?

— Je les ai en haute résolution. Je pense que nous pouvons les agrandir pour chercher quelque chose qui sorte de l'ordinaire. J'en prendrai plus dans une heure environ quand ils commenceront à tout ranger.

Il captura quelques images de plus avant de remettre l'appareil au sec. Enrique hocha la tête et continua à regarder depuis le poste d'observation. Les mineurs n'étaient clairement pas conscients d'être observés, ce qui était de bon augure pour eux.

Les hommes continuèrent de travailler, sans qu'il se passe quelque chose d'inhabituel, et la pluie persista. Elle n'était pas lourde, juste constante. L'eau gouttait du chapeau de Devon et coulait à l'occasion le long de son dos, passant sous l'imperméable, le faisant frissonner. Enrique sembla comprendre et se leva près de lui, ajustant le chapeau de Devon.

— Merci.

Enrique lui sourit avec beaucoup plus de chaleur que ce que la journée offrait.

— Je souhaiterais que nous soyons dans un endroit chaud et calme.

Ses yeux s'écarquillèrent et se remplirent ensuite d'une chaleur qui fit tout oublier à Devon du froid et de la pluie. Il ne bougea pas, et Enrique se rapprocha et l'embrassa doucement.

— Il y a beaucoup de choses que je souhaiterais différentes, mais je ne vais pas me plaindre d'être ici avec toi.

Devon se couvrit le nez et essaya d'étouffer un éternuement. Il échoua et se figea, espérant qu'ils n'avaient pas été entendus.

Enrique vérifia par le trou d'observation du leurre et secoua la tête, se détendant en quelques secondes.

La journée de travail pour les mineurs se termina plus tôt que le jour d'avant, et les moteurs commencèrent à s'éteindre, alors que les nuages se rapprochaient encore du sol, et l'humidité semblait suspendue dans l'air, assombrissant même les arbres.

— Attendons de voir ce qui se passe maintenant.

Devon misait sur le fait qu'ils profiteraient d'un moment où personne n'était dans les parages pour faire des choses qu'ils ne devraient pas, et alors que le temps passait, les moteurs restants s'éteignirent, à l'exception du générateur. Les hommes soit se rassemblèrent dans des camions, soit se tapirent dans une des deux remorques sur le site.

106

— Rien, grogna Enrique en se détournant du leurre. Je me dois de demander. Veux-tu rester ici toute la nuit ou simplement rentrer et abandonner?

— Peut-être que nous pouvons rester une heure de plus, puis tout remballer, proposa Devon avec un haussement d'épaules. S'ils ne font rien, il n'est pas utile que nous les surveillions.

Ils pourraient toujours revenir à un autre moment.

— C'est mieux si nous ne montrons pas notre jeu et…

Devon éternua de nouveau, puis une troisième fois.

Enrique vérifia ce qui se passait de l'autre côté de la rivière et pâlit.

— Ne bouge pas et ne dis pas un mot, chuchota-t-il, poussant Devon à se figer. Quelqu'un a entendu, et il écoute.

Enrique continua à observer avant de finalement se détendre.

— Que se passe-t-il?

— L'homme est rentré… Oh merde. Les autres sont en train de sortir. Nous devons dégager d'ici en silence. Ils ne peuvent pas arriver trop rapidement jusqu'ici à cause de la rivière. Mais ils regardent et marchent le long de l'autre rive. Je ne pense pas qu'ils puissent voir où nous sommes, mais ils pensent qu'il y a quelqu'un, murmura-t-il en se rasseyant. Il ne va rien se passer maintenant. Va remballer l'équipement de l'appareil photo et remets les sacs de couchage dans le sac. Je vais démonter la tente et je te rejoins au trois-roues.

L'urgence dans sa voix était sans ambiguïté.

Devon se mit tout de suite au travail. Une fois que les choses ayant besoin d'être au sec furent emballées, il traversa les bois à toute allure en s'éloignant de la rivière, alors que des cris de colère dérivaient au-dessus de l'eau.

Il se dépêcha d'avancer au milieu des bois vers le trois-roues et chargea la boîte à l'arrière. Puis il attendit Enrique, laissant la bâche pour essayer d'empêcher les sièges d'être complètement trempés. Après cinq minutes, Enrique arriva précipitamment et accrocha le reste de l'équipement à l'arrière.

— Monte maintenant. Nous devons partir.

Il avait déjà allumé le moteur. Dès que Devon grimpa à l'arrière, il démarra à travers la forêt aussi vite qu'il l'osa, ne disant rien de plus pendant que la pluie augmentait et que l'eau les aspergeait tous les deux.

Le temps qu'Enrique rentre le trois-roues dans le garage derrière le Comptoir, Devon était trempé, et Enrique avait la respiration rapide comme s'il avait couru tout le long du chemin.

— Que diable s'est-il passé? Ce n'était pas comme s'ils allaient pouvoir traverser la rivière. Nous étions à l'abri pendant un moment.

— Ils prenaient des armes, et quelqu'un a aperçu le leurre, révéla Enrique, sa posture se détendant, et il s'appuya en arrière. Ces connards allaient commencer à tirer. Je n'allais pas prendre de risques.

Ils descendirent du trois-roues et se mirent debout, répandant de l'eau sur le sol en béton.

— Toi et moi devons enlever nos vêtements mouillés et aller au Comptoir. Si j'étais eux, je reviendrais ici pour essayer de voir qui pourrait être venu les espionner. Nous devons être secs et paraître aussi innocents que possible. Allons dans la maison, et nous pourrons te sécher.

Il ôta son imperméable, et Devon fit pareil. Il le suivit ensuite dans le petit appartement, et Enrique lui montra la salle de bain et lui donna des vêtements secs. Devon se changea rapidement, content de ne plus être humide. Le jean qu'il avait porté avait commencé à gratter, et sa peau poussa un soupir de soulagement dès qu'elle fut sèche.

Il ouvrit la porte et trouva Enrique debout dans un doux pantalon fluide et des chaussettes. Il ne portait pas de haut, et Devon prit quelques secondes pour le fixer. Merde, Enrique était beau à se damner, à lui couper le souffle.

Devon fit un seul pas en avant, enroula les bras autour de sa taille et l'embrassa plus fort qu'il n'avait jamais embrassé quelqu'un dans sa vie, laissant ses mains vagabonder sur le dos d'Enrique, prenant autant qu'il pouvait de cet homme en goût, odeur et sensations.

Il n'y avait aucun moyen qu'il en ait assez un jour. Quand Enrique appuya sa langue contre les lèvres de Devon, celui-ci les écarta, lui donnant accès alors qu'Enrique prenait en coupe sa nuque, approfondissant encore plus le baiser.

— Merde, je vais… souffla Devon, incapable de dire plus.

Il poussa Enrique contre la porte ouverte de la chambre. Putain, s'ils attendaient plus longtemps, Devon allait jouir dans son pantalon tout de suite en étant simplement dans les bras d'Enrique. Il n'avait aucune idée de la raison pour laquelle cette attirance et ce besoin étaient aussi forts.

— Nous devons descendre au Comptoir, geignit Enrique.

Devon le fit entrer plus loin dans la pièce, faisant glisser le pantalon d'Enrique sous ses hanches, et il s'étala en corolle autour de ses pieds.

— Ce que nous devons faire est aller dans ce putain de lit pour que je puisse te chevaucher à t'en faire perdre la tête.

Il enroula les doigts autour du membre d'Enrique, dur, chaud et tressautant dans sa main. Il semblait que quelqu'un d'autre était aussi désespéré que lui. Devon insista pour obtenir ce dont il avait besoin autant qu'il avait besoin d'air.

— Mais… protesta faiblement Enrique.

— Crois-moi, si toi et moi descendons au Comptoir maintenant, tout ce qu'ils verront est la tente dans mon pantalon et moi en train de te fixer comme si tu étais un putain de buffet.

Ils atteignirent le lit et s'effondrèrent dessus.

— J'ai voulu mettre les mains sur toi depuis si longtemps.

Il lâcha un petit rire, alors qu'Enrique grognait sous lui, et quand il fit tourner sa langue autour d'un des mamelons d'Enrique, puis le long de son torse et son ventre, le lit trembla sous le désir frémissant d'Enrique.

— Oh mon Dieu, souffla celui-ci.

Il se tortilla pendant que Devon glissait sur son corps, jusqu'à ce que son regard soit en face du sexe long et épais d'Enrique. De la salive s'accumula dans sa bouche, et il la ravala avant de passer les lèvres sur le sommet et d'obtenir un vrai goût de paradis.

Sucer une queue était un de ses talents donnés par Dieu, et il s'en délecta. Le sommet du membre d'Enrique glissant sur sa langue, avec ce goût riche mais pourtant amer, lui fit presque perdre la tête. Et les bruits… Les profonds grognements gutturaux d'Enrique furent presque suffisants pour le pousser par-dessus bord. Il y avait quelque chose de spécial à envoyer Enrique dans les affres de la passion. Sa jambe tremblait, et Devon savait qu'Enrique était proche rien que par sa respiration et par la façon dont ses yeux marron devenaient plus profonds et désespérés que tout ce que Devon avait jamais vu.

— Tu me touches… gémit doucement Enrique

— Oui, je te touche, répéta Devon, s'arrêtant avec un sourire pour croiser son regard.

— Non, je veux dire que tu me touches. Je peux te sentir, expliqua-t-il en prenant la main de Devon et la posant sur son torse. Je te sens ici. C'est comme si je ne pouvais pas respirer, et quand je peux enfin le faire, tu es là.

Il semblait un peu confus. Bon sang, Devon l'était certainement, et pourtant il savait ce que voulait dire Enrique, parce qu'il pouvait le sentir aussi. Comme une chaleur qui s'étendait depuis l'intérieur.

Devon le reprit entre ses lèvres, profond et dur, alors qu'Enrique grognait du fond de la gorge. Cette fois, il recula plus rapidement, et Enrique le fit rouler sur le lit, son corps large et sa force bien en évidence. Devon enroula les jambes autour de sa taille et serra.

— Es-tu en train de me dire ce que tu veux ? demanda Enrique, ses lèvres à un cheveu de celles de Devon. Je dois être sûr.

— Oui. Je te veux, répondit Devon.

Puis il attira Enrique dans un baiser, ses doigts glissant dans les cheveux soyeux. Merde, il aimait comme ils étaient doux. Il continua à les caresser lentement.

— Parfois, je suis allongé au lit et je me demande ce que ça ferait si tu…

Il déglutit, se demandant s'il allait pouvoir dire les mots.

— Je pense que c'est mon fantasme ou autre chose.

— Tu as vraiment un fétichisme pour les cheveux, constata Enrique, les yeux écarquillés.

— Non. J'ai un fétichisme pour les cheveux d'Enrique, je suppose, dévoila-t-il en se rapprochant un peu. Je rêve parfois de tes cheveux en train de faire des choses démentes.

Il n'eut pas besoin d'aller plus loin, parce qu'Enrique lui sourit.

— Mince…

Devon se demanda s'il était allé trop loin, mais Enrique l'embrassa de nouveau, et toute l'appréhension qu'il ressentait disparut en une seconde, en particulier quand Enrique le prépara de la plus hallucinante façon possible. Il avait des doigts magiques, et ils savaient exactement comment le toucher et faire rouler ses yeux dans leurs orbites. Mais ce n'était rien comparé à l'étirement exquis et la chaleur du moment où Enrique entra en lui, lentement, profondément, dévoilant Devon devant lui.

Pendant des années, ce dernier avait gardé cet endroit loin en lui, cette pépite de lui-même qu'il avait serrée fermement. Ce n'était pas un secret, mais plutôt un lieu qu'il n'avait jamais laissé personne toucher. C'était cette part de son cœur qu'il avait gardé pour lui-même pour que, quoi qu'il lui arrive, il n'éclate jamais en un million de morceaux, parce qu'il avait toujours celui-ci à partir duquel il pouvait recommencer et reconstruire.

Mais malgré ça, Enrique sembla le trouver et le retint dans son regard chocolat moucheté d'or, et Devon sut qu'il était entre de bonnes mains.

Après ça, Devon se donna complètement à Enrique, le serrant alors qu'ils bougeaient ensemble dans une danse dont Devon espérait ne jamais voir la fin. À certains moments, ce fut lent et langoureux, à d'autres frénétique, mais Enrique le guida et le serra contre lui tout le temps, s'occupant de son plaisir et faisant monter son anticipation à égale mesure. Devon n'avait jamais rien ressenti de tel. Bien sûr, il avait été avec des types, certains dont il se souvenait et d'autres pas tellement. Mais ceci était exclusif, et il jura que tout le bâtiment pourrait s'écrouler autour de lui et seuls le baiser, son toucher et la façon dont Enrique le regardait importeraient. Ils étaient imprimés au fer rouge dans son cerveau, une partie de lui désormais, et quoi qu'il arrive, Devon ne pourrait jamais oublier ou les laisser partir.

— Devon, grogna Enrique en le serrant plus fort.

Le brouillard autour de la conscience de Devon se leva un peu, et il réussit à tirer son attention hors de l'immédiateté de ce qui se passait.

— N'arrête pas, dit-il avec frénésie.

Enrique bougea plus vite, plus fort, plus profond, emmenant Devon plus haut et plus loin jusqu'à ce qu'il ne puisse plus rien contrôler. Son corps n'en fit qu'à sa tête, et il le suivit, abandonnant le contrôle et mettant son plaisir dans les mains et le corps d'Enrique. C'était le bon choix. Enrique lui donnait des ailes, et Devon volait.

IL CLIGNA plusieurs fois des paupières, réalisant que bien qu'il ne se soit pas évanoui, son cerveau pourrait avoir été un peu court-circuité.

— Oh... souffla-t-il doucement. C'est agréable.

La chaleur d'Enrique s'appuya contre lui. Il sourit et en obtint un en retour.

— Ça l'est, chuchota Enrique avant de l'embrasser.

Une sonnerie les fit tous les deux grogner, et Devon se rallongea, tandis qu'Enrique soupirait et tendait la main vers le téléphone pendant qu'il continuait à sonner.

— Qu'y a-t-il? demanda-t-il, puis il écouta. D'accord, je suis chez moi. C'était trop humide et nous avons dû abandonner. Ils nous ont entendus quand Devon a éternué. Que se passe-t-il?

Il écouta encore, et Devon sentit la tension entrer dans le corps de son amant.

— Je serai là dans une minute, déclara Enrique avant de raccrocher et de soupirer. Les mineurs sont au Comptoir, et ils sont un peu bagarreurs. Apparemment, ils pensent qu'on les épiait et veulent savoir pourquoi. Bien sûr, personne ne sait quoi que ce soit…

Il était déjà en train de renfiler ses vêtements. Devon descendit du lit et s'habilla.

— Tu peux rester ici si tu veux.

— Non. Je vais venir avec toi.

Il avait des douleurs à des endroits où il ne les avait pas eues depuis un moment, mais Devon se sentait vraiment bien, et il n'allait définitivement pas laisser Enrique faire face à ces types seul. Il enfila ses chaussures en dernier, puis suivit Enrique hors de la chambre et par une porte donnant sur le Comptoir.

Angie les accueillit, les lèvres pincées en une ligne droite jusqu'à ce qu'elle se rapproche.

— Je vois que vous deux avez enfin compris. Vous avez cette expression «on-vient-de-baiser.» Et patron, tu devrais faire quelque chose avec tes cheveux. On dirait qu'ils ont rencontré une prise électrique, annonça-t-elle avec un sourire malicieux.

— Nous voulons vous parler, exigea un des hommes qu'ils avaient vus à la mine, alors qu'il traversait le bar vers eux.

— Quoi ? rétorqua Enrique en se tournant vers lui, le regard dur. Je suggère que vous appreniez quelques manières. C'est un endroit agréable, et nous traitons les autres avec respect. Si quelque chose vous a grimpé dans le cul pour y mourir, ce ne sont pas mes affaires.

L'énorme barbu dans une vieille chemise écossaise s'arrêta net. Il ne semblait pas savoir quoi faire d'Enrique.

Devon se couvrit la bouche pour s'empêcher de ricaner.

— Quel est le souci ? demanda-t-il afin de désamorcer un peu la situation.

— Quelqu'un était en train de nous espionner, expliqua l'homme.

— Et alors ? répliqua Craig.

Il était assis à une des tables avec ses fils, en train de dîner. Les garçons souriaient face à leurs frites.

— C'est un pays libre. Tous ceux qui le veulent peuvent aller camper là-bas, continua-t-il en se levant. Que faites-vous que vous ne voulez pas que quelqu'un voie ?

112

Il regarda la salle autour de lui et reçut un certain nombre de hochements de tête en accord.

— Vous ne comprenez pas. Ils ont mis en place un leurre et...

— Et alors ? Faisiez-vous quelque chose que vous ne voulez pas que les gens voient ? C'est notre pays aussi, et nous somment tous ici depuis plus longtemps que n'importe lequel d'entre vous. Peut-être que quelqu'un n'est pas convaincu que vous fassiez les choses dans les règles, asséna-t-il avec un haussement d'épaules, gardant la voix calme.

— Écoutez bien, si quelqu'un veut nous harceler, nous nous défendrons, déclara le mineur, mains sur les hanches en essayant de paraître aussi grand que possible.

— Est-ce une menace ?

Deux autres hommes posèrent la question en même temps, se levant tous les deux de leurs tabourets pour se tenir près de Craig.

— Nous n'acceptons pas gentiment ce genre de choses ici. C'est une communauté unie, et vous et les vôtres êtes les étrangers. Souvenez-vous-en, avertirent-ils en toisant les mineurs. Et peut-être que les potes et moi déciderons que nous voulons aller camper. Nous portons des armes et savons comment les utiliser. John a abattu un élan à trois cents mètres. Il peut certainement s'assurer que nous sommes en sécurité.

La tension dans la salle augmentait chaque seconde.

— Messieurs, intervint Enrique de sa meilleure voix hospitalière. Je pense qu'il est temps que vous partiez.

— Mes copains et moi voulons rester manger, contra l'énorme mineur.

Il essaya une nouvelle fois de se grandir et regarda ses deux amis tout aussi grands en renfort. Le ton disait définitivement qu'ils pensaient qu'ils allaient faire la loi et défiaient Enrique de tenter de les faire partir. Devon était prêt à le soutenir jusqu'au bout.

— Je pense que vous avez abusé de notre hospitalité, alors je suggère que vous fassiez demi-tour et partiez. On vous refuse le service, et j'ai ce droit. Si vous voulez quelque chose à manger, il y a un autre établissement à Wasilla, à environ cinquante kilomètres au sud. Vous pouvez aller là-bas, j'en suis sûr.

L'homme fit un pas en avant, essayant d'être encore plus intimidant. Devon dut se demander si ce néandertalien pensait vraiment l'être. Être grand était une chose, mais grand et idiot en était une totalement différente. Bien que la combinaison pouvait causer des dommages, Devon ne pensait pas que ce type soit vraiment prêt pour une bagarre.

— Vous n'allez pas faire affaire avec nous ? s'étonna-t-il en sortant de sa poche une liasse de billets.

— Ça n'a rien à voir avec ça. Votre attitude est une autre chose, à exhiber votre argent comme ça.

Les yeux d'Enrique brûlaient, et la passion dedans était presque palpable. Cela fit saliver Devon face à l'intensité, parce que la dernière fois qu'il avait vu ça, Enrique était profondément enfoui en lui, augmentant sa passion jusqu'à ce que…

Devon ravala difficilement sa salive et s'obligea à ne pas bander devant tout le monde. Par l'enfer, un Enrique énervé l'excitait vraiment.

— Maintenant, faites demi-tour, sortez et dites à votre patron que si l'un d'entre vous veut être le bienvenu ici, alors il a besoin de passer pour que nous puissions discuter… Et il ferait mieux de venir avec des excuses de chacun d'entre vous. Autrement, vous allez tous devoir cuisiner par vous-même, prévint Devon, furieux.

Le mineur et ses copains se tournèrent pour chercher du soutien mais ne trouvèrent qu'un mur d'hommes formant un chemin vers la porte.

— Maintenant, messieurs, passez une bonne soirée et restez au sec.

Enrique ne bougea pas un muscle jusqu'à ce qu'ils soient tous les trois sortis.

— Nous allons nous assurer qu'ils partent, annoncèrent certains des locaux en se dirigeant vers la sortie.

Ils revinrent quelques minutes plus tard, offrant un signe de tête à Devon et Enrique avant de reprendre leurs places au bar.

— D'accord, dit doucement Devon.

Il apparaissait qu'Enrique n'avait pas vraiment besoin de son aide. Ils avaient eu un soutien plus que suffisant. Il inspira profondément alors que la montée d'adrénaline commençait à refluer, et la chaleur satisfaite, du genre épuisement post-orgasme, revint lentement. Il regarda le bar et alla tout droit vers le coin salon, où il se laissa tomber sur une des chaises, laissant ses pensées lui donner une impression d'intimité nécessaire.

Devon voulait hurler, mais il dut se réprimander silencieusement. Cela avait été de sa faute s'ils avaient été découverts. La chance pour quelqu'un d'observer les mineurs depuis l'autre côté de la rivière était maintenant partie en fumée. Devon suspectait que cette partie du groupe vérifierait ce côté de la rivière quotidiennement, même si quelqu'un s'approchait par le pont au-dessus de la grande route. Et tout était de sa faute.

— Ne fais pas ça, ordonna à moitié Enrique quand il s'assit sur la chaise en face de lui.

— Quoi ?

— L'auto-accusation. Ce n'était pas ta faute. Le temps était merdique, et nous n'aurions pas dû être dehors. L'humidité et le froid allaient traverser tout ce que nous portions. C'était seulement une question de temps avant que ça ne prenne l'un de nous, réconforta-t-il, son regard à la fois ferme et chaleureux. Je le pense. Ils allaient rester planqués toute la nuit de toute façon.

— Mais désormais, aucun d'entre nous ne peut y retourner, et nous avons perdu notre chance.

— Il y a plus d'une façon d'accommoder un lapin. L'appareil de ton père a d'autres objectifs... Je l'ai vu les utiliser. Demande à Charles où ils sont, et toi et moi grimperons ensuite plus haut sur le col. Tu peux peindre, et je prendrai des photos de paysage, exposa-t-il avec un haussement d'épaules. Nous devons aussi mieux regarder les photos que tu as prises, augmenter les contrastes et des trucs comme ça. Tout n'est pas fini, loin de là.

— Enrique, appela Angie, la voix voilée, alors qu'elle se précipitait vers eux. J'ai besoin d'aide.

Elle sourit, et Devon se leva en même temps qu'Enrique.

— Je peux aider aussi, simplement pas au bar.

— Excellent, approuva Angie avant que son patron puisse dire un mot. Il y a deux commandes prêtes à être envoyées. Elles sont pour la table à l'avant près de la fenêtre. Va les déposer et ressers-leur du café.

Elle repartit précipitamment. Devon avait ses ordres de marche. Il était assez clair qu'Enrique possédait l'endroit, mais le Comptoir d'Échange n'allait pas fonctionner sans Angie.

Devon s'assura qu'il avait les bonnes commandes et les déposa, il remplit les tasses de café, et prit même quelques commandes de dessert pendant qu'Angie s'occupait des additions et autres. Il n'avait pas fait de service depuis sa première année d'université, mais les compétences semblaient revenir, suffisamment du moins pour qu'il ne renverse pas tout sur le sol.

— Tu n'es pas obligé de faire ça, lui dit Enrique, alors qu'ils passaient l'un près de l'autre.

Chaque table était pleine, et dès qu'une se vidait, elle était aussitôt prise.

— C'est bon. Je peux aider.

Ils partagèrent un sourire, et quand il se détourna, Craig fusilla un peu Devon des yeux pendant que quelques-uns des autres gars se lançaient d'autres regards entendus.

115

Devon s'était attendu à entendre un tas de conneries, du moins sur Enrique et lui. Les Alaskiens tombaient largement dans deux grandes catégories. La plus grande était le camp « vivre et laisser vivre ». L'Alaska pouvait être un endroit rude, et votre voisin pouvait être la personne qui maintenait la mort à distance. À ce stade, qui se souciait avec qui il couchait ? Puis il y avait les hommes virils qui s'offusquaient et étaient obligés d'être désobligeants. Ils étaient une minorité, mais ils pouvaient se faire entendre et, à l'occasion, être dangereux. Cependant, ce soir-là, la discussion dans toute la salle était centrée sur la mine et la visite un peu plus tôt.

« Nous devons arrêter ces types » était l'opinion d'une table – en fait, de la plupart des tables. Mais il y avait des discussions animées sur les emplois de l'autre côté.

— Pensez-vous vraiment que la compagnie minière va engager des locaux ? demanda Devon à une des tables.

On aurait dit que la moitié de la salle se tourna tout à coup vers lui.

— Regardez dans l'histoire. Ils ont trouvé du pétrole à North Slope et ils ont amené tous les hommes pour y travailler. Certains viennent d'ici, bien sûr, mais d'où viennent les autres ? Ils les ont fait venir d'ailleurs. Si cette mine est autorisée, comment vont-ils amener des hommes avec de l'expérience pour ce genre d'opération ? D'où viendront-ils ?

— D'en bas, répondit Joe Cunningham, qui possédait la maison sur le lac à côté de chez Mme Fitz.

Cela démarra une tout autre discussion alors que la salle digérait ces mots.

— À part le marché que l'État est en train de passer, l'argent de cette opération finira ailleurs. Et qu'en est-il du lac ? Tout écoulement finira certainement dedans.

— Mais la rivière ne se jette pas dans le lac, lui dit Joe.

— Non, concéda Devon, en remplissant leurs tasses de café. Mais il y a des ruisseaux qui s'y jettent. Et nous savons tous que rien n'existe en autarcie. C'est uniquement une question de temps avant qu'ils affectent les eaux souterraines, la rivière et finalement le lac ou d'autres étendues d'eau.

Il se demanda s'il devait laisser tomber, mais pensa qu'il pourrait tout aussi bien plaider sa cause.

— Puis-je te poser une question, Joe ? Est-ce que les huards construisent toujours leurs nids sur l'étang là-bas ? interrogea-t-il en pointant du doigt, et Joe acquiesça. C'est ce que je pensais. Que se passe-t-il si quelque chose s'y met et qu'ils ne peuvent plus nicher ? Les huards partent, et tous les oisillons qu'ils auront et que leur progéniture aura… pour toujours. Qu'en est-il de toutes les choses qu'ils mangent qui ne seront plus mangées ? Les insectes sans prédateurs, les herbes qui poussent sans maîtrise ? Très vite, il n'y aura plus du tout d'étang. Juste de la boue. Si l'écoulement est mis dans le lac, alors ça nous affectera tous.

Il se détourna et se prépara à retourner à ses tâches.

— Souvenez-vous, durant cette période de sécheresse, il y a quelques années, le feu qui a brûlé cette parcelle de l'autre côté de la route du lac ? demanda Enrique en reprenant l'argument de Devon alors qu'il déposait quelques assiettes. Il y a toujours des arbres brûlés là-bas, et la zone commence tout juste à retrouver les taillis, seuls quelques arbres prennent racine. Il va falloir des décennies pour que cette parcelle s'en remette. Nous nous souviendrons tous de ce feu pendant un long moment, parce que les arbres noirs pourrissent si lentement là-bas. Et c'était un petit feu que nous nous sommes tous acharnés à éteindre.

Devon se rappela que son père lui en avait parlé et qu'il avait été inquiet que ce feu ait tout brûlé.

— *Exxon Valdez*, dit un autre homme. Ils remontent encore du pétrole sur les plages. Ils ont retourné chaque foutue pierre, et c'était il y a plus de trente ans.

La conversation semblait se transformer en réunion publique. Devon était bien conscient que les vues de la communauté étaient souvent solidifiées à des endroits comme celui-ci plutôt que dans les hôtels de ville. Du moins, c'était ainsi que ça se passait ici.

— Que pouvons-nous faire ?

Devon réfléchit pendant une minute.

— Préparez un courriel qui peut être envoyé à Juneau. Faites-le envoyer par tout le monde. Faites savoir aux gens ce que vous voulez. La mine a des représentants. Nous devons nous rassembler et faire la même chose en tant que communauté.

Une des femmes sortit son ordinateur portable de son sac, le posa sur la table et commença à écrire.

— J'ai souvent fait ça, expliqua-t-elle en continuant à travailler et à manger, créant une lettre géniale qu'elle montra à Devon.

— C'est mieux que tout ce que j'aurais pu faire, avoua-t-il avec un sourire. Incluez le gouverneur et nos sénateurs à Washington.

— Aucun problème.

Elle compila une liste d'adresses mail, envoya son message et, d'un coup, distribua l'information. Des téléphones partout dans le Comptoir vibrèrent ou sonnèrent, et la moitié des personnes s'activa pour envoyer leur propre message.

— Inondez-les de douzaines de mails. Dites à ces personnes ce que vous ressentez. Changez une partie de ce que j'ai dit pour que ça corresponde à votre ressenti. Mais envoyez-les.

Devon retourna en cuisine, et Angie lui dit où étaient les commandes qui étaient prêtes à être envoyées. Il les emmena et, puisque la salle commençait finalement à se vider, il enleva le tablier qu'il portait et s'assit de nouveau dans le salon. Il appela son père pour s'assurer qu'il allait bien et lui faire savoir où il était.

— Nous avons commencé une campagne de lettres, lui raconta Devon.

— J'enverrai la mienne également, approuva son père. As-tu obtenu quelque chose ?

Il apparaissait que l'information n'était pas parvenue jusqu'à lui.

— Non. Nous avons été repérés et avons déguerpi de là-bas. Enrique et moi travaillons à un moyen d'obtenir ce dont nous avons besoin, confia-t-il, même s'il n'était pas sûr qu'ils le trouvent. De plus, je soupçonne qu'ils respecteront chaque loi et réglementation pendant un moment.

— Je suis d'accord. Nous n'aurons rien de cette façon désormais. Quand tu rentreras, télécharge ces photos sur mon ordinateur. Je peux travailler dessus et voir ce que nous pouvons récupérer. Ça me donnera quelque chose à faire, à part être assis ici.

— Veux-tu que je vienne te chercher ? Je peux te ramener après. Il y a pas mal de monde ici, et je parie qu'ils seraient contents de te voir.

— Le pick-up est ici…

Devon se souvint qu'Enrique était passé le chercher. Il mit le téléphone sur le côté.

— Quelqu'un peut-il aller chercher mon père ? Il n'est pas supposé conduire, mais il s'ennuie à la maison.

Lucy fit signe qu'elle s'en occupait et enfilait déjà son imperméable.

— Dis-lui que je serai là dans quelques minutes.

Elle passa la porte avant même que Devon puisse relever son téléphone.

— Lucy est en route pour venir te chercher. Mets ton manteau. Je pense qu'elle sera là dans quelques minutes.

Lucy avait un faible pour son père depuis des années, alors cela ne surprit pas Devon qu'elle se soit portée volontaire. Il avait en quelque sorte pensé que son père l'aimait bien aussi, mais ils se tournaient autour et n'avaient jamais rien fait... de ce qu'il en savait. Peut-être qu'ils étaient secrètement amants. L'idée que son père... Il frissonna et s'arrêta. Pourquoi son père ne devrait-il pas être heureux et avoir de la compagnie, et même de la passion dans sa vie ? Il termina l'appel et se rassit confortablement, alors qu'Angie lui amenait un grand soda et une assiette avec un burger et des frites.

— Tu l'as mérité. Merci.

Elle mit la main dans son tablier, mais Devon l'arrêta. Il n'était pas nécessaire qu'elle partage les pourboires de la soirée.

— Content d'avoir aidé, lui répondit-il avec un sourire.

— Vas-y, mange.

Elle repartit à toute vitesse pour se glisser derrière le bar et remplir une autre tournée de verres.

Devon était mal à l'aise d'être si près de tant de personnes qui buvaient. Son père approcha à grands pas et s'assit à côté de lui pour l'observer.

— Est-ce que la consommation d'alcool te perturbe ? demanda-t-il en volant une seule frite de l'assiette de son fils. Ne me regarde pas comme ça, c'est tout ce que je prends.

— Je ne sais pas, répondit Devon. Je pense qu'une partie de moi se dit que je devrais prendre un verre pour être sociable, et une autre est juste là en train de me dire que je suis sobre depuis deux ans et que je ne veux pas revivre tout ça. C'était difficile d'arrêter la dernière fois, mais je l'ai fait. Je...

— Rappelle-toi simplement ça, conseilla son père en tapotant son genou. Tu es un homme meilleur grâce à ce que tu as fait. Il faut beaucoup de courage à une personne pour affronter ses démons.

Angie et Enrique approchèrent. Elle lui amena un autre soda, et Enrique partagea un sourire avec lui.

— Que puis-je t'apporter, Charles ? demanda Angie.

— Un burger, pas de fromage, avec de la laitue et de la mayonnaise. Et puis-je avoir une salade au lieu des frites ? Avec un verre d'eau glacée.

Il lança à Devon un regard pour dire « tu vois, je suis sage. »

— Bien sûr, répondit-elle en repartant vite pour passer la commande.

— Comment te sens-tu, Charles ? questionna Enrique. Je ne peux pas rester très longtemps parce que j'ai de la paperasse et d'autres trucs à faire, mais je voulais passer dire bonjour pendant que j'en ai la chance.

119

— Je vais bien. J'ai un rendez-vous pour qu'ils prennent d'autres radios de ma tête et de mes artères. Ils veulent s'assurer que je n'ai rien qui me donnera un autre AVC, mais on ne sait jamais. Aucun de nous ne sait.

Il tendit la main, et Lucy avança pour la prendre.

— Papa, commença doucement Devon avec un sourire. As-tu enfin eu le cran de dire quelque chose ?

— Non, en fait, c'est moi, répondit Lucy. J'ai pensé que, si j'avais une chance, il fallait que je la saisisse.

Elle souriait en s'asseyant sur l'accoudoir du fauteuil de son père.

— Ce vieux grincheux n'aurait jamais rien dit. Lui et moi avons un rendez-vous la semaine prochaine. Notre premier officiel, mais nous nous connaissons depuis une éternité, alors je pense que nous sommes plutôt compatibles.

Son père sourit, et Devon ne put s'empêcher de sourire aussi.

— Eh bien, merci. Il m'a parlé tant de fois de toi, alors je me demandais toujours pourquoi il ne passait pas à l'action. Je pensais que c'était Maman et tout.

— Qu'ai-je à offrir ? demanda son père.

Devon étouffa un cri de surprise. Il n'avait jamais pensé que son père manquait de confiance en lui, mais, en même temps, il n'avait jamais pensé à son père comme étant autre chose que son père. C'était une chose qu'il devait vraiment changer.

Devon finit son burger et ses frites et se détendit, appréciant la nourriture et se sentant bien plus chaud qu'un instant plus tôt.

La pluie ne s'était pas arrêtée, et alors que le reste de lumière faiblissait, elle repartit de plus belle. Lucy ramena son père à la maison, et Devon retourna avec Enrique dans son appartement. Il s'était demandé s'il devrait rentrer avec son père, mais Lucy et lui avaient apparemment des choses à discuter, et ils n'avaient certainement pas besoin de Devon dans les parages.

Quand Enrique referma la porte vers le Comptoir et que le calme se fit, il était tard. Le Comptoir fermait à vingt-deux heures, et il y avait ensuite le nettoyage. Il fallut attendre vingt-trois heures passées avant que Devon puisse avoir Enrique pour lui.

— Je sens la graisse et la nourriture, déclara celui-ci. Assieds-toi, je reviens tout de suite.

Il laissa Devon seul dans le séjour, et ce dernier regarda la pièce et ses meubles. Ils étaient confortables, bien qu'usés, et avaient été bien utilisés. Les images sur les murs étaient une combinaison de croquis et de photographies, ainsi que des dessins encadrés qui venaient définitivement des enfants avec qui Enrique travaillait. Devon aimait qu'il ait rempli son espace privé avec ce genre d'art libre et spécial. D'après son expérience, les enfants connaissaient le cœur d'une personne.

L'eau démarra dans l'autre pièce, et Devon flâna jusqu'au manteau de la cheminée, qui était rempli de sculptures, grandes et petites. Devon souleva une des petites, tenant la loutre de bois lourd dans sa main.

— Où as-tu appris à faire ça? demanda-t-il quand il sentit Enrique derrière lui.

— Mon grand-père… enfin, mon grand-père spirituel. Il était Aléoute et le meilleur ami de mon père. Il sculptait de l'ivoire, et j'avais l'habitude de travailler beaucoup avec lui. Mais je ne suis pas indigène et je ne pouvais pas être un membre officiel de sa tribu, alors je ne peux pas utiliser l'ivoire. Ce serait illégal. Donc j'utilise ses techniques sur le bois.

De la tristesse résonnait dans la voix d'Enrique.

— Je me souviens de Grandpa Kallik, murmura Devon.

Il n'avait pas su qu'il était décédé, et une partie de lui regrettait d'être resté à l'écart si longtemps. Il reposa la loutre à sa place.

— Est-ce une de ses œuvres? demanda-t-il en désignant du doigt un wapiti d'ivoire.

— C'est une pièce que lui et moi avons fait ensemble il y a environ cinq ans. C'est une des toutes dernières pièces que Grandpa Kallik ait fait. À la fin, ses mains n'étaient plus assez fermes pour le travail détaillé, alors je l'ai fait pour lui. Puis il m'a donné cette pièce.

Enrique la ramassa et la posa dans la main de Devon.

Il la regarda, remarquant comment les imperfections dans l'ivoire mettaient en valeur le détail du wapiti. C'était une pièce pleine d'expérience, professionnelle, presque d'une qualité digne d'un musée. Il la reposa doucement sur le manteau.

— Tu fais un travail incroyable.

Il laissa son regard caresser chacune des œuvres et put presque sentir la touche d'Enrique sur chacune, comme s'il avait infusé une partie de lui-même dedans. Ce n'était pas ce qu'il voyait, mais l'impression que chaque pièce laissait sur lui. Le morse évoquait la tristesse, le castor l'allégresse, le phoque la joie. Elles transmettaient toutes une émotion spécifique, et Devon n'avait aucune idée comment Enrique avait fait ça.

— Puis-je? demanda-t-il, et Enrique hocha la tête.

Devon souleva l'ours, alors que la puissance et la majesté de la créature le submergeaient. Mais ce n'était pas tout.

— Qu'est-il arrivé à cet ours ?

Devon sentit la chaleur monter dans son dos, et il sut qu'Enrique était juste derrière lui.

— Je l'ai vu dans une prairie. Grandpa Kallik m'avait emmené en voyage à Denali. Il voulait me montrer comment rendre chaque animal unique, et nous sommes allés chercher un exemple. Le voyage en bus dure des heures jusqu'au Eielson Visitor Center. Nous n'avons rien vu qui ait inspiré l'un de nous. Sur le trajet du retour, le chauffeur s'est arrêté, alors qu'une famille d'ours bougeait comme des petits points à l'autre bout de la prairie. Nous nous sommes rapprochés, et j'ai levé mon appareil pour prendre une photo. Grandpa Kallik m'a fait signe de le reposer. « Souviens-toi avec ton esprit », m'a-t-il dit. « Confie-les à ta mémoire. » Alors c'est ce que j'ai fait. Il y en avait trois, une mère et ses oursons. Ceci est la mère. Les oursons étaient encore assez petits pour avoir besoin d'elle, et ils jouaient et batifolaient près d'elle.

Devon hocha la tête, tenant toujours la sculpture.

— Pourquoi l'as-tu sculptée avec autant de désespoir ?

C'était palpable quand on regardait le visage. Il n'y avait pas de férocité, juste de la fatigue et de la perte dans ces yeux et dans la manière dont les babines s'affaissaient au lieu de se recourber étroitement autour de ses dents. L'effet était tout à fait brillant.

— Grandpa Kallik m'a ramené à cet endroit deux semaines plus tard parce que je disais que je voulais sculpter cette ourse, et quand nous sommes passés devant cette même prairie, ils étaient de nouveau là… seulement, cette fois, juste elle et un ourson. Le chauffeur a dit que l'autre avait disparu une semaine auparavant. C'est alors que l'image dans mon esprit a changé, et je l'ai conservée là pendant un long moment.

Un désespoir reflétant la sculpture coulait de la voix d'Enrique.

Devon remit l'ourse en place et se tourna, le prenant dans ses bras.

— Je l'ai sculptée après la mort de Grandpa Kallik.

Ses yeux brillaient, et Devon le serra plus fort.

— Tu as infusé cette pièce avec ton propre chagrin, chuchota-t-il.

— Et celui de l'ourse, ajouta Enrique, sa voix se brisant avant qu'il s'essuie les yeux et serre Devon plus étroitement. Je sais ce que tu traverses. J'ai sculpté cette œuvre, je sais que je l'ai faite, mais je ne m'en souviens pas. Je buvais beaucoup pour occulter ma peine. Grandpa Kallik et moi étions tous les deux en sevrage. Il était mon parrain, et il m'a vu toucher le fond. Alors quand il est mort, j'y suis retourné. Le perdre était de trop.

— Tu as dû t'en sortir tout seul, comprit Devon.

— Grandpa Kallik m'en a sorti, contra Enrique en secouant la tête. Il est venu à moi après quelques semaines dans un rêve. Au début, je pensais que c'était une hallucination alcoolique, mais il a continué de venir. Peut-être que c'était une hallucination, mais il m'a dit de continuer ma vie, et j'ai arrêté de boire. Et quand j'ai arrêté, j'ai reçu une lettre. Grandpa Kallik m'avait laissé ses outils et de l'argent, et il disait que je devrais me rendre utile et faire quelque chose pour être heureux, expliqua-t-il avec une grande inspiration. J'ai utilisé l'argent pour acheter le Comptoir d'Échange quand les propriétaires précédents ont décidé de déménager.

— Et les autres sculptures ? En particulier le castor.

— Je l'ai fait la semaine dernière, admit Enrique.

Devon hocha la tête. Le castor respirait l'allégresse et la joie. Devon espérait que, peut-être, il avait été sculpté en réponse à lui, mais cela n'avait pas vraiment d'importance. Qu'Enrique soit heureux était plus que suffisant.

Devon l'embrassa de nouveau, voulant plus que tout qu'il se sente mieux. Il n'avait pas voulu avoir une discussion aussi grave, mais ensuite il réalisa tout ce qu'Enrique lui avait dit. Partager son histoire était une partie du programme AA, mais Enrique avait fait plus que ça – il avait laissé entrer Devon dans son monde émotionnel, l'avait laissé voir une partie de sa pire peine.

Il y avait différents degrés d'intimité, et Devon en connaissait bien la plupart, mais l'intimité de l'âme, où on dévoilait ces choses qui avaient le potentiel de vous découper jusqu'au cœur – ce genre d'intimité était rare, et la majorité du temps, on la manquait quand cela arrivait. Devon ne l'avait pas manqué avec Enrique, et cela toucha son âme d'une manière qu'il porterait pour toujours en lui.

— Pourquoi n'allons-nous pas dans l'autre pièce ? Il fait un peu froid ici.

Il posa les mains sur la peau chaude du torse d'Enrique, frottant gentiment des pouces ses mamelons érigés.

— Pas pour très longtemps.

Enrique gémit doucement quand Devon tendit la main derrière lui, tirant sur le lien qui retenait ses cheveux. Il craqua, et ses mèches se libérèrent, cascadant sur ses épaules.

— Je t'aime comme ça.

— Tu as simplement un fétichisme pour mes cheveux.

— D'accord, ricana Devon, peut-être que j'en ai un, mais j'aime bien que tes cheveux soient détachés. Ils semblent libres et fluides, tout comme tu devrais l'être. Pas attaché solidement, mais un peu sauvage et indompté.

123

Il attira Enrique dans un baiser avant qu'il puisse discuter et le guida vers la chambre.

À la porte, Devon tira sur la serviette, et elle tomba sur le sol. Il n'y prêta pas attention, repoussant Enrique sur le lit jusqu'à ce qu'il tombe en rebondissant légèrement. Les yeux d'Enrique étaient sombres, peut-être un peu mystérieux, et ils devinrent encore plus profonds quand Devon le prit entre ses lèvres, tirant de lui un long gémissement guttural qui s'installa à la base de la colonne de Devon, augmentant sa propre excitation presque jusqu'au vertige.

— Tu es encore habillé, dit Enrique.

Il l'attira sur le lit. Devon savait que son amant avait des mains talentueuses, mais il entreprit de le démontrer alors qu'il défaisait rapidement Devon de ses vêtements.

— Et tu es nu. J'aime quand tu es nu.

Enrique était magnifique dévêtu, avec des muscles longs et lisses, et la manière dont ses cheveux tombaient partiellement sur ses yeux. Devon les repoussa et l'embrassa, entrelaçant ses doigts dans les cheveux d'Enrique.

— Je t'apprécie beaucoup, dit doucement celui-ci.

Devon sourit et hocha la tête. Il commençait à plus qu'apprécier Enrique, ce qui l'effrayait et l'enchantait tout à la fois.

Devon ne voulait pas penser à la possibilité de partir, pas maintenant, alors il la repoussa. Il était trop heureux pour laisser quelque chose comme ça interférer avec ce qui se passait.

— Qu'y a-t-il? questionna Enrique, bien trop perspicace.

— Rien, répondit-il, probablement trop vite.

— Tu réfléchis au fait que tu vas devoir repartir, n'est-ce pas? Je pensais que tu semblais heureux ici et pourrais avoir trouvé un lieu pour toi.

Enrique roula loin de lui, et Devon s'assit, s'appuyant contre la tête de lit.

— Je pense que je pourrais l'avoir trouvé, murmura-t-il. Je ne sais pas ce que je vais faire. J'aime cet endroit, bien que je n'aurais jamais pensé ça possible.

L'idée de quitter Enrique rendait son cœur douloureux, et pourtant il savait qu'il n'allait pas pouvoir se cacher loin du monde, et c'était ce que signifierait vivre ici.

— Papa est toujours en cours de guérison, et j'ai du temps. J'ai besoin de comprendre certaines choses.

Peut-être qu'il pourrait travailler ici la majorité de l'année et passer du temps à New York quand il le devrait. Il ne savait pas. Aucune des réponses qu'il trouvait ne semblait parfaitement convenir… du moins, pas pour l'instant.

— Je comprends, murmura Enrique, le regard baissé.

— Je ne pense pas que tu comprennes. Tout n'était pas parfait à New York, mais je m'y intégrais et j'avais une vie là-bas. J'ai en réalité fait face à certains de mes démons et je me suis désintoxiqué, expliqua-t-il en passant les doigts dans ses cheveux. Je ne m'attendais pas à trouver quelque chose comme toi ici, et je ne m'attendais pas à ressentir ça.

Son ventre commença à faire des acrobaties, et il se demanda si son burger allait faire une réapparition.

— Je n'ai pas démarré tout ça pour te blesser ou…

— Ce n'est pas de ta faute, coupa Enrique en prenant sa main pour entrelacer leurs doigts. J'y suis allé avec les yeux ouverts. Je suppose que j'ai laissé mes désirs prendre le dessus sur moi. Cela peut arriver à n'importe qui, et ce n'est pas de ta faute. C'est énorme de s'attendre à ce que quelqu'un abandonne sa vie et saute dans l'inconnu, conclut-il avec un soupir.

— Veux-tu que je parte ? questionna-t-il en glissant déjà hors du lit.

— Non, répondit Enrique en touchant son bras. J'aime bien que tu sois ici, et tu me rends heureux.

— Tu me rends heureux aussi, dit-il après avoir dégluti.

Et c'était la dernière chose qu'il s'était attendu à trouver quand il était revenu pour s'occuper de son père. Devon avait grandi ici et y avait de bons souvenirs, mais émotionnellement, il ne s'était pas attendu à trouver un lien dans cet endroit. Et maintenant qu'il l'avait trouvé, il n'était pas sûr de savoir quoi en faire.

— Papa va encore avoir besoin de moi pendant quelques semaines. Je n'ai pas encore toutes les réponses…

Il ne voulait pas mener Enrique en bateau, mais bon sang, il ne savait pas quoi faire.

— Je sais, le consola Enrique en le ramenant sur le lit. Et si nous vivions un jour à la fois ?

Devon ferma les yeux et l'embrassa. Ça, il pouvait le faire.

IX

LA PLUIE de la journée précédente était passée, et le soleil était merveilleux sur sa peau, tandis qu'Enrique marchait vers la bibliothèque pour mettre en place le prochain cours d'art de Devon. Ce matin-là, ils avaient envoyé à Charles les photos sombres qu'ils avaient prises, et heureusement, une partie de l'obscurité émotionnelle semblait s'être levée avec les nuages. Enrique avait passé la matinée à s'occuper de ses clients et du service du petit déjeuner. Angie avait un jour de congé, et Jim travaillait l'après-midi derrière le bar, alors il était libre de partir.

Il aimait marcher et être à l'extérieur. Les huards sur l'étang s'appelaient, alors qu'il tournait sur la route principale, puis avançait jusqu'au Centre Communautaire. Il ne fut pas surpris que la porte soit ouverte et il trouva un certain nombre de personnes dans la partie bibliothèque.

— Bonjour, dit-il au groupe de femmes assises autour des tables.

Certaines jouaient aux cartes, pendant que d'autres avaient des livres et des jumelles, observant probablement les oiseaux sur le lac.

— N'entre pas là, dit Mme Fitz. Devon est déjà à l'intérieur. Il a tout installé et travaille. J'ai jeté un coup d'œil, et il n'a même pas levé la tête de sa toile.

Elle montra ses cartes et eut un large sourire alors qu'elle ramassait le pot. Cette femme savait bluffer comme personne d'autre.

Enrique laissa les dames à leur poker et jeta un regard dans la salle. Devon était assis devant les fenêtres, utilisant la lumière naturelle. Il leva les yeux de sa toile et sourit à Enrique, reposant ses pinceaux.

— C'est l'heure ?

— Dans quelques minutes.

Enrique entra et referma la porte. Il s'avança. Il n'essaya pas de voir sur quoi travaillait Devon, mais celui-ci retourna la toile. Enrique s'arrêta net, alors que son propre visage le regardait.

— C'est…

— Oui. J'ai une idée pour une œuvre, et ceci est la dernière étude de ce que je veux faire, annonça-t-il avec un sourire. Je pense que c'est éblouissant. Tu étais définitivement fait pour être immortalisé dans une œuvre d'art.

Devon retourna au chevalet et se rassit.

— Depuis combien de temps es-tu ici ? demanda Enrique en se penchant, et Devon l'embrassa.

— J'ai vérifié comment allait Papa quand tu es parti travailler et je suis ensuite passé à la maison. Il était debout et déjà à l'ouvrage sur les photos. J'avais besoin de la lumière, alors il m'a donné une clé et je suis venu ici pour peindre, énuméra-t-il, plutôt plein d'entrain. Je vais finir ça après le cours et je dois aller à Anchorage demain. Il y a une toile que j'ai besoin d'aller chercher. Je l'ai vue quand j'ai ramené la voiture de location et j'ai appelé pour m'assurer qu'elle était toujours là.

L'éclat dans ses yeux brillait aussi fort que le soleil sur l'eau.

— Mais tu en as déjà ici, s'étonna Enrique.

— Elles ne sont pas assez grandes, mais la boutique là-bas en a une de la taille qu'il me faut. Ça passera tout juste sur le plateau du pick-up de Papa.

Il parlait à toute vitesse sous l'enthousiasme. Enrique se demanda ce qu'il avait prévu, mais il n'allait pas être indiscret. Il semblait que les fluides créatifs coulaient à flots.

— Veux-tu que je vienne avec toi ?

— Ce n'est pas nécessaire, répondit Devon en haussant les épaules. Je dois prendre d'autres fournitures et ensuite je reviendrai directement. Penses-tu que ça dérangerait si j'utilisais cette salle pendant un moment ? J'ai besoin d'un espace avec de grandes fenêtres, et le chalet de Papa n'est pas assez grand.

Il s'arrêta un instant, ce qui ressemblait presque à de la frénésie s'écoulant de lui.

— Je sais exactement ce que je veux faire et ce que je veux y exprimer. C'est là, au bout de mes doigts. Si j'attends, j'ai peur que ça disparaisse. J'ai des notes et les études, mais je ne m'étais pas senti comme ça depuis longtemps.

— Alors je t'en prie, va chercher ce dont tu as besoin, et je vais m'assurer que cette salle te sera réservée. Le cours est supposé débuter dans quinze minutes.

Il demanderait aussi aux autres de ne pas entrer.

— Je serai prêt, promit Devon en s'activant pour nettoyer.

Enrique trouva Mme Fitz en train de ramasser un autre pot avec un sourire presque diabolique. Il se demandait vraiment pourquoi quelqu'un jouait avec elle.

— Devon veut utiliser la salle la prochaine semaine. Pouvez-vous la réserver pour lui et empêcher les autres d'entrer? lui demanda-t-il.

— Pourquoi?

Il fit face à sa curiosité avec un regard noir.

— C'est un artiste, et il a besoin d'un endroit où travailler. Et tout le monde ferait mieux de rester en dehors de cette salle, souligna-t-il, les mains sur les hanches, croisant chaque regard faussement innocent. Ce sur quoi il travaille, ce sont ses affaires, et ça devrait rester privé jusqu'à ce qu'il décide de nous le montrer, s'il finit par le faire. D'accord?

Parfois, ces dames avaient besoin d'être envoyées promener.

— Bien sûr, approuva Mme Fitz, et les autres acquiescèrent. Tout ce que tu veux.

— D'accord. Ça suffit, espèce de vieille dame sournoise. Je vois dans votre jeu, dit-il en lui lançant un sourire, et elle rigola. Je ne vous en veux pas d'avoir essayé, mais je suis sérieux. Et Devon est sérieux à propos de son travail. Quoi qu'il prépare, c'est important pour lui.

Elle hocha la tête. Parfois, elle voyait bien trop de choses.

— Et par conséquent, indiqua-t-elle en durcissant son regard, c'est important pour toi. Je l'inscrirai pour la salle et m'assurerai qu'il soit noté qu'elle doit être considérée comme privée, par tout le monde. Est-ce que c'est bon pour toi?

— Merci.

Il partagea un sourire avec elle, alors que Devon sortait pour se joindre à eux.

— Tout est prêt. Entrez, prenez vos toiles et nous allons commencer.

Enrique alla à l'intérieur et fut surpris de voir que Devon avait placé le portrait là où ils pouvaient tous le voir.

— La dernière fois, nous avons travaillé sur le ciel, et cette fois-ci, ce sera l'eau, annonça Devon en se tournant pour regarder par les fenêtres. Comme vous l'avez tous vu, l'eau a autant d'humeurs que le ciel, en particulier parce qu'elle reflète ce qui est au-dessus. Si votre ciel est sombre et mélancolique, alors l'eau l'est également, et s'il est éclatant comme aujourd'hui, regardez comment le soleil danse à la surface. L'eau n'arrête jamais de bouger et change chaque seconde.

Devon souleva sa propre toile et montra des techniques pour obtenir les effets qu'ils voulaient. C'était un cours merveilleux, et une fois qu'Enrique sut ce qu'il voulait faire, il se mit au travail pendant que Devon déambulait dans la salle, offrant aide et encouragement.

— Ne vous inquiétez pas si ça ne ressemble pas tout de suite à ce que vous voulez. Les gens ont peint l'eau depuis toujours, et certains travaillent toute leur vie pour y arriver. Mes peintures préférées avec de l'eau sont *Le Christ dans la tempête sur la mer de Galilée* et *Le Gulf Stream*. Ce sont des scènes aquatiques extraordinaires, mais il a fallu beaucoup de temps pour qu'elles soient développées et complétées. Donnez-vous simplement la permission de faire des erreurs. C'est ainsi que nous apprenons tous.

Enrique travailla sur sa toile et en fut assez heureux. Au moins, elle montrait l'humeur qu'il voulait. Une fois qu'ils furent tous installés pour œuvrer, Devon passa du temps sur sa propre peinture tout en donnant des conseils quand on le lui demandait. Le temps que le cours soit fini, les peintures avaient bien avancé. Devon expliqua que, la prochaine fois, ils ajouteraient le premier plan et la végétation autour du lac.

— Nous construisons la peinture de l'arrière vers l'avant, rappela-t-il.

Tout le monde semblait avoir passé un bon moment et mit son travail à sécher, parlant alors que les dames quittaient la salle.

— Veux-tu manger quelque chose plus tard ? demanda Enrique.

— Ce serait génial. Mais ce sera simplement ma cuisine. Je ne peux pas continuer à obliger Rita à faire cet effort. Alors Papa et moi sommes seuls désormais. J'ai déjà envoyé un mot de remerciements à Rita et lui ai dit que j'ai apprécié ce qu'elle a fait pour nous.

— C'est une très gentille dame qui a simplement besoin de s'occuper de quelqu'un, confia Enrique avec un lent hochement de tête.

— Je l'avais compris, convint Devon. Et je la remercierai de nouveau, je le promets.

Enrique pouvait déjà voir que l'attention de Devon était attirée ailleurs. Il l'embrassa doucement et quitta la salle, refermant la porte derrière lui. Les dames s'étaient une nouvelle fois installées autour des tables, mais elles étaient plus calmes maintenant, lisant, tricotant ou crochetant. Il y avait toujours des projets à finir avant l'hiver. Et à bien y réfléchir, Enrique avait plein de choses qu'il avait besoin de faire avant que le froid s'installe.

ENRIQUE TRAVAILLA longtemps et sans s'arrêter pendant les jours suivants pour donner à Angie des congés et se maintenir occupé. Devon semblait travailler dur également, ou du moins, Enrique avait entendu de Charles et quelques autres que les lumières de la salle communautaire paraissaient briller tard dans la nuit. Enrique savait que Devon avait fait son voyage à

Anchorage et ramené sa toile presque-trop-grande-pour-passer-les-portes dans la salle et s'y était en gros enfermé.

— Va voir s'il va bien, lui dit Angie vendredi après-midi. Tu vas brûler un trou à travers cette porte, à la façon dont tu la fixes.

— Il travaille, et je ne veux pas le déranger, répondit-il. De plus, il sait où je suis.

Angie le frappa durement sur l'épaule.

— Tu es une personne bosseuse et attentionnée, mais parfois je n'ai pas l'impression que tu possèdes le bon sens que Dieu a donné à une limace. S'il travaille aussi dur, alors il va avoir besoin que quelqu'un passe le voir. Quand était la dernière fois où il a été chez lui avec Charles ? Vous, les artistes, êtes accaparés par votre travail et oubliez tout le reste. Prends une demi-heure et vois s'il va bien. Ramène-lui à déjeuner pendant que tu y es.

Elle le poussa pratiquement vers la porte, lui donnant un sac avec quelques boîtes de nourriture à emporter.

— Parfois, tu es une conseillère insistante, lui dit Enrique avec un sourire.

— C'est pour ça que tu m'aimes. Maintenant, va t'occuper de ton homme, déclara-t-elle en le chassant d'un geste de la main.

Enrique alla jusqu'à son pick-up et parcourut la courte distance jusqu'à la bibliothèque et le centre communautaire. Il trouva Mme Fitz et Rita assises à une des tables. Elles écoutaient attentivement pendant que deux enfants étaient assis en tailleur sur le sol, lisant doucement à voix haute, l'un à l'autre. Mme Fitz lui fit un signe de tête et pointa le doigt vers la porte sans dire un mot.

Enrique frappa et essaya la poignée. La porte s'ouvrit, et il passa la tête à l'intérieur. Devon était penché sur sa grande toile contre un des murs, l'utilisant comme chevalet, et il était assis sur le sol pendant qu'il appliquait la peinture.

— Je t'ai amené quelque chose à manger.

— Merci.

Devon leva à peine les yeux. Il continua à travailler. Enrique pouvait sentir l'énergie dans la salle tourbillonnant autour de lui comme une vapeur invisible.

— Viens prendre une pause pendant quelques minutes. Angie l'a fait spécialement pour toi.

Il s'assit à une des tables et sortit la nourriture. Il fit exprès de ne pas regarder la peinture, parce qu'il n'était pas sûr de la façon dont Devon se sentirait à ce propos.

— D'accord, concéda Devon en reposant ses pinceaux et tournant prudemment la toile, la main tremblante. Je sais que ça paraît bête, mais je ne suis pas encore prêt à laisser quelqu'un la voir.

Enrique installa les club sandwichs et les oignons frits sur des assiettes. Angie avait aussi mis deux canettes de Coca, et il les ouvrit, tandis que Devon tirait une chaise.

— Est-ce que ça marche ? demanda Enrique.

— Oui et non. Ma vision originale ne va pas marcher, mais je poursuis avec le reste. Au début, je pensais que la toile fonctionnerait comme un paysage d'ensemble, mais je l'ai mise dans l'autre sens et j'ai décidé que je voulais que l'œuvre soit grande.

Il se frotta la tempe, et Enrique se pencha par-dessus la table, partageant un baiser avec lui.

— C'est quand la dernière fois où tu es sorti d'ici ?

— La nuit dernière quand c'est devenu trop sombre. J'ai vérifié comment allait Papa, et je me suis couché, puis je suis revenu quand je me suis réveillé.

Au moins, Devon s'était douché, mais à voir la vitesse à laquelle il mangeait, il semblait qu'il ne s'était pas soucié très souvent de s'arrêter pour manger.

— Je pense que j'en ai encore pour quelques jours et une grande décision à prendre, et ce sera ensuite fini.

Il avala et prit une autre énorme bouchée. Enrique mangea également, laissant Devon prendre ce qu'il voulait.

— Alors, tu vas vraiment bien ? interrogea Enrique.

— Bien sûr. C'est ainsi que je travaille. Des jours et des jours d'activité, et quand ce sera fini, j'irai dormir pendant un moment, mais je dois sortir ça. Je ne peux pas arrêter ou je pourrais le perdre, et si ça arrive… Je ne sais pas. Je ne veux pas retourner là-bas. J'ai besoin de ça.

Il mit le dernier morceau de sandwich dans sa bouche et se leva, fixant Enrique.

— Mets-toi près de la fenêtre.

— Hein ?

— Prends ton repas et mets-toi simplement près de la fenêtre. S'il te plaît. Tu peux faire ce que tu veux, mais j'ai besoin que tu te tiennes juste là.

131

Devon se précipita sur sa toile et l'appuya contre une des tables pendant qu'Enrique faisait ce qu'on lui demandait. Devon attrapa un carnet à dessin et un crayon, dessinant rapidement, sa main volant sur le papier. Puis il se tourna vers la toile, puis vers Enrique, puis vers le dessin, et il sourit.

— Ça va être parfait.

Enrique continua à manger et à boire, mais resta où il était.

— Je dois retourner au Comptoir.

Devon ramassa de nouveau le carnet et fit quelques dessins de plus.

— D'accord. Merci.

Il disparut derrière la toile, et Enrique se demanda s'il avait toujours besoin de lui. Devon bondit de derrière la toile comme un enfant le matin de Noël.

— C'était parfait. Je pense que je l'ai. J'ai tout. C'est juste là. Je dois retourner travailler, mais est-ce que ça te va si je passe te voir après ? Je l'ai. La vision est là et elle est solide.

Il se jeta dans les bras d'Enrique, le serrant et sautillant.

— Bien sûr. Je te verrai plus tard.

Enrique quitta la salle, refermant la porte derrière lui et disant au revoir à Mme Fitz et Rita avant de reprendre le chemin vers son travail.

Enrique était ravi que Devon soit inspiré, mais il s'était senti un peu abandonné ces derniers jours. Eux deux avaient passé beaucoup de temps ensemble et ils avaient enfin fait les premiers pas vers ce qui pourrait être une relation ou, du moins, le début d'une. Maintenant Devon avait disparu. Enrique savait qu'il travaillait et que l'art de Devon était important pour lui, mais cela lui manquait de passer du temps avec lui.

Il s'arrêta sur le parking du Comptoir d'Échange et éteignit le moteur, se réprimandant d'agir comme un enfant gâté. Devon travaillait et créait quelque chose de spécial, et Enrique devrait le soutenir et être compréhensif. Il ouvrit la portière et alla à l'intérieur pour se remettre au travail.

Le Comptoir fut débordant d'activité pendant presque toute la journée, et Enrique n'eut pas vraiment une chance de penser au fait qu'il continuait d'espérer que Devon entrerait et s'assiérait sur ce qu'Enrique commençait à considérer comme étant son fauteuil dans le salon. Oui, bon. Enrique était épuisé et sur le point de verrouiller la porte d'entrée quand Devon la passa, tout en soupir et fatigue.

— As-tu pu faire ce que tu espérais ?

— Ça avance si bien, répondit-il en hochant la tête. Pouvons-nous rentrer?

Comme le lapin Energizer, Devon le prit dans ses bras et fut soudain plein d'énergie et d'action.

— Donne-moi dix minutes pour finir de tout fermer? demanda Enrique.

Devon l'embrassa de nouveau avant de passer la porte vers ses quartiers.

Enrique s'activa et mit Angie à la porte, puis ferma tout avant d'entrer dans son petit appartement.

C'était silencieux. Il s'attendait à moitié à trouver Devon endormi, mais quand il ouvrit la porte vers sa chambre, il trouva un Devon très bien réveillé et nu, allongé sur son lit. Celui-ci posa le livre qu'il était en train de lire et fixa Enrique avec un regard passionné qui envoya une ligne de feu le long de son dos.

— As-tu besoin d'aide pour te déshabiller ou dois-je rester là et regarder?

Enrique leva la main derrière lui et tira sur le lien retenant ses cheveux, les relâchant. Devon se lécha les lèvres et soutint le regard de son amant. Enrique enleva son t-shirt et secoua ses cheveux, alors que Devon glissait une main sur son ventre.

— Oh non. Garde tes mains sur le lit. On va faire ça lentement.

— Curieusement, je ne le pense pas.

Le sourire sur ses lèvres disait beaucoup plus que ses mots. Il se pencha en avant, puis se mit à quatre pattes.

— Je vois l'éclat dans tes yeux et je peux presque sentir le désir tandis qu'il te traverse.

Il recourba le doigt, et Enrique eut du mal à déglutir. Seigneur, Devon était incroyable. Élancé et sexy, il attirait Enrique à lui comme le proverbial papillon de nuit vers une flamme. Enrique enleva ses chaussures du bout des orteils et enleva le reste de ses habits sans détourner les yeux de Devon.

Cet homme était le sexe personnifié. Il était impossible d'en détourner son regard. Dès qu'il grimpa sur le lit, Devon s'enroula autour de lui, les mains vagabondant et ajoutant plus de chaleur chaque seconde.

Devon captura les lèvres d'Enrique, suçant légèrement. Bon sang, il savait embrasser. Enrique eut du mal à empêcher ses yeux de loucher sous l'intensité. Devon savait simplement ce qu'Enrique voulait et le lui donnait sans se retenir.

— Tu es comme un câble sous tension.

— J'ai toujours été comme ça quand l'art coule. Parfois, je grimpais presque aux murs, tant j'avais de l'énergie.

Devon les fit rouler sur le lit jusqu'à ce qu'Enrique soit à plat sur le dos, levant les yeux vers lui, se demandant simplement ce qu'il avait à l'esprit.

— Je te veux tellement. J'ai pensé à toi depuis que tu es parti et je t'ai regardé prendre forme sur ma toile.

— Tu as fait de moi une part d'elle...

— Ce sera mon chef-d'œuvre, acquiesça Devon avant de refermer la distance entre eux. Je ne pouvais t'en exclure. J'ai mis mon cœur et mon âme dedans, et ça signifiait toi. J'ai essayé de partir dans une autre direction, mais ça ne fonctionnait pas – rien ne fonctionnait jusqu'à toi. J'espère que ça ne te dérange pas, parce que je ne vois pas comment je peux le faire autrement.

Devon caressa la joue d'Enrique. Il parlait si doucement que ce dernier pouvait à peine l'entendre. Devon prit ses joues en coupe, le tirant vers le haut jusqu'à ce qu'il puisse l'embrasser à lui en couper le souffle.

— Qu'est-ce que tu prévois de faire ? questionna Enrique.

— C'est une œuvre qui combine toutes les pièces de mon cœur en une seule image. Je sais que ça paraît fou, mais c'est vrai. Cette œuvre représentera tout de moi et tout ce que je suis et veux. J'ai compris comment le faire. Le seul problème sera comment la laisser partir quand j'aurai fini.

Il tremblait un peu, et ce fut au tour d'Enrique de prendre le contrôle. Il serra Devon fort, leurs corps nus appuyés l'un contre l'autre.

— Ça fait partie de la création. Si nous ne la laissons pas partir, alors elle ne peut pas prendre vie. Et c'est ce que nous faisons. Nous donnons naissance aux idées et aux sentiments, puis nous les lâchons dans le monde pour qu'ils puissent grandir.

Il embrassa Devon plus fort qu'il ne l'avait jamais fait avant.

— Je sais, murmura Devon quand Enrique recula. Je dois la laisser partir. Ce sera juste difficile.

Enrique avait espéré pouvoir enlever par des baisers la douleur qu'il voyait profondément dans ses yeux.

— Je le ferai, parce que j'y suis obligé.

Il soupira, et Enrique sentit la passion commencer à se déverser hors de la pièce.

Il resta allongé près de Devon, le tirant dans ses bras, le serrant simplement.

— Peut-être que ce n'est pas une si bonne idée, ce soir. Ferme les yeux, et je serai là. Toi et moi, nous ne sommes pas obligés de faire autre chose que dormir.

Malgré ce que Devon avait dit plus tôt, il était plutôt clair qu'il avait besoin de soutien et de soin plus qu'il n'avait besoin de sexe.

— Je suis vraiment fatigué, avoua doucement Devon avant de soupirer. Je suis désolé…

— Hé. Le sexe avec toi est génial. Mais te tenir dans mes bras comme ça est plutôt incroyable aussi.

Cela étonna Enrique de voir à quel point Devon était vulnérable à cet instant. Ce travail prenait beaucoup de lui, et Enrique savait que, quand cela arrivait, il avait besoin de quelqu'un pour aider à réapprovisionner ce qui avait été utilisé.

— Ferme simplement les yeux et endors-toi. Le travail sera toujours là dans la matinée. Il ne va nulle part, et ta vision non plus. Elle est forte, je peux le sentir.

— Comment le sais-tu? demanda Devon en se redressant soudain.

— La conviction. Elle est solide.

Enrique dessina des cercles sur le ventre plat de Devon. Il avait besoin de manger plus. Enrique était prêt à parier qu'il s'était probablement arrêté uniquement pour quelques repas durant les derniers jours, et c'était sans doute la raison derrière la façon dont Devon se sentait à cet instant.

— Tu dois mieux prendre soin de toi. Ou avoir quelqu'un qui est prêt à assumer la charge de te surveiller.

— Connais-tu quelqu'un qui est partant pour ce job? Ça peut être un sacré défi.

Maintenant, Devon faisait le malin. Enrique était heureux de l'entendre. Il remua un peu les hanches et embrassa l'épaule de Devon.

— Je peux penser à une ou deux personnes. Je vais devoir y réfléchir. Lâche prise sur les choses pendant un petit moment et dors.

ILS DORMIRENT, uniquement pour être réveillés au milieu de la nuit par la pluie tambourinant sur le toit. Devon roula sur le côté et l'embrassa dès qu'Enrique entrouvrit les yeux. Ils firent l'amour au son de la pluie, puis se rendormirent.

Quand Enrique se réveilla dans la matinée, l'autre côté du lit était vide. Cela le laissait un peu perturbé que Devon soit déjà parti et qu'il ne l'ait pas réveillé pour lui dire au revoir. Malgré tout, ce n'était pas un coup d'un soir malencontreux, et il se débarrassa de son moment de solitude, sortit du lit et se doucha. Il chercha son téléphone dans la chambre et trouva un message de Devon disant qu'il était reparti travailler et qu'il le verrait plus tard, suivi par un émoticône souriant. Il envoya une réponse rapide avant d'aller au Comptoir pour s'occuper des préparations du petit déjeuner.

— Quelqu'un s'est réveillé tôt ce matin et a les joues bien roses, constata Angie quand elle arriva au milieu de la matinée.

Enrique avait effectué ses tâches matinales en pilote automatique, réfléchissant à la nuit précédente. Il allait devoir apprendre à mieux contrôler ses expressions s'il ne voulait pas que toute la ville connaisse tout de ses affaires.

— Lâche-moi un peu, dit-il doucement, vérifiant quelle heure il était. Es-tu ici pour travailler ou simplement pour m'en faire baver ?

— Oh, j'ai le choix ? Alors je vais t'en faire baver. C'est bien plus amusant que de travailler.

Elle posa ses fesses sur un des tabourets de bar, battant des cils, avant de reprendre :

— En fait, je pensais que je verrais s'il se passait quelque chose. Sinon, j'espérais pouvoir faire une virée à Anchorage aujourd'hui. Je sais qu'on est samedi et tout – je serai de retour à temps pour le dîner, jura-t-elle, son expression devenant sérieuse, et Enrique sut que la légèreté d'avant était un camouflage. Ah… eh bien… j'ai rencontré quelqu'un l'hiver dernier. Elle vit à Anchorage, et nous nous fréquentons. C'est compliqué, parce qu'elle a quitté son mari juste avant que je la rencontre, et il s'est avéré qu'elle était enceinte de cette crapule de limace.

— Elle va bien ?

— Elle a appelé, parce qu'elle ressent une douleur et… expliqua-t-elle en secouant la tête avant de s'effondrer sur le bar. Je n'avais pas réalisé que les choses étaient devenues sérieuses entre nous, mais dès que j'ai entendu sa voix, je…

Sa main tremblait, et Enrique se rendit compte qu'il regardait une femme amoureuse. La seconde chose qu'il réalisa était qu'elle était encore ici. Ses yeux s'écarquillèrent.

— Monte dans la voiture et vas-y. Je surveillerai ici et passerai quelques appels pour prendre le relais quand je serai au cours d'art des

136

enfants, et pour plus tard si tu ne peux pas rentrer, déclara-t-il, l'étreignant sans vraiment y penser. Appelle-moi pour me faire savoir comment ça se passe et s'il y a quelque chose que je peux faire, et quand ce sera fini, assure-toi de ramener cette personne spéciale pour que nous puissions la rencontrer.

— Je reviendrai dès que possible, promit-elle.

— Va t'occuper de ton amie. J'appellerai Jim, et s'il n'est pas disponible, je trouverai quelqu'un pour aider. Vas-y simplement.

Il connaissait tout le monde en ville. Il tapota son épaule, et Angie partit comme une flèche. Alors là, c'était une personne qui savait comment garder un secret, du moins la concernant.

Enrique termina et s'assura que tout était stocké et prêt pour la journée. Il n'était en fait pas ouvert avant onze heures pour les clients qui ne dormaient pas sur place et il envisagea de retourner à son appartement pour une heure de calme avant d'ouvrir.

À la place, il passa un appel à Charles.

— Comment vas-tu? demanda Enrique. Je sais que tu étais seul hier soir.

— Oui. Il apparaît que la personne qui est supposée me tenir compagnie passe plus de temps avec toi qu'avec moi, répliqua Charles, ne semblant pas du tout bouleversé.

— Veux-tu venir ici pendant un moment? Je peux venir te chercher avant l'ouverture.

Il était un peu inquiet de tout le temps que Charles passait seul. Comme Devon était parti travailler sur son œuvre, Charles allait être seul au chalet pendant de longues périodes.

— Tu peux amener ton ordinateur portable et retravailler les photos ici si tu préfères.

— Oui, répondit-il après une hésitation. Je pense que j'aimerais bien.

— D'accord. Je serai là dans environ dix minutes.

Enrique raccrocha et quitta le Comptoir, laissant un message à la porte d'entrée avant de se diriger vers la maison de Charles.

Moins de quinze minutes plus tard, celui-ci était installé dans le salon à une des tables, avec son ordinateur branché, et Enrique lui apporta un mug de café décaféiné et se joignit à lui à table.

— As-tu pu en améliorer certaines?

— Quelques-unes, acquiesça Charles. Je ne veux pas trop les retoucher, mais je les ai éclaircies, et certains des détails sont devenus visibles. Je peux voir où ils ont simplement laissé l'eau retourner dans la rivière depuis le bassin. Mais celles qui, selon moi, sont les plus accablantes sont celles où ils exploitent une parcelle qu'ils ne devraient pas, et elles ressortent plutôt bien. Je pense que nous avons besoin que Devon et toi fassiez une déclaration de ce que vous avez vu, et nous pourrons joindre ces photos comme preuves additionnelles. Puis je les enverrai à mon contact au DRN.

— Penses-tu que ce sera suffisant pour leur faire mettre la clé sous la porte ? interrogea Enrique.

— Je souhaiterais pouvoir dire oui, commença Charles en sirotant son café, mais ces gens ont de l'influence. J'ai l'adresse de certains journaux et chaînes locales de télé. Peut-être que l'un d'eux prendra l'histoire pour ajouter du poids et de la surveillance.

Enrique alla dans son bureau et prit son ordinateur, l'installa à la même table que Charles et s'affaira à composer sa lettre. Il ouvrit à onze heures, mais puisque tout resta calme, il continua à travailler avec Charles. Il leur prépara un déjeuner et passa son temps libre dans l'après-midi à continuer sa lettre.

À la fin de la journée et après une pause pour travailler avec les enfants, la lettre lui paraissait assez bien, et il laissa Charles la relire. Devon s'arrêta pour venir les voir et dîner, et Enrique le laissa la lire également. Puis ils signèrent tous les deux, scannèrent la lettre, et l'envoyèrent avec les photos à toutes les personnes auxquelles ils pouvaient penser.

— Ça paraît presque décevant, dit Enrique, une fois les lettres envoyées.

Il s'assit brièvement avec Charles et Devon pour un dîner composé du plat du jour, des pommes de terre émincées et du jambon avec de la salade.

— Je devrais retourner travailler. Il reste encore quelques heures de lumière, déclara Devon avant de se lever. Mais je te verrai plus tard ce soir.

Il embrassa Enrique et fila précipitamment. Enrique le regarda partir.

— Es-tu vraiment préparé pour lui ? soupira Charles. C'est mon fils et je l'aime de tout mon cœur, mais je connais ce regard. Je l'ai déjà vu avant. Sa mère l'aimait aussi et elle adorait sa passion, mais c'était dur parfois pour elle de voir la façon dont il s'enfermait loin d'elle et de tout le monde quand il était inspiré. Rien ne semblait avoir d'importance alors.

— C'est une partie de l'homme qu'il est. Je ne peux pas lui demander de changer, affirma Enrique.

— Je peux le voir, et sa mère le comprenait également. Mais ça la blessait, parce que parfois rien n'était plus important que ce sur quoi il travaillait, expliqua Charles avec un haussement d'épaules. Je l'obligeais à arrêter et à faire attention à autre chose. Elle ne le faisait jamais.

— Grandpa Kallik avait l'habitude de dire que la créativité était une sacrée maîtresse, accorda Enrique, avec un sourire se penchant plus près. Mais il disait aussi qu'elle avait besoin d'être maintenue à sa place. Je comprends que Devon n'a jamais appris à le faire.

— J'étais surpris de le voir au dîner, alors peut-être qu'il a appris, dans une certaine mesure. Comprends-moi bien, j'aime mon fils, et il a des cargaisons de passion, mais elle peut le rendre un peu monomaniaque.

— Que veux-tu dire ? s'étonna Enrique. Es-tu en train de me dissuader ?

— Seigneur, non. Tu rends Devon heureux. C'est évident à des kilomètres. Et c'est clair, d'après le sourire que tu portes la plupart du temps maintenant, qu'il te rend heureux aussi. Mais je veux que tu saches qu'être ferme et t'affirmer pour ce que tu veux est quelque chose que tu vas devoir faire. Ne le laisse pas travailler la journée entière chaque jour, et oblige-le à faire attention à autre chose dans le monde que ce qui est dans sa tête et l'œuvre qui est devant lui.

Charles sourit, et ses yeux devinrent brillants. Enrique suivit son regard alors que Lucy s'avançait. Il s'excusa et s'occupa de la vaisselle, les laissant seuls tous les deux.

Ce n'était pas comme s'il n'avait rien à faire, et c'était samedi soir. Un groupe local était attendu pour jouer pendant quelques heures, et l'endroit serait bondé. Enrique prépara tout pour le groupe et passa du temps à servir les clients. Jim tint le bar pour lui.

— Que fais-tu déjà de retour ? interrogea-t-il quand Angie entra à vingt heures avec une autre femme.

Elle était très clairement enceinte, les yeux baissés sur le sol comme si elle avait peur de lever la tête.

— Voici Renée. Son ex-mari ne veut pas la laisser tranquille, alors elle va rester avec moi. C'était le stress qui lui causait des problèmes, alors j'ai pensé qu'elle serait plus en sécurité ici loin de lui.

Enrique lui serra la main et lui trouva un siège confortable.

— Angie peut t'amener tout ce dont tu as besoin

Il partagea un sourire avec elle, puis Renée baissa de nouveau le regard sur le sol.

Enrique les laissa seules toutes les deux. Charles était prêt à partir et semblait un peu fatigué, alors il le ramena chez lui.

139

Le parking était plein quand il revint, et il rentra rapidement pour trouver une confrontation au niveau du bar. Il semblait que les mineurs étaient revenus, et cette fois en plus grand nombre.

— Que se passe-t-il ?

— Je voulais vous parler, dit un petit homme dans la fin de la quarantaine.

Il portait un pantalon brun clair et un polo. Il était assez évident que se salir ne faisait pas partie de son travail, à en juger par sa manucure presque parfaite.

— Très bien. Mais certains de ces hommes sont venus ici auparavant et ont menacé de créer des ennuis. Nous n'accepterons pas ça.

— Il n'y aura pas d'ennuis ici ce soir, je peux vous l'assurer, affirma l'homme avec un signe de tête. Ces hommes travaillent tous pour moi, et je licencierai celui qui causera des problèmes, ils le savent.

Il passa le groupe en revue, et ils hochèrent lentement la tête, puis se dispersèrent et s'assirent aux tables. Ça signifiait que chaque siège était pris. Heureusement pour Enrique, Angie se mit debout d'un bond et commença à prendre les commandes.

— Bien. Donnez-moi une minute, et je reviendrai vous parler.

Enrique alla dans la cuisine pour les prévenir de s'attendre à une vague de commandes et on lui assura que tout était bien en main. Dès qu'il passa la porte vers la salle, Devon le rejoignit.

— J'ai entendu dire qu'il pourrait y avoir des ennuis, dit-il.

— Par qui ?

— Angie. Elle a dit que tu avais ramené Papa à la maison et que tu allais revenir, mais que ces hommes venaient juste d'arriver, et je n'allais pas te laisser les affronter seul.

— Merci.

Il indiqua l'endroit où l'homme qui voulait lui parler se tenait, une bière à la main, mais il regardait la salle comme s'il en était le propriétaire. Cela fit grincer des dents d'Enrique.

— Que puis-je faire pour vous ?

— Je suis Kevin Pett. Y a-t-il un endroit où nous pouvons parler ?

Tout le Comptoir était bondé. Normalement, il emmenait les gens vers le salon, mais c'était plein également, et le groupe était arrivé et en train de s'installer.

— Nous pouvons utiliser mon salon, offrit Enrique.

Il ouvrit la marche hors du commerce, par la porte fermée, jusqu'à ses quartiers. Une fois à l'intérieur, il lui fit signe de s'asseoir. M. Pett était probablement habitué à un environnement plus sophistiqué, et Enrique remarqua la façon dont il y regarda à deux fois avant de s'asseoir, comme si une tache pourrait se transférer sur son pantalon.

— Que pouvons-nous faire pour vous ? répéta Enrique.

Le regard froid de M. Pett alterna entre eux.

— J'ai constaté qu'il y a des gens ici qui ne comprennent pas ce que nous essayons de faire. Et puisque vous êtes un confrère propriétaire d'une affaire, je pensais que je pourrais vous parler.

— Je comprends très bien ce que vous faites, annonça Enrique après s'être éclairci la gorge. Vous voulez exploiter le lit de la rivière et les rives environnantes pour trouver de l'or. En gros, vous ramassez ce que vous voulez, le mettez dans un séparateur automatique et un procédé d'extraction et vous débarrassez ensuite de ce dont vous n'avez pas besoin. Au passage, vous remuez le lit de la rivière, grignotez les rives et détruisez très probablement tout en aval avec les sédiments.

M. Pett se racla la gorge. Il s'assit confortablement et croisa les jambes comme s'il était complètement aux commandes.

— Nous ramassons la terre sur la berge de la rivière, mais nous le faisons de manière contrôlée, et nous sommes prudents en extrayant ce dont nous avons besoin et rendons la terre à son environnement. Nous avons des bassins de sédimentation et prenons toutes les précautions pour laisser la rivière et les zones environnantes retourner à la nature une fois que nous avons fini. Nous fournissons également des emplois, payons des impôts, et nous soutenons les communautés où nous sommes. Il est important pour nous de rendre.

Enrique retint sa colère, mais il sentit Devon se tendre.

— Je vois. Et que rendez-vous ? Je crois me rappeler que Palmer a eu une extension de son centre communautaire sous la forme d'une piscine intérieure.

M. Pett sourit et hocha la tête.

— Pendant que la vallée que vous avez exploitée est devenue une terre à l'abandon où très peu de choses poussent, même une décennie après votre départ, conclut Enrique.

— Il faut du temps pour que la végétation se régénère, mais elle pousse, et nous continuons de planter et de gérer le rétablissement de ce site.

On avait l'impression qu'il parlait à un de ces comités politiques menant une audition, et tout ce qu'il devait faire était de dire les bons mots et tout irait bien.

— Nous ne voulons pas de ça ici, l'informa Enrique.

M. Pett laissa retomber sa jambe et se pencha en avant

— Je sais ce qui se passe. Ne pensez pas que je ne le vois pas. Je sais que des lettres émanant de la communauté ont été envoyées, et quelqu'un… appuya-t-il, son regard devenant encore plus dur, était de l'autre côté de la rivière en train d'espionner mes hommes. Nous avons trouvé un genre de leurre improvisé qu'ils ont utilisé pour se cacher.

La façon dont il ne détourna pas les yeux dit à Enrique que M. Pett avait compris que c'était lui, mais Enrique lui rendit son regard noir et ne donna aucun indice. Si ceci était une guerre de volontés, alors M. Pett allait découvrir à quel point Enrique Salazar pouvait être têtu.

— Mais entendez-moi bien, cette mine se fera. Nous avons des gens qui s'en assureront. Il y a plein de choses qui peuvent en découler, et cette ville peut coopérer et partager la bonne fortune, ou vous pouvez continuer de lutter contre nous et nous partagerons avec l'État ce qu'exige la loi et ne vous laisserons rien.

— C'est exactement ce avec quoi nous allons finir si nous coopérons avec vous, signala Enrique en se levant. Rien. Cette petite communauté a été bâtie autour du lac, des ruisseaux et rivières dans cette région et du col. Ils font partie de nous, et nous n'allons pas rester les bras croisés et vous regarder les détruire. Et en ce qui concerne vos menaces… je pense que votre confiance est mal placée. Et de plus, je suggère que votre équipe et vous respectiez toutes les réglementations, parce que nous vous surveillerons.

Il ne dit rien à propos des lettres qu'il avait envoyées et des photos qui allaient avec.

M. Pett haussa les épaules et ricana même.

— La semaine prochaine, nous aurons le feu vert dont nous avons besoin, et une fois qu'il sera donné… Les choses bougeront très rapidement là-haut. Nous aurons de l'équipement et des équipes prêtes à venir avant même que l'encre soit sèche, déclara-t-il avec un sourire digne d'un serpent, avant de se lever. Je suggère que votre petite ville et vous preniez le train en marche avant d'être laissés dans la poussière.

Il fit demi-tour, alla jusqu'à la porte menant au Comptoir, la passa et referma derrière lui.

— Ce fils de… jura Devon avant de s'arrêter.

— Oui. C'est un type sûr de lui, dit Enrique, alors que son ventre faisait des petits bonds d'inquiétude. Mais… s'il avait raison ? Tout ce que nous pouvons faire est d'envoyer des lettres et espérer qu'elles atteindront les bonnes personnes. Lundi, je vais avoir besoin de passer des appels de relance pour nous assurer que nos photos et lettres ont été vues.

Il se sentait comme un ballon dont quelqu'un aurait laissé sortir tout l'air. Les compagnies minières avaient du pouvoir et de l'influence, il le savait.

— Appelle les médias et vois si tu peux les intéresser, suggéra Devon.

— Je leur ai également envoyé la lettre et les photos. Peut-être que quelqu'un reviendra vers nous.

Et peut-être que c'était une cause perdue. Enrique détestait la défaite qui paraissait s'étaler devant lui comme un brouillard sombre.

— J'ai toujours su que cela serait une bataille ardue, mais il semble y avoir beaucoup d'obstacles contre nous.

Devon passa les bras autour de lui, posant la tête sur l'épaule d'Enrique et le serrant simplement contre lui.

— Rien de ce qui ne vaut la peine d'avoir n'est jamais facile.

Il soupira doucement à son oreille, son souffle caressant la peau d'Enrique.

— C'est vrai, mais rien qu'une fois, ce serait agréable si nous n'avions pas à batailler bec et ongles pour ce qui est juste. Nous devrions être consultés avant que quiconque soit autorisé à exploiter une mine par ici. C'est notre foyer, et nous devrions pouvoir décider à quoi ça va ressembler et le genre de lieu que ça va être.

— Je suis d'accord. Mais ça n'arrive pas toujours. Tu le sais. Grandpa Kallik racontait les histoires de ce qui est arrivé aux gens de sa tribu. Les choses sont rarement justes. C'est pourquoi nous devons lutter.

Il le serra plus fort, et Enrique sentit les jambes de Devon trembler un peu.

— Qu'est-ce qui ne va pas ? demanda Enrique en essayant de le stabiliser au cas où Devon tomberait.

— Rien. J'ai simplement eu cette idée et… répondit Devon, un peu plus excité avant de reculer. Je sais ce qui manque. Je dois aller finir ça et faire des changements. Est-ce que je peux ?

Enrique hocha la tête. Il avait besoin de retourner travailler lui aussi.

— Je te verrai plus tard ?

— Oui. Je reviendrai.

Devon l'embrassa et sortit à toute vitesse par la porte arrière.

Peut-être que Charles avait eu raison et qu'Enrique n'était pas aussi prêt qu'il le pensait pour une des virées créatives de Devon.

Il soupira et pensa à retourner travailler quand la porte arrière s'ouvrit, et Devon revint précipitamment à l'intérieur. Enrique se demanda ce qui n'allait pas, mais Devon enroula simplement les bras autour de lui et l'embrassa assez fort pour lui couper le souffle.

— Je sais ce que j'ai besoin de faire, et c'est grâce à toi. Je te verrai plus tard ce soir.

Devon sourit, puis il repartit, et Enrique prit quelques minutes pour faire fonctionner son esprit avant de retourner au Comptoir.

Il était devant sa toile, se perdant dans l'image et la couleur. Enfin, son âme était éveillée, et il se sentait de nouveau vivant. Il souleva son pinceau quand son téléphone vibra de l'autre côté de la pièce. Devon fit de son mieux pour l'ignorer, mais le bruit continuait à attirer son attention. Il aurait dû éteindre ce foutu truc, mais si son père avait besoin de lui? Avec un soupir, il reposa son pinceau et alla à grands pas attraper son téléphone.

— Quoi?

— Est-ce ainsi que nous prenons nos appels maintenant? demanda Roz, si fraîche que Devon grogna.

— Oui. Quand tu m'interromps, alors que je suis dans le travail jusqu'au cou. Que veux-tu? interrogea-t-il sèchement.

Elle rigola en fait doucement.

— Tu travailles. C'est merveilleux. Qu'est-ce que c'est? Quand puis-je le voir? Envoie-moi des photos, exigea-t-elle en se transformant immédiatement en enfant chez un marchand de bonbons.

— Ce n'est pas encore fini, dit-il plus doucement cette fois.

Son attention était déjà attirée par l'image sur la toile. Elle attirait son œil, et il trouva difficile d'en arracher son attention. C'était exactement ce qu'il avait cherché, quelque chose pour qu'il se sente de nouveau vivant, pour ramener l'étincelle dans sa vie professionnelle.

— Tu dois me donner plus de temps.

— D'accord. C'est normal, mais qu'est-ce que tu peins? Qu'est-ce qui a ramené ce ton dans ta voix? Tu as la même que quand nous avons commencé à travailler ensemble. L'excitation est revenue.

Devon pouvait presque la voir se frotter les mains.

144

— Elle est revenue. Je peux le sentir.

— Alors, qu'est-ce que tu peins ? insista-t-elle.

Non pas qu'il s'attendrait à autre chose de sa part.

Devon déglutit, regardant toujours la grande toile. C'était comme si tout le reste s'était estompé et que c'était tout ce qui existait pour lui, du moins à cet instant.

— C'est une image de mon foyer… ou du moins, une vision de ce que mon foyer peut être ou sera.

Il se détourna, son attention revenant dans le présent.

— En résumé, une compagnie minière menace notre paysage immaculé, un endroit où je jouais étant enfant. Si le lac est l'avant de notre maison, alors ceci est notre énorme et incroyable jardin.

C'était la meilleure manière dont il pouvait le décrire à quelqu'un qui n'était jamais venu ici.

— Quand puis-je voir ça ? demanda Roz. Ça semble vraiment puissant et émouvant.

Les lèvres de Devon se soulevèrent en un sourire qui prit racine jusque dans ses orteils. Une idée le frappa comme un train de marchandises.

— Roz… tu es un génie !

Il termina l'appel et reposa le téléphone, retournant à son chant de sirène sur toile.

LES MINEURS finirent de manger, burent et écoutèrent la musique, et partirent ensuite aux environs de minuit. Leur patron n'était pas resté après leur petite discussion, ce qui était probablement mieux ainsi. Les mineurs eux-mêmes étaient en majorité un bon groupe. Il y avait ceux de l'autre jour, mais même eux semblaient plus heureux et ne causèrent aucun problème. Dans l'ensemble, Enrique était content. Ils avaient eu un samedi comme aucun autre dont il pouvait se souvenir. Sa caisse était pleine, et ses clients aussi. Quand arriva l'heure de la fermeture, cela avait été une très longue journée. Une fois que le dernier client fut parti et que le ménage fut fini, Enrique se traîna jusque dans ses quartiers. Il espérait découvrir Devon dans son lit, mais le lieu était vide.

Il enleva ses habits, prit une douche et s'effondra sur le lit, espérant que Devon aille bien, mais supposant qu'il travaillait encore.

À un moment, une chaleur se glissa dans le lit derrière lui, et l'odeur de Devon atteignit son nez. Il se blottit contre lui et se rendormit directement.

Au matin, il était de nouveau seul et, pendant quelques secondes, il se demanda s'il avait rêvé Devon se mettant au lit avec lui, sauf que l'autre oreiller était bosselé et que les draps portaient son odeur. Enrique bâilla. Il n'aurait rien aimé plus que de rester au lit pendant quelques heures supplémentaires, mais il leva ses fesses et se bougea pour préparer le petit déjeuner, et quand ses clients furent partis, il alla jusqu'au canapé pour s'allonger et essayer de rattraper quelques heures de sommeil. Au moins, c'était dimanche, et le bar ouvrait tard. C'était le seul jour de congé que tous ceux qui travaillaient pour lui et lui-même avaient en commun, et Enrique en était impatient. Il s'installa sur le canapé et ferma les yeux, pensant qu'il se reposerait au moins une heure.

— Enrique, l'appela Devon.

Il se rassit immédiatement, se demanda quelle heure il était et s'il avait dormi trop longtemps. Il soupira, alors que Devon se perchait sur le bord du canapé.

— Peux-tu venir voir ce que j'ai fait ? Ce n'est pas tout à fait terminé, mais j'ai besoin de te le montrer.

Devon se mordit la lèvre inférieure, et ses mains tremblaient de ce qu'Enrique espérait être de l'excitation.

— D'accord, répondit-il en se levant lentement, retrouvant son équilibre. Le dimanche, nous n'ouvrons pas avant le soir, alors je n'ai pas besoin d'aller où que ce soit.

Quelques clients avaient prévu d'arriver ce soir-là, mais ils avaient son numéro et lui enverraient un message pour qu'il puisse être sûr de les rejoindre. Ses autres clients étaient déjà partis ou restaient une nuit de plus.

— Laisse-moi enfiler mes chaussures.

Devon le conduisit jusqu'au centre communautaire, et ils entrèrent, Devon allumant les lumières.

— Donne-moi une minute et entre après.

Il s'éloigna en sautillant presque. Enrique le regarda partir, ses fesses fermes se balançant avec énergie. Il y avait quelque chose chez cet homme qui pouvait lui faire tourner la tête à des kilomètres de distance.

— Je suis prêt.

Enrique entra dans la salle pour y trouver un Devon souriant.

— Que veux-tu me montrer ? Le dos de tes toiles ?

— Petit malin, rétorqua Devon en tournant une toile pour qu'Enrique puisse la voir. C'est ici que ça a commencé. Pendant ce premier cours que j'ai donné, j'ai commencé avec cette peinture, qui était supposée être une

146

représentation du lac, mais ça s'est transformé en une image de Hatcher Pass. Du moins, c'est ce qui m'est venu à l'esprit. Je sais que ce n'est pas fini et ça ne le sera probablement jamais, mais ce n'est pas grave. C'est le processus qui m'a mis en route. Puis j'ai travaillé sur ceci, celle de toi.

Il posa sur le côté la première peinture. Il retourna ensuite la seconde, et elle lui tendit les bras, frappant Enrique comme un coup de poing au ventre. Elle était éblouissante. Il aurait juré que les yeux le regardaient directement.

— Mon Dieu. Je l'ai vu avant, mais…

— Oui. Je devais la finir. Il n'y avait pas moyen que je puisse te laisser inachevé. Et ton visage est si puissant et expressif que je devais le capturer. Je n'ai simplement pas pu arrêter, quoi qu'il arrive.

Il sourit, et pendant un très long moment, Enrique ne put détourner les yeux de son propre visage.

— Est-ce ainsi que tu me vois vraiment ? chuchota-t-il.

Devon s'approcha en sautillant, remplissant ses bras en un instant.

— Tu ferais mieux de le croire. Tu es aussi intense et aussi magnifique. La passion en toi est palpable, en particulier quand tu as de forts sentiments pour quelque chose… ou quelqu'un. Tu ne te retiens pas, et c'est sacrément rare et incroyablement excitant, confia Devon en l'embrassant avant de glousser. Je jure qu'il y a des fois, quand je peignais, où je voulais te déshabiller et… je devais me rappeler que je n'étais pas ici avec le vrai toi, je retournais alors auprès de toi et me glissais dans le lit et…

— Seigneur, souffla Enrique. Alors peindre t'excite.

— Non, c'est toi, contra Devon en secouant la tête avant de s'éclaircir la gorge. Tu me fais ressentir tellement plus que ça. Tu vois, j'ai pensé que je viendrais ici, m'occuperais de mon père pendant quelques semaines, peut-être que j'aiderais un peu dans la région, donnerais quelques cours d'art, des trucs comme ça… et ensuite, je retournerais à New York et démêlerais mes conneries. Cet endroit serait une pause dans ma vie, peut-être que je rechargerais mes batteries, et je rentrerais ensuite chez moi.

— Que s'est-il passé ? demanda Enrique, parce qu'il devait savoir.

— Eh bien, j'ai découvert beaucoup de choses. Que mon père n'était pas la personne dont je me souvenais quand j'avais douze ans… ou dix-huit. Que le type que je pensais aimer pour toujours n'allait jamais me voir de cette façon… et que quand il pourrait le faire… nous n'étions pas faits l'un pour l'autre. Craig est un bon père et une bonne personne, mais il n'est pas le bon pour moi, confia Devon en se tournant, et ils regardèrent tous les deux la peinture. J'ai découvert cette personne, et il était juste sous mon nez et l'avait été depuis longtemps.

Devon glissa un bras autour de la taille d'Enrique, le tirant plus près.

— Est-ce tout ce que tu voulais me montrer ? chuchota celui-ci.

— Non, répondit Devon avec un sourire et un baiser. C'était juste la première partie. Tu vois, durant tout ce temps, j'ai essayé de trouver ce que je voulais vraiment dire. Où je voulais en venir dans mon cœur depuis que je suis revenu.

Il cligna et s'essuya les yeux.

— Je pensais honnêtement que je l'avais perdu. Que ce qui me rendait spécial et donnait à mon art la puissance qu'il avait venait du fond d'une bouteille.

— Ça ne fonctionne pas comme ça, lui assura Enrique, le sachant d'après sa propre expérience. L'alcool émousse les sens, il ne les libère pas. Et ses effets sont une illusion.

— Je le sais maintenant.

Devon le relâcha et avança jusqu'à la grande toile, qu'il souleva et retourna. Il la posa et recula.

— Afin que je puisse trouver ce dont j'avais besoin… il devait y avoir la menace de le perdre.

Enrique la regarda fixement, pas sûr de savoir où regarder en premier et voulant tout regarder en même temps, saisissant tout. Sans réfléchir, il fit un pas en arrière, comme si la toile irradiait de puissance. Il avala difficilement sa salive alors qu'il assimilait toute l'œuvre.

— Mon Dieu… Tu m'as utilisé…

— Oui. Parce que tu es le centre de tout ici. Je ne voulais pas une image pleine à craquer, alors je t'ai utilisé pour représenter tout le monde ici en quelque sorte. La terre, le lac, tout autour de nous qui nous soutient et fournit ce dont nous avons besoin.

— Comment diable as-tu fait ça ?

Enrique fut obligé de se rapprocher. Sur un côté de la peinture, le col était vert, luxuriant et verdoyant, se tendant vers un ciel radieux. De l'autre, la terre avait été violée, dénudée, privée de vie et de ce qui la rendait spéciale, le sol remué, marron et mort, les plantes fanées. C'était tellement puissant, mais un seul personnage se dressait, un pied de chaque côté, enjambant les deux. Ce qui était si puissant, c'était la façon dont un côté semblait heureux et l'autre immensément triste. Mais ce qu'Enrique essayait de voir, c'était comment Devon avait fait ça. Les bords continuaient à travers l'œuvre en une perfection fluide. Il n'y avait pas un sourire d'un côté et une grimace de l'autre. C'était les indices subtils qui racontaient l'histoire, les yeux, les ombres autour du nez, les lignes sur le front juste un peu plus sombres.

— C'est un chef-d'œuvre, murmura-t-il alors qu'il réalisait que l'homme c'était lui et qu'il était nu – ou du moins à moitié nu. Oh mon Dieu, tu…

Devon le regardait, et il regardait la peinture.

— La terre était dévoilée, alors l'homme devait l'être également. Mais tu remarqueras qu'il y a des limites à ce qui est vraiment montré.

— Oui, rétorqua Enrique avec un sourire en coin, j'ai remarqué et je t'en remercie. Comment l'appelles-tu ?

Le sourire disparut de son visage.

— Simplement *Hatcher Pass*. Je pense que la peinture est le message, et tout ce que j'ai besoin de faire est de présenter l'emplacement.

— Alors, c'est fini, constata Enrique, et Devon hocha la tête.

— Oui. J'ai simplement besoin de prendre des photos et de les envoyer à la galerie. Roz m'a envoyé des messages, elle a eu peur que j'aie disparu de la surface de la Terre ou quelque chose comme ça.

— Qu'en est-il des autres ?

Enrique tourna le regard vers le portrait. Devon le souleva et l'apporta.

— Celui-ci est à toi. Mon agent et la galerie voudront probablement l'exposer, mais il ne sera jamais vendu à moins que tu décides de le faire. Je ne pourrais jamais mettre un prix sur toi ou ce que tu as fait pour moi, avoua-t-il en se penchant plus près avant de ravaler sa salive. Tu m'as ramené à la vie. Je sais que ça paraît ringard et tout, mais… Je pense que j'avais besoin de ta vision et de ta force pour me faire voir ce qui était là depuis le début… pour me faire voir mon foyer.

— Est-ce ton foyer ? demanda Enrique en se tournant pour regarder le lac. Tu as grandi ici.

Devon mit les bras autour du torse d'Enrique. Il le serra plus fort, embrassant sa nuque.

— Hmm, non. Cet endroit n'est pas mon foyer. Il ne l'est plus. Je le sais. Je ne peux pas revenir à qui j'étais. Je n'ai pas trouvé un lieu quand j'ai dit que j'étais rentré chez moi – j'ai trouvé une personne. Je t'ai trouvé. Je ne sais pas où nous allons. Je n'ai pas ces réponses. Mais je sais où est mon cœur et je sais où est mon foyer. Et c'est ce qui manquait tout du long. Je pouvais essayer de le dissimuler avec l'alcool, mais sobre… pas du tout.

Je devais trouver mon foyer et le lieu auquel j'appartiens. Je n'aurais jamais pu le faire sans toi... pas même une seconde.

Devon frotta du nez la base de son cou. Enrique se retourna dans ses bras.

— Je suis content que tu aies fini.

— Moi aussi. Après avoir réglé les derniers détails, ça s'est assemblé vraiment rapidement.

Devon reposa la tête sur l'épaule d'Enrique, passant légèrement les doigts dans les cheveux de son amant.

— Peut-être, puisque tu ne dois pas travailler beaucoup aujourd'hui, que nous pourrions retourner chez toi et...

— Je pense que nous pouvons le faire, acquiesça Enrique. Mais tu devrais probablement vérifier comment va ton père et passer les appels dont tu as besoin. J'ai quelques projets dont j'ai prévu de m'occuper. Alors je pensais que nous pourrions nous retrouver pour dîner, et je pourrais cuisiner. Nous pouvons célébrer la complétion de ton œuvre et la renaissance de l'inspiration.

— Ça paraît génial.

Devon l'embrassa de nouveau, et ils passèrent quelques minutes à observer le soleil briller sur le lac avant de se séparer. Enrique aurait été satisfait de rester là où ils étaient pour le reste de la journée, mais il avait plein de choses à faire et, s'il ne les faisait pas, il passerait le reste de la semaine à se sentir en retard.

— Je te vois aux environs de dix-huit heures.

— As-tu besoin que je te ramène ? s'enquit Devon.

— Je peux marcher.

Enrique lui dit au revoir et quitta le centre communautaire, ses pieds touchant à peine le sol durant tout le trajet de retour jusqu'au Comptoir. L'œuvre de Devon était incroyable, et il était inspiré par la région. Enrique se laissa aller à espérer que cela signifiait que Devon avait décidé de rester. Du moins, pour le moment, il ne laissait aucun doute s'installer.

X

— ALORS PARLE-MOI de cette activité minière là-haut et comment ça t'a inspiré? demanda Roz, presque dès qu'elle reçut le message à propos de sa dernière pièce. C'est éblouissant. Nous devons la laisser pleinement sécher et nous enverrons ensuite quelqu'un pour emballer les deux et les ramener ici à la galerie.

— Nous ne pouvons pas faire ça, objecta Devon. J'ai besoin de ton aide. Cette œuvre existe parce qu'il y a des gens qui veulent exploiter des endroits dont je me souviens quand j'étais enfant. J'ai besoin de ton aide pour promouvoir la toile. Tu peux te charger de la vente éventuelle, mais nous devons faire un battage national, et j'ai besoin qu'une grande partie soit centrée ici en Alaska. Je sais que c'est un peu en dehors de ta sphère habituelle, mais ça doit se faire vite.

— D'accord, trésor, reprit-elle après une pause. Je pense que tu dois commencer par le début et me raconter toute l'histoire. Laisse-moi comprendre tout ça et voir ensuite qui pourrait me devoir une faveur ou deux.

Elle ne soupira pas ni ne fit le moindre son. Il pouvait déjà dire qu'elle réfléchissait bien.

— L'Alaska, hein? Je peux t'avoir de la publicité, et beaucoup. Mais si tu essaies de prendre une position politique, alors nous avons besoin de la presse locale et... Oui!

— Quoi? demanda Devon.

— J'ai une idée. Laisse-moi travailler dessus, je te rappellerai dans un jour ou deux.

Elle raccrocha.

Devon espérait franchement que son idée était sacrément bonne. Il se tourna vers l'eau, la fixant par les fenêtres, observant le soleil. Il ne put s'empêcher de penser que, s'ils échouaient, eux tous... cette vue ne serait plus jamais la même. Non, il n'y aurait pas de mine directement autour du lac, mais tout était interconnecté. Il pouvait le voir, et il le sentait dans son cœur. Si une chose était détruite, tout le reste serait affecté. Et si cette famille de huards flottant sur l'eau n'était plus là? Et si l'eau n'était plus si claire qu'on pouvait voir le fond du lac depuis n'importe où, même en plein centre?

Devon se détourna et quitta la salle, éteignant les lumières et refermant la porte. Il retourna au chalet et trouva son père endormi dans son fauteuil. Il se réveilla dès que Devon entra.

— Tout va bien?

— J'étais sur le point de te demander la même chose. Tu te sens bien? questionna Devon en s'asseyant à côté de lui. Tu dors beaucoup.

— Je suis vieux. Enfin, plus vieux que dans tes souvenirs. Je dors dans l'après-midi, parce que je ne dors pas la nuit parfois. En fait, avec les médicaments et ce meilleur régime, je pense que je deviens plus fort. Je sens que mes pensées sont plus claires qu'elles ne l'ont été.

Il cligna des paupières, souleva ses lunettes de la table basse, et les enfila.

— Te sens-tu partant pour une petite sortie? interrogea Devon.

— Bien sûr. Laisse-moi juste mettre mes chaussures, répondit-il en s'asseyant et enfilant celles près du fauteuil. Où allons-nous?

— Juste une sortie.

Devon ferma la porte derrière eux et, une fois qu'ils furent dans le pick-up de son père, il tourna sur la grande route avant de prendre le virage vers la route de Hatcher Pass.

— Nous étions tout près, observa son père. Est-ce que quelque chose te tracasse?

— C'est assez difficile à décrire. J'ai fini ma peinture, et une partie représente ce que je pense que le col deviendrait si la mine était exploitée. J'ai passé des jours avec cette image dans ma tête et je pense que j'ai besoin de le voir comme il est, une fois de plus.

Il jeta un coup d'œil à son père. Ils furent silencieux pendant que Devon conduisait et ils montèrent de plus en plus haut.

— Tu es toujours monté là-haut quand tu avais besoin de réfléchir étant enfant. Est-ce que quelque chose d'autre te tracasse?

— Oui. Mais je ne sais pas quoi faire.

— Parce que tu es tombé amoureux d'Enrique? exposa son père avec un hochement de tête. Ou parce que tu sens que ta vie à New York commence à te rappeler?

— Bordel de merde, depuis quand sais-tu autant de choses? critiqua légèrement Devon avant de ricaner. Peut-être que les parents ont des yeux derrière la tête.

Son père observa en silence, tandis qu'ils continuaient le long de la route jusqu'à ce qu'ils atteignent la zone ouverte au sommet du col. Devon fit un demi-tour en trois temps pour qu'ils soient en face de la vallée au loin.

— J'ai toujours pensé que Craig et toi pourriez être ensemble, si ce garçon se sortait la tête du cul et voyait ce qui était devant lui. Je voyais à quel point tu étais malheureux, mais je ne savais foutrement pas quoi faire pour y remédier. J'ai essayé, mais ce n'était pas mon attention que tu voulais à l'époque.

Devon éteignit le moteur et baissa les vitres.

— Je suppose que ça ne l'était pas.

— Quand tu es entré à l'École des Beaux-Arts et que tu es ensuite resté à New York, je pensais que peut-être, tu te construisais une vie.

— Je fuyais. J'essayais de mettre de la distance et du temps entre ma peine de cœur et moi. Mais elle m'a simplement suivi. Je ne pouvais pas m'éloigner suffisamment. Alors j'ai rampé dans une bouteille. L'alcool l'a fait disparaître pendant un temps.

— Je le sais, dit son père en se tournant sur son siège. Je ne peux pas te dire combien de fois j'ai souhaité pouvoir l'apaiser. Je voulais venir là-bas et te mettre un peu de plomb dans la cervelle. Je voulais aider, mais je savais que, si quelque chose devait changer, cela devait venir de toi.

Il posa la main par-dessus celle de son fils sur le volant. Devon hocha la tête en réponse.

— Pourquoi n'as-tu pas appelé quand tu as eu cet AVC ? Pourquoi Mme Fitz a-t-elle dû me le dire ?

— Parce que j'avais peur, avoua son père en serrant sa main et reniflant. Tu étais sobre et tu allais bien. Je pensais que tu avais enfin surmonté tous ces trucs de ton enfance, et je ne voulais pas que tu reviennes et rouvres de vieilles blessures. Si j'avais su que le fait que tu reviennes t'amènerait l'amour, j'aurais eu un AVC des années plus tôt.

Il rigola, et ce fut au tour de Devon de s'essuyer les yeux.

— Mais je ne sais pas quoi faire. La galerie est impatiente d'avoir mon travail, et j'ai un million d'idées. Et tu as raison – je peux sentir mon ancienne vie m'attirer à elle. Je ne sais pas quoi faire, parce que je veux les deux. Je veux Enrique et je veux ma vie. Je veux être heureux, et je veux une vie remplie d'art et d'amour, et…

— Bien sûr que tu le veux. Mais je dois te demander ceci. Le fait que tu te raccroches à ce que tu avais à New York, est-ce parce que cette ville

était si incroyable et parce que ta vie là-bas était absolument merveilleuse…
ou est-ce parce que tu as peur?

— De quoi? répliqua sèchement Devon.

— Du changement. De franchir le pas. Willow, en Alaska, est bien
loin de tout ce qu'est New York. Il n'y a aucune épicerie fine, aucun
supermarché, aucune boutique de luxe, ni foule de fans de galerie attendant
de voir avec quoi tu les régaleras ensuite. Il n'y a pas l'énergie ou le rythme
de la ville. Bon sang, il n'y a pas vingt restaurants avec tout le choix possible
de nourriture dans un rayon de deux quartiers, prêts à livrer jour et nuit.
Mais d'un autre côté, New York n'a pas ça.

Son père se tourna pour regarder à travers le pare-brise et fit un geste
de la main.

— Je sais.

Et c'est une partie de ce qui l'avait ramené du purgatoire artistique.

— Voudrais-tu vraiment que je sois dans le coin tout le temps?

Son père ne bougea même pas quand il répondit.

— Il y a beaucoup d'espace ici. En fait, l'Alaska est presque un
espace vide, avec seulement quelques personnes rajoutées çà et là pour la
couleur. C'est quelque chose du genre 1,2 ou 1,3 personne par kilomètre
carré ici. Ça signifie que tout le monde peut avoir beaucoup de place. Et
oui, c'est agréable d'avoir des amis dans les parages, signala-t-il avant de
se tourner enfin et de sourire. Toi et moi avons été père et fils pendant un
long moment. Puis tu as grandi, et nous ne semblions pas savoir quoi faire
de l'autre. Alors, et si nous étions simplement amis? Nous pouvons avoir ce
genre de relation et ne pas marcher sur les pieds de l'autre.

Il se tourna de nouveau vers le paysage devant eux avant de continuer.

— De plus, je pense que les gens ici ont besoin de toi. *Ceci* a besoin
de toi, parce que si personne ne le protège, alors tes enfants et tes petits-
enfants ne viendront jamais ici pour escalader cette montagne et regarder en
bas cette partie du monde.

— Je sais, Papa. Mais…

Il essaya de mettre en mots le conflit dans sa tête et échoua. Il soupira
et sourit.

— Je n'étais pas venu ici avec l'intention de rester. Je suis venu t'aider
et… Au diable tout ça, je suis tombé amoureux. Pourquoi donc est-ce que je
lutte aussi fort? Je peux vendre mon appartement à New York et acheter la
moitié de la ville ici, si je veux. Je peux vivre ici et prendre l'avion pour New

York quand j'en ai besoin, et je peux vous emmener, Enrique et toi, avec moi. Peut-être que nous pourrions passer une partie de l'hiver autre part.

— Mais nous devons être ici pour le Fur Rendezvous et l'Iditarod [2], contra son père en lui souriant. Tu vois, ce n'était pas si difficile.

— Non.

Il y avait quelque chose dans cet endroit qui lui permettait de voir et penser clairement. Devon démarra le moteur et laissa lentement glisser le pick-up le long de la route. Ils dépassèrent la zone où les mineurs travaillaient toujours, et Devon serra les dents en y passant.

— Papa, je pense que je suis prêt à simplement rentrer à la maison.

Son père se rassit confortablement sur son siège, riant tout haut.

— Ce que tu veux dire est que tu as découvert ce qu'était véritablement ta maison. Et qui c'était.

— Oui, d'accord. Tu as raison. Tu peux sourire autant que tu veux, parce que tu avais raison.

— Quel goût a cette admission ?

— Comme l'écureuil que tu as attrapé en mars une année quand nous étions incapables de sortir pendant deux semaines et que nous n'avions plus de viande, avoua-t-il en jetant un coup d'œil à son père, qui frissonna.

— Oui, cette chose était horrible, mais nous avons survécu jusqu'à ce que je puisse abattre cet élan.

Cela avait été illégal à ce moment-là, mais l'hiver avait été si rude cette année-là que chasser pour vivre avait été leur seule chance de survie, et cet élan avait été partagé avec au moins six autres familles. Son père lui tapota la jambe.

— Les gens d'ici ont traversé beaucoup de choses. Ce n'est pas un endroit pour les âmes sensibles, et tu as déjà prouvé que tu as des nerfs d'acier.

— Je sais, Papa. J'ai quelque chose à te montrer.

Il continua à conduire et s'arrêta sur le parking du centre communautaire. Il attendit que son père descende, et ils entrèrent ensuite. Mme Fitz était là, avec un grand nombre d'enfants et certaines de leurs mères. Il dit bonjour et ouvrit la salle communautaire.

— Assieds-toi.

— Puis-je la voir également ? demanda Mme Fitz.

2 Festival hivernal et course de chiens de traîneaux.

Devon hésita, avant de hocher la tête. Il ne leur montra pas le portrait d'Enrique, mais il retourna *Hatcher Pass*.

Mme Fitz haleta, et son père inspira brusquement.

— C'est… commença-t-elle, avant de s'arrêter. Je ne sais pas quoi dire. Je dirais que c'est magnifique, mais ce n'est pas le bon mot. Je suppose que puissant est ce que je recherche.

Elle avança pour se tenir plus près.

— Stupéfiant, dit son père qui resta assis. C'est brillant, simplement incroyable.

— J'ai déjà appelé la galerie. Ils la veulent vraiment, et Roz travaille sur la publicité.

— Eh bien, nous en avons besoin, affirma son père. Je n'ai jamais compris l'art. Pas vraiment. Mais cette œuvre, je la comprends. Je la comprends et je l'aime… Et en même temps, je ne veux jamais la revoir. Je ne veux pas penser à notre col ressemblant à ça. Mais…

— Il pourrait y ressembler si nous ne nous battons pas, déclara Mme Fitz alors qu'elle sortait son téléphone.

— S'il vous plaît, pas de photos, demanda doucement Devon.

Il n'était pas prêt à en perdre le contrôle. Pas encore. Pour l'instant, c'était toujours son œuvre, mais il savait qu'un jour ou l'autre, elle appartiendrait au monde. C'était ce qui se passait avec chaque œuvre d'art. L'artiste devait la laisser partir. Devon n'était simplement pas encore tout à fait prêt.

— C'est magnifique, n'est-ce pas ? intervint Enrique depuis le pas de la porte. J'ai vu les lumières ici et j'ai pensé que ça pourrait être toi.

Il avança jusqu'à Devon et l'embrassa.

— Que faites-vous ? demanda Devon à Mme Fitz après que le baiser d'Enrique lui avait presque embrouillé le cerveau.

— J'avertis quelques-uns de mes contacts, l'informa-t-elle en tapotant son épaule, que le célèbre artiste local Devon Starr vient juste de finir l'œuvre de sa vie et que, s'ils veulent un entretien exclusif, ils doivent être les premiers à te contacter. J'ai ajouté ton e-mail. Tu as dit que tu voulais de la publicité. Voyons si nous ne pouvons pas en faire nous-mêmes.

— Est-ce que ça va ? demanda Enrique.

— Oui. Je ne voulais pas que cette œuvre soit une prise de position politique, du moins pas quand j'étais en train de la créer. Je peignais ce qui était important pour moi. Mais si ça peut aider à arrêter la mine, alors allons-y. J'ai déjà demandé de l'aide à ma galeriste à New York. Alors, peut-être que quelque chose arrivera.

Devon était bien conscient de la nature capricieuse de ces choses-là, alors ils allaient simplement devoir attendre de voir.

— Bien, confia Enrique. Parce que nous n'avons que quelques jours. Les mineurs attendent leur approbation dans la semaine, ce qui signifie que si nous avons une chance d'y mettre un terme, nous devons le faire maintenant.

Devon n'était pas sûr de la vitesse à laquelle tout ceci pouvait se produire. Les choses comme la publicité et piquer l'intérêt des gens avaient souvent leur propre timing.

— Alors je vais passer quelques appels, déclara Mme Fitz.

— Avez-vous de l'influence ?

— Un des producteurs et deux des présentateurs des journaux locaux sont d'anciens élèves, révéla-t-elle avec un sourire. Comme je l'ai dit, je vais passer quelques appels pour ajouter un peu de pression. Mais s'ils peuvent avoir une histoire juteuse, ils la prendront.

— D'accord. Si la peinture peut les intéresser, alors utilisez-la. Si me parler peut aider, offrez ça. Je suis connu pour éviter les interviews et autres choses du genre à New York, alors mettez ce fait en valeur.

— Pourquoi ? s'étonna Enrique.

— J'ai le trac, expliqua Devon en essayant de se calmer. Je dois presque me forcer pour parler et rencontrer les gens lors des inaugurations. Roz dit que ça aide à mieux vendre, et j'aime manger, alors je le fais. Mais je n'aime pas ça. Je le ferai, si ça signifie que nous pouvons arrêter définitivement ces gens. Attirez l'attention avec ce que vous pouvez. Soumettez simplement toute promesse à Enrique ou moi avant de les faire.

Enrique resserra la prise sur sa taille.

— Je te fais confiance, ajouta doucement Devon pour que lui seul puisse entendre.

— Hé. C'est dimanche et c'est supposé être un jour de repos.

— Oui. Mais il y a tant à faire, répliqua Mme Fitz.

Elle quitta la salle, et Devon sourit quand il l'entendit donner des instructions à tout le monde dehors. Cette femme pouvait déplacer des montagnes si ça devenait nécessaire. Devon se demanda si ça pourrait bien être le cas.

DEVON RAMENA son père au chalet et s'assura qu'il avait tout ce dont il avait besoin pour la soirée.

— Je vais bien. Lucy va passer ce soir.

Il était incroyable de voir son père avec une expression amoureuse. Devon pouvait se souvenir de lui regardant sa mère de cette façon. En fait, il était pratiquement sûr qu'il l'avait vu ainsi. C'était agréable de simplement le voir heureux de nouveau.

— Rentreras-tu plus tard ce soir ?

— J'en doute. Alors, si tu veux avoir une invitée pour la nuit, vas-y. Assure-toi juste de prendre tes cachets ce soir et de beaucoup te reposer.

Il n'était pas sûr que le médecin de son père dirait que le sexe était une bonne idée, mais Devon n'allait pas entrer dans ces détails avec son père. Il était adulte et, s'il souhaitait exprimer ses sentiments de cette manière, alors qui était Devon pour lui dire le contraire ? Après tout, il avait l'intention d'exprimer des sentiments avec Enrique après un dîner spécial ce soir.

— Devon.

Son père utilisait ce ton d'avertissement quand Devon était enfant. À l'époque, ça fonctionnait, mais maintenant, ça le faisait simplement sourire. Seigneur, c'était amusant.

— Si tu veux que nous soyons amis, alors tu ne peux plus utiliser ta voix paternelle. Je suis ton ami, et les amis se taquinent sur le sexe. Quoique, dans cette amitié, je veux souligner qu'il n'y a pas besoin d'entrer dans les détails. D'accord ?

— Amen, accepta son père en levant la main.

Ils ricanèrent tous les deux.

— Maintenant que nous avons écarté ce sujet, je vais préparer certaines choses. Je veux essayer de faire un truc spécial pour le dessert ce soir. Enrique a dit qu'il allait cuisiner, mais je veux aider à préparer quelque chose.

— Fils, abandonne. Tu es talentueux dans bien des domaines, mais dans la cuisine, tu as eu le lot de consolation... de ma part. Malheureusement, tout ce que tu as gagné dans ce concours est de savoir comment passer une commande à emporter. Enrique est un incroyable cuisinier, alors laisse-le s'occuper de toi, conseilla son père avec un soupir. Parfois, le meilleur cadeau que tu puisses offrir à quelqu'un est de le laisser faire ce qu'il fait le mieux. Ta mère était une femme formidable. Sans elle, j'aurais vécu dans une cahute quelque part au milieu de nulle part, mourant de faim et démuni. Ta mère a bâti ce foyer et m'a montré à quel point ça pouvait être merveilleux de vivre dans un seul endroit, avec une seule personne.

— Tu n'as jamais vraiment parlé de Maman après sa mort, souffla Devon, ayant du mal à déglutir.

Mince, c'était probablement la plus longue tirade que son père ait dite sur elle en une fois, d'après ce dont il pouvait se souvenir.

— Je suis désolé, s'excusa-t-il en se penchant en avant, et Devon fit pareil. J'aurais probablement dû parler plus, mais c'était si difficile. Ta mère me manque chaque jour, elle est en moi. Il n'y a pas une heure où je ne pense pas à elle, mais même maintenant, c'est dur d'en parler. Elle remplissait ma vie… et elle lui a donné un sens.

— Je sais exactement ce que ça fait, acquiesça lentement Devon.

— Alors, pour l'amour de Dieu, accroche-toi à ça des deux mains et ne le laisse jamais partir. Si quelque chose essaie de vous séparer, tu te bats et tu t'y accroches encore plus fort.

Son père attrapa un mouchoir et s'essuya les yeux. Devon se détourna pour regarder le lac par la fenêtre, afin de lui donner un peu d'intimité.

— J'ai été assez chanceux pour avoir eu un de ces instants coup de tonnerre avec ta mère. La première fois que je l'ai vue, elle m'a coupé le souffle, et j'ai passé les vingt années suivantes à essayer de l'attraper de nouveau. Si tu reçois la même chose, alors c'est l'univers qui te fait un cadeau, expliqua-t-il avec un hochement de tête, les deux mains sur les accoudoirs. Je crois fermement que, quand on te fait ce genre de cadeau, si tu lui tournes le dos, alors l'univers trouvera un moyen de te le faire payer… et le karma est une garce que tu ne veux pas énerver.

— J'ai compris ton argument, Papa, lui dit Devon. Et je sais que Maman et toi, vous vous aimiez. Mais je dois te dire la même chose. Maman voudrait que tu sois heureux, et moi aussi. Si Lucy est la personne qui te rend heureux, alors tu dois t'ouvrir à l'amour également et le retenir.

Son père hocha lentement la tête, avant de lui demander, renvoyant à Devon une de ses propres questions.

— Quand es-tu devenu si sage ?

— J'ai eu un bon exemple, répliqua-t-il en se levant et se penchant vers son père pour l'étreindre.

Celui-ci retourna l'étreinte, tapotant son dos.

— Va retrouver Enrique. Passez tous les deux une bonne soirée, et si tu veux lui ramener quelque chose, je suggère que tu regardes dans le jardin. Tu pourrais y trouver un truc spécial à rapporter.

— Merci, Papa. As-tu tout ce qu'il te faut pour dîner ?

— Oui.

La courbe de ses lèvres dit à Devon tout ce qu'il avait besoin de savoir.

— Tu as des projets pour ce soir, s'amusa-t-il à le taquiner. Je vais bientôt partir, mais tu diras à Lucy que je la salue et que vous devez essayer de ne pas faire trop de bruit. Pas besoin d'effrayer les huards sur le lac.

Devon rigola alors qu'il quittait la pièce, sachant que son père devenait rouge vif.

Quand il était enfant, Devon avait été réveillé plus d'une fois par les ébats amoureux pas très discrets de ses parents. Oh, ils pensaient qu'ils étaient silencieux, mais parfois ils s'oubliaient. Cela avait été terrifiant à l'époque, et il avait mis un coussin sur sa tête pour s'empêcher d'entendre. En tant qu'adulte, et avec du recul, il pouvait être heureux que sa mère et son père aient partagé ce genre d'amour. C'était inspirant, tant qu'il n'y réfléchissait pas de trop près.

Devon prépara un sac pour la nuit, et après un arrêt rapide dans le jardin pour voir ce qui était mûr, il décida de marcher jusqu'au Comptoir. C'était une superbe journée, et il apprécierait un peu de temps dehors à l'air frais avec la brise parfumée par le lac. Il sourit pendant qu'il marchait, pensant à Enrique. Pendant des jours, ses pensées avaient été centrées sur lui, mais d'une manière différente. Il l'avait peint, alors il l'avait vu et pensé à lui de différentes façons – visuellement, spirituellement, et en particulier ce qu'il ressentait pour lui. Devon avait imprégné la version peinte de tout ce qu'il pouvait, mais maintenant, il avait la vraie version, le Enrique en chair et en os.

Il frappa à sa porte et entra, l'odeur d'ail, de beurre, d'herbes, et Dieu seul savait quoi d'autre, l'attira plus avant jusque dans la cuisine d'Enrique, où il l'embrassa. Celui-ci avait goûté sa cuisine, et ses lèvres explosaient de richesse. Devon gémit doucement, enroulant ses bras autour de lui, approfondissant le baiser.

— Veux-tu que je mette le dîner de côté pour l'instant ? demanda Enrique, son ton rugueux et bas.

Bon sang, Devon était tenté, mais il secoua la tête. L'anticipation constituait la moitié du plaisir.

— Nous pouvons attendre. Y a-t-il quelque chose que je peux faire pour t'aider ? Tu sais que je ne suis pas doué en cuisine, mais j'aime penser qu'on peut m'apprendre.

Il se rapprocha, étreignant Enrique alors qu'il inspirait son odeur incroyable.

— Non, je pensais faire quelque chose de simple. Alors j'ai fait des pâtes, et il me restait du pesto de la dernière fois où je suis allé à Anchorage, et j'ajoute du poulet et quelques autres surprises.

— L'une d'elles ne serait-elle pas les piments que je vois sur le plan de travail ?

— Juste un peu pour ajouter de la chaleur en fin de bouche. Pas assez pour rendre le tout épicé. Simplement un peu différent. Va mettre de la musique et…

Il lui tapota l'épaule quand un fracas à l'extérieur coupa ses mots. Enrique avait déjà éteint la gazinière, et Devon courut derrière lui. Dehors, ils ne virent tout d'abord rien, et Enrique longea lentement le côté du bâtiment vers le parking à l'avant, où une pile de terre boueuse était posée au centre.

— C'est quoi ce bordel ? interrogea Devon, mais Enrique était déjà au téléphone.

— Il semble que nos amis mineurs nous aient laissé un petit message, dit-il à la personne qui était à l'autre bout de la ligne. Oui… Ils ont déversé un chargement de terre sur le parking… Oui, exactement ce que je pensais. Merci. Craig et les garçons sont en route, annonça-t-il après avoir raccroché.

— Que vas-tu faire de ça, et pourquoi diable quelqu'un ferait une telle chose ?

— Intimidation, soupira Enrique. Ils veulent que nous obéissions.

Il contourna l'énorme tas de terre et de pierres.

— Mais… c'est plutôt stupide, s'étonna Devon en essayant de comprendre. Qu'est-ce qu'ils s'attendaient à en retirer, bordel ? Quel genre de message ça envoie ?

— Qu'ils peuvent être perturbateurs quand ils veulent. Si nous ne coopérons pas, ils perturberont les affaires et qui sait quoi d'autre.

— Pourquoi as-tu appelé Craig ?

Devon n'était pas sûr de vouloir le voir, mais il supposait qu'avec de la chance, Craig ne se souviendrait de rien de cette nuit-là. Et si c'était le cas, peut-être qu'ils pourraient tous les deux redevenir amis.

— Son père a toujours la chargeuse compacte, les garçons et lui viennent ici avec, expliqua Enrique avec un sourire en désignant l'autre côté du bâtiment. Avec toute cette pluie et le ruissellement venant du parking, une partie de ce coin a été emportée. J'ai pensé qu'avec la chargeuse, nous pourrions utiliser notre petit cadeau pour combler. J'allais devoir y faire quelque chose, de toute façon, alors… Ils m'ont fait une faveur, et j'ai un chargement gratuit de terre. Fais-moi penser à envoyer une carte de remerciement à M. Pett.

Il rigolait quand Craig se gara sur le bord de la route dans la chargeuse avec les deux garçons dans la cabine. Ils en sautèrent dès que Craig s'arrêta, se précipitant avec enthousiasme vers eux deux pour avoir des câlins.

— Que veux-tu faire avec ça ? demanda Craig.

Il avança à grandes enjambées. Enrique lui expliqua, et Craig hocha la tête.

— Ce n'est pas un problème. Je peux faire ça rapidement.

— Merci, dit Enrique avant de se tourner vers les garçons. J'ai une bonne crème glacée à l'intérieur. Entrez, et vous pourrez en avoir.

Il fit passer les garçons bondissants par la porte d'entrée après l'avoir déverrouillée, et Devon s'écarta du passage alors que Craig faisait tourner la chargeuse.

— Merci, lui répéta Devon en agitant la main avec un sourire.

Le moteur s'arrêta presque immédiatement, et Craig descendit. Son regard descendit sur le sol pendant juste une seconde.

— Quoi ? questionna Devon.

— Je me souviens de cette nuit-là.

— C'est pour ça que tu es resté à l'écart ?

Il n'avait pas parlé à Craig, excepté en passant depuis cette nuit-là, et cela avait du sens maintenant. Devon se sentait toujours bizarre à ce propos. Il se rapprocha pour ne pas avoir à parler trop fort.

— Je ne savais honnêtement pas si tu te souvenais de ce qui s'est passé. Les choses sont différentes, Craig. J'aime Enrique.

Il n'était pas sûr de savoir quoi dire d'autre, alors il se tut.

— Je sais que tu l'aimes. C'est évident, assura Craig avant de soupirer, les lèvres recourbées vers le bas et les yeux remplis de tristesse. Enfin, disons que je vois la façon dont tu le regardes et je sais comment tu avais l'habitude de me regarder. J'ai fait des erreurs dans ma vie et des choses que je regrette. Te blesser est l'une d'elles. Mais une de mes erreurs m'a amené mes fils, et je ne regretterai jamais ça.

— Et tu ne devrais pas le regretter.

Devon relâcha un long soupir et, avec, le reste des années de douleur et de déceptions. Il s'en souviendrait et apprendrait d'elles, mais il n'allait plus s'appesantir dessus.

— Je t'ai tenu pour responsable, pendant beaucoup d'années, de mon alcoolisme, avoua-t-il quand Craig se retourna.

Il s'arrêta et pivota lentement pour lui faire face.

— Je t'ai tenu pour responsable, parce que je t'aimais et que tu ne me rendais pas cet amour... Ou tu l'as fait et tu ne me voulais pas, expliqua-t-il avant de lever les mains. Rien de tout ça n'a d'importance maintenant. Parce que tu n'étais pas à blâmer. C'était moi. Je buvais et je me suis dit que c'était à cause de toi, parce que je voulais t'oublier.

Il cligna des paupières, alors qu'une vague d'émotion refoulée le submergeait comme un tsunami. Mais il ne céda pas ni ne fondit en sanglots. À la place, cette fois, quand cette douleur se montra, il tint bon, quelque chose qu'il n'avait jamais fait avant.

— Je ne savais pas, murmura Craig alors que quelques voitures passaient sur la grande route.

— Ça n'a pas d'importance que tu l'aies su ou pas. Parce que tu n'avais rien à voir avec ça.

— Si j'avais su, répliqua Craig en secouant la tête, ses mots devenant rauques, j'aurais pu t'aider. Je... J'ai foiré tant de choses.

— Je pense que nous en avons foiré tous les deux, mais je m'en suis sorti et je suis heureux maintenant. Je veux la même chose pour toi. Avec la personne qui, selon toi, te rendra heureux, ajouta Devon en forçant un sourire. Sois simplement heureux, Craig. Toi et moi étions amis pendant des années. J'espère vraiment que nous le sommes toujours et pouvons l'être dans le futur. Parce que tu es mon ami.

Devon se tint immobile pendant quelques secondes, puis il avança, tirant Craig dans ses bras.

— Tu es mon plus ancien ami.

Il relâcha Craig et recula. Craig semblait un peu sous le choc, et peut-être que Devon l'était aussi. Il avait pensé qu'il avait déjà fait face à ses sentiments pour Craig, mais, en même temps, peut-être qu'il ne l'avait pas fait. Au moins, maintenant, les choses paraissaient résolues.

— Papa, crème glacée! appelèrent les garçons depuis la porte. Dépêche-toi.

Craig ramena son attention vers ses fils, puis son regard tomba de nouveau sur Devon. Celui-ci sourit, et Craig bondit sur la chargeuse et se mit au travail, enlevant la terre du parking. Comme il l'avait dit, à la vitesse à laquelle il travaillait, ça ne prendrait pas longtemps.

— Tu en veux? demanda Enrique.

Il rejoignit Devon avec un bol de crème glacée chocolat. Il lui en offrit une bouchée, et Devon la prit.

— Merci, dit-il avec un sourire. Lui et moi avons parlé.

— As-tu obtenu ce dont tu avais besoin de lui ? interrogea Enrique.

Devon s'appuya contre lui, et son amant passa les bras autour de sa taille.

— En fait, oui et non. En gros, j'ai pu dire les choses que j'avais besoin de dire afin de tourner la page. Je soupçonne que lui et moi pourrions être amis, mais je sais que ce ne sera jamais rien d'autre que ça, annonça-t-il en se tournant vers Enrique avec un large sourire. Tous ces sentiments entortillés que j'avais pour lui sont finis.

Il était assez fier de lui aussi. Il avait fait ce dernier pas pour véritablement déposer ses problèmes sur lui-même plutôt que de les attribuer à quelqu'un d'autre.

— Viens. J'ai besoin de voir ce que font les garçons, et Craig semble avoir presque fini.

Enrique le serra doucement, et ils allèrent ensuite à l'intérieur.

Les garçons étaient assis à une des tables du restaurant, se souriant alors qu'ils finissaient leur crème glacée. Devon et Enrique se joignirent à eux et s'assurèrent qu'il y avait une chaise pour Craig. Il entra quelques minutes plus tard.

— La personne qui a déversé cette terre t'a fait une énorme faveur. J'ai pu remplir cette partie. Il faudra peut-être niveler un peu, jettes-y des graines pour pelouse, et ça devrait être bon, affirma-t-il en s'asseyant.

— Nous avons vanille, chocolat et fraise, annonça Enrique.

— Fraise, répondit Craig.

Devon se retrouva à sourire. Certaines choses ne changeaient jamais, et c'était bien.

— Merci de nous avoir aidés avec ça, ajouta Enrique alors qu'il posait son bol.

— Nous devons nous débarrasser de ces gens et nous devons le faire vite, observa Craig, en commençant à manger.

Il n'y avait aucun doute là-dessus.

— Nous y travaillons tous, apaisa Enrique.

Devons pouvait presque lire dans son esprit. Suffisamment de personnes avaient semé des graines. Maintenant, ils avaient besoin qu'au moins l'une d'elles porte ses fruits.

XI

BILLY GLOUSSA quand Enrique le chatouilla, et Joey grimpa sur les genoux de son père.

— Est-ce qu'Oncle Devon et toi allez vous marier? demanda-t-il très sérieusement.

Enrique lâcha presque Billy et le remit précipitamment debout.

— Je vous ai vus vous embrasser dehors. Joey et moi avons regardé par la fenêtre.

Il mit la main sur sa bouche, probablement parce qu'il venait juste de réaliser qu'il avait dit quelque chose qui allait lui valoir des ennuis.

— Et vous vous regardez avec des yeux de merlan frit.

Billy ricana, et Enrique recommença à le chatouiller.

— Comment sais-tu ce genre de choses? taquina Enrique.

— Joey l'a dit, ajouta Billy en jetant rapidement son frère sous le bus.

— D'accord, dans ce cas, intervint Devon.

Les yeux de Craig étaient sur le point de sortir de leurs orbites. Enrique pensa le sauver d'un anévrisme.

— Oncle Devon et moi sommes des petits amis. D'accord? Ça ne signifie pas que nous allons nous marier. Lui et moi parlerons de ces choses-là quand ce sera le bon moment. Tu peux nous poser des questions si tu veux, enjoignit Enrique en croisant le regard de Billy. Ce n'est pas grave. Et en ce qui concerne les yeux de merlan frit, les gens qui s'aiment bien s'embrassent parfois et se serrent dans les bras. Il n'y a rien de mal à ça. D'accord?

— Oui, dirent-ils tous les deux solennellement.

— Bien. Aucun de vous n'a d'ennuis, mais si vous voulez savoir quelque chose, c'est mieux de me demander, ou à votre père, ou à Oncle Devon. Nous promettons de vous dire la vérité. D'accord?

Ils hochèrent tous les deux la tête avec sérieux, et Joey descendit des genoux de son père.

— Pouvons-nous jouer à des jeux?

Il désigna du doigt le salon, et Enrique acquiesça. Ils partirent tous les deux à toute vitesse.

— Les garçons sont incroyables, Craig, constata Devon.

— Oui, ils le sont. Et je ne sais pas ce que je vais faire quand ils déménageront de l'autre côté du pays. J'aime cet endroit. C'est mon foyer, et c'est le leur aussi.

— Tu pourrais dire non à Jeanie, dit Enrique.

— Oui, lâcha Craig avec un soupir, mais ça serait vraiment un sale coup. Elle a une chance d'être heureuse, et nous en méritons tous une. Pas vrai, Devon?

— Oui. Et ça t'inclut aussi, tu sais, ajouta Devon. Mais les garçons passeront quand même les étés ici avec toi, et tu peux prendre l'avion pour aller les voir là-bas comme tu le fais maintenant. Ça prendra plus longtemps pour y arriver, mais tu peux quand même le faire.

— Je sais.

Il se réinstalla dans sa chaise, perdu dans ses pensées, et Enrique partagea un regard avec Devon. Il ne voulait pas bousculer Craig et les garçons, mais il avait toujours un dîner à préparer, et Devon et lui avaient une soirée spéciale programmée.

Les garçons revinrent avec un jeu de société et les convainquirent de jouer. Heureusement, Craig déclara une seule partie, et ce fut assez rapide. Après ça, Craig ramena les garçons chez eux, et Enrique le remercia encore une fois pour son aide. Puis il verrouilla la porte d'entrée et prit Devon par la main, le ramenant vers l'appartement.

Il était tard, et Enrique fit chauffer l'eau et termina de préparer le dîner.

—As-tu manqué le fait que, pendant une nuit comme celle-ci à New York, tu pourrais simplement commander quelque chose pour le faire livrer et tu n'aurais pas à attendre pour ça?

Il termina la préparation aussi vite qu'il l'osa et mélangea le pesto et les pâtes dans un saladier avant de séparer leurs portions. Par chance, la salade était déjà prête.

— Pas vraiment, répondit Devon en prenant sa main une fois qu'Enrique fut assis. Il y a des choses qui me manquent à propos de New York. Comme pouvoir obtenir pratiquement n'importe quoi à n'importe quel moment. Il y a des boutiques pour tout.

— Nous avons ça ici. Ça s'appelle Internet, ne put s'empêcher de charrier un peu Enrique.

— Oui. Peux-tu imaginer comment cette grande toile que j'ai achetée arriverait si je la faisais expédier?

— Elle a dû être expédiée à Anchorage. N'est-ce pas ? Presque tout est expédié jusqu'ici. C'est pour ça que la plupart d'entre nous ont des jardins ou chassent.

— Je le savais à une époque. Mais je suppose qu'il est facile de s'habituer à tout avoir au bout des doigts, quand on le veut. Mince, c'est bon, s'exclama-t-il après avoir pris une bouchée et avalé.

Enrique pouvait le comprendre et, franchement, il était un peu inquiet que leur petite ville à une heure ou plus d'Anchorage ne soit jamais suffisante pour intéresser Devon.

— Qu'est-ce qui ne te manquera pas ?

Devon ricana.

— L'odeur de la ville. Seigneur, après une averse, ça va, mais en été, les poubelles sentent extrêmement mauvais, et les rues deviennent un truc dégueu qui sent comme une carcasse dans un nid-de-poule. Ne t'inquiète pas, assura-t-il en lui serrant la main. Je sais ce que je veux et ce qui est réellement important. Je vais probablement devoir retourner à New York de temps en temps, mais ici, c'est mon foyer. Tu es mon foyer.

— Je dois te demander – comment peux-tu en être si sûr ? Enfin, tu as passé un long moment là-bas et tu dois ressentir quelque chose.

Enrique reposa sa fourchette. Il n'avait pas voulu avoir une conversation si sérieuse, mais elle semblait simplement sortir d'elle-même.

— Je ressens quelque chose. J'apprécie New York. Tu vois, la ville est intéressante, mais pas autant que tes profonds yeux marron. Et il y a des choses à voir là-bas, mais rien qui ne ressemble au lac et aux montagnes ici. Maintenant, je dois te dire que, quand janvier arrivera, je pense que j'aurai envie de déguerpir d'ici pendant quelques semaines, pour aller probablement dans un endroit chaud et ensoleillé. Peindre sur la plage ou ne faire absolument rien... avec un peu moins qu'un maillot de bain et un t-shirt.

— Je ferme le Comptoir durant janvier et rouvre plus tard dans la saison, confia Enrique, son cœur battant un peu plus vite.

Il était difficile de battre le sourire de Devon et celui-ci était radieux au-delà des mots.

— Alors je dirais que toi et moi avons rendez-vous avec une plage. Je ne veux pas être sans toi. C'est aussi simple que ça.

Le téléphone de Devon sonna, et il le sortit de sa poche.

— Je rappellerai plus tard, dit-il, mais sa main se figea quand il regarda l'affichage. Je dois répondre.

Il se leva et s'écarta de la table.

— Qu'est-ce que tu as, Roz, et est-ce qu'il t'arrive de dormir ?

Il ricana. Enrique continua à manger, mais reposa sa fourchette quand les lèvres de Devon dessinèrent un large sourire.

— Tu te fous de moi ? Tu me veux où... quand ?

Il était soudain fébrile, et Enrique croisa son regard.

— Elle veut que je prenne l'avion jusqu'à New York pour une interview sur *Prime Time* de CNN, lui expliqua Devon avant de reprendre au téléphone. Roz, je sais. Mais la peinture est ici, et elle ne peut pas encore être expédiée. Elle n'a pas eu le temps de durcir correctement, et l'huile doit sécher, tu le sais. Elle ne peut pas être déplacée.

Il continua à écouter, et Enrique devint agité et nerveux.

— Oui, ils peuvent venir ici. Dis-leur qu'ils peuvent parler à toute la ville s'ils veulent... Je vois... lâcha-t-il, ne semblant plus aussi excité. Enfin, amène-les simplement ici, d'accord ? Je ferai le reste. Oui, je sais que je suis connu pour ne pas faire ce genre de choses. Ça me retourne le ventre, mais je ferai tout ça pour la ville. Je vais te mettre sur haut-parleur, Roz.

Il tendit la main, et Enrique la prit. Devon appuya sur un bouton et posa le téléphone sur la table.

— Roz, voici Enrique.

— Bonjour Enrique, salua une chaude voix féminine.

— Bonsoir Madame. Il doit être tard chez vous.

— Je ne dors jamais. Devon le sait, contra-t-elle, paraissant amusée.

— Enrique est mon petit ami, déclara Devon, et ils partagèrent un rapide sourire. Lui et moi avons tout mis au clair, mais, euh, je ne sais pas comment te dire que je veux construire une vie avec lui.

— Excellent, s'extasia Roz, son ton semblant sincère. Comment va ton père ? Quand penses-tu que vous deux pouvez venir à New York ? Avec la peinture et ce nouvel amour, nous pouvons vendre tout ce que vous avez. Je suis sûr que Devon t'a dit que, pour ce qu'il fait, c'est le centre de tout.

Elle ressemblait à une boule d'énergie.

— D'accord... coupa doucement Devon. Roz, Enrique est un artiste incroyable. Tu te feras dessus quand tu verras ses œuvres. Mais ce que j'essaie de te dire, c'est que lui et moi allons rester ici. Je quitte New York pour rentrer chez moi. Et, enfin... tu as vu la toile. Ça le fait pour moi, ici.

Ils échangèrent un sourire, et Devon s'appuya contre l'épaule d'Enrique.

— Devon... commença-t-elle, son ton faisant se tendre Enrique.

— Roz. Je souhaiterais que tu puisses venir ici et voir ce que je vois. Tu as vu les photos, et je travaille sur encore plus de choses. L'art est toujours vivant, et moi aussi, expliqua Devon. Et je sais où est ma place et ce dont j'ai besoin dans ma vie. Et ce que je veux.

— Nom d'un chien, jura Roz.

Puis la ligne devint silencieuse avant qu'elle renifle.

— Roz...

— Je vais bien. C'est juste qu'il était temps que tu trouves quelqu'un pour faire s'envoler ton cœur. Il le fait, n'est-ce pas ?

Devon se tourna vers lui et l'embrassa.

— Oui, il le fait, chaque fois que je le regarde. Et si tu veux savoir à quoi il ressemble, regarde simplement les photos de la peinture que je t'ai envoyées. Mais tu ne peux pas l'avoir, parce que c'est à Enrique. Je l'aime, déclara-t-il doucement, faisant faiblir les genoux de son amant. Nous devons y aller, alors fais-moi savoir ce qu'ont dit les journalistes.

— Je soupçonne qu'ils viendront à toi, lui dit Roz. Ils étaient très excités. Bonne nuit.

Elle termina l'appel, et Enrique guida Devon hors de la pièce et loin du téléphone et de ce qui restait de leur repas.

— As-tu encore faim ? demanda Enrique.

— Seulement de toi, murmura-t-il en secouant la tête.

Leurs lèvres se trouvèrent, alors qu'ils tombaient sur le lit.

— Je t'aime, répéta Devon. Peut-être que je t'ai aimé depuis longtemps et que j'étais trop aveuglé par d'autres choses pour le voir.

— Et je t'aime aussi.

Enrique se sentit faire le grand saut auquel il avait résisté, peut-être pendant trop longtemps. Son cœur s'était envolé quand Devon avait dit à son agent qu'il restait.

— Mais... et tous ces trucs avec la galerie et le besoin d'être à New York et... ?

— J'irai – nous irons. New York et le monde de l'art peuvent aller très bien sans moi. Mais je ne pense pas que je puisse vivre plus longtemps sans cet endroit et sans toi. Je pensais que New York était ma maison, mais ça ne l'a jamais été. Ça a toujours été ici, en train de m'attendre.

Les yeux de Devon s'embuèrent, et Enrique essuya les larmes qui menaçaient, puis combla la distance entre eux.

Le baiser fut fracassant, et Devon se cramponna à lui comme s'il allait voler en éclat. Peut-être qu'il allait le faire, parce qu'Enrique savait que, s'il était séparé de lui pendant plus que quelques secondes à cet instant, il allait exploser en un million de petits morceaux.

Enrique retira lentement les vêtements de Devon, et les siens rejoignirent ensuite la pile. Il n'avait jamais réfléchi à quel point être peau contre peau pouvait être spécial.

— Qu'y a-t-il? chuchota Devon.

— J'aime regarder dans tes yeux, répondit Enrique avec un sourire, mais je veux que tu fasses quelque chose pour moi. Ferme-les et allonge-toi.

Il attendit que Devon s'exécute. Puis il retira le lien de ses cheveux et les secoua.

— J'aime ça, dit Devon.

— Tu regardes, réprimanda Enrique.

— Je ne regarde pas. Je peux sentir ton shampoing. Tu dois avoir lâché tes cheveux. Ils sentent toujours – oh Seigneur…

Enrique se pencha en avant et laissa ses cheveux glisser sur les épaules de Devon puis le long de son torse.

— Doux Jésus, c'est comme un rêve devenu réalité.

Enrique lâcha un rire du plus profond de sa gorge, laissant ses cheveux se draper sur Devon alors qu'il le prenait entre ses lèvres. Mon Dieu, il avait bon goût, et Enrique glissa lentement ses lèvres le long du membre, prenant Devon de plus en plus loin.

— Putain de merde, c'est…

Devon posa les mains sur la tête d'Enrique, la pression douce mais insistante. Il fut reconnaissant que Devon n'essaie pas de le pousser vers le bas. Il aimait être celui qui menait le train à des moments comme celui-là.

— Ne t'arrête pas… s'il te plaît… supplia doucement Devon. C'est un rêve devenu réalité. Tes cheveux sont comme des petits doigts soyeux, et j'aime cette sensation.

Enrique aimait le quasi-désespoir dans sa voix.

— Utiliseras-tu tes cheveux… commença-t-il avant de marquer une pause, sur mon sexe?

Enrique lui fit plaisir pendant quelques secondes.

— C'est ce que tu voulais?

Devon prit ses joues en coupe et guida Enrique vers le haut jusqu'à ce que leurs lèvres se retrouvent.

— C'était merveilleux, et je sais autre chose.

— Qu'est-ce que c'est?

— Parfois, les fantasmes devraient simplement rester des fantasmes. J'aime toujours tes cheveux, mais je pense que j'aime tes mains… déclarat-il en tirant sur elles et embrassant la paume, avant de se rasseoir pour un baiser profond… et tes lèvres… tellement plus. Elles sont magiques, et je ne pense pas que j'en aurai un jour assez.

Enrique frissonna et serra Devon plus fort pendant qu'il écartait ses jambes avec ses genoux et les remontait ensuite.

— Moi aussi. Je pourrais rester comme ça avec toi pour toujours.

Il eut un large sourire, alors que Devon lui lançait un regard noir.

— Qu'est-ce qui est aussi amusant ?

— Tu sais, tu es si prompt à vouloir partir durant l'hiver. Mais tu sais que, bien que les hivers ici soient longs, il y a plein de temps pour se reposer et… enfin, de longs hivers signifient de longues nuits froides. Et la meilleure façon de rester au chaud…

Il referma la distance entre eux.

— Je suis totalement pour. Et tu sais quoi ? Je suis pour que tu m'emmènes pour un aller-retour vers la lune.

Les yeux de Devon devinrent sombres et sa respiration superficielle, sortant presque en halètements. Enrique attrapa ce qu'il fallait et, lentement, doucement – jusqu'à ce que Devon supplie – toucha et le remplit en utilisant ses doigts. Il avait pleinement l'intention de s'assurer qu'il était prêt, ce qui voulait dire une certaine quantité de suppliques, et il enfonça ensuite lentement son membre recouvert d'un préservatif en Devon, content que les murs entre l'appartement et le Comptoir soient épais, parce que, si ça n'avait pas été le cas, chacun de ses clients aurait eu une place aux premières loges, alors que Devon criait ses demandes presque à pleins poumons. Enrique estima que c'était la plus glorieuse musique qu'il ait entendue depuis des années et il était impatient d'avoir une répétition de ce son aussi souvent que possible.

UNE SONNERIE de téléphone les réveilla le matin suivant. Devon y répondit et sauta du lit.

— Oui, ici Devon Starr.

Il s'assit sur le bord du lit et hocha la tête. Enrique essaya d'écouter ce qui se disait mais ne pouvait pas suivre avec seulement les hmm, grognements et « oui » occasionnels de Devon.

— Je peux faire ça. Me voulez-vous simplement moi ou… ? Je vois… D'accord. Je suis prêt. Vous savez que le facteur temps est essentiel. Demain. Et vous savez où nous sommes.

Il écouta pendant quelques minutes supplémentaires, puis dit au revoir et retomba sur le lit.

— Quoi… ? demanda Enrique.

— Ils viennent. CNN vient faire un reportage sur la peinture et moi. Ils veulent l'interview exclusive, et tu te souviens de ces notes que tu as envoyées… Ils les ont eues et ont tout assemblé. Ils ont une équipe qui arrive de Seattle. Ils seront ici demain et ils veulent m'interviewer.

— Et tous les autres ? continua Enrique avec un hochement de tête.

— Ils veulent m'interviewer, mais je pense que nous devons les pousser à le faire au Comptoir, si nous pouvons. Laissons la communauté montrer son soutien. Ils travaillent sur l'histoire de la mine. Nous devrons voir comment ça marche, mais un de ces fils que nous avons lancés semble avoir été tiré. Je dois appeler Papa.

Devon vibrait presque, tant il était excité.

— Il est trop tôt.

— Oui, je sais, mais j'ai besoin qu'il appelle ses potes à Juneau et s'assure qu'ils sont conscients que CNN va être sur leur dos.

Il bondit hors du lit, toujours nu, faisant les cent pas dans la chambre alors qu'il parlait à son père très certainement groggy.

— Il va faire passer le mot et renverra ce que nous avons trouvé. Nous avons de l'espoir.

Devon se rassit, les mains tremblantes. Enrique glissa près de lui, le tenant contre son corps.

— Qu'est-ce qui se passe ?

— Je sais que je dois le faire, mais je ne veux pas. Je déteste les interviews et être sur la sellette, répondit-il avec un étrange son gargouillant, serrant durement sa main. La dernière fois que j'ai essayé de donner une interview, j'étais complètement bourré. C'était la seule manière dont je pouvais le faire. D'une certaine façon, je dois avoir plutôt réussi, parce qu'ils m'ont aimé, mais je m'en souviens à peine. J'ai vraiment envie d'un verre rien que d'y penser.

— Tu sais que je serai là et tu n'as pas besoin de faire ça tout seul. Sois simplement honnête. Tu ne dois rien vendre à qui que ce soit. Dis juste ce que tu as sur le cœur.

Devon se retourna, ayant l'air un peu vert.

— Mon cœur est sur le point de sortir par ma bouche dans quelques minutes, soupira-t-il avant de prendre de lentes et profondes inspirations.

— Ça va aller. C'est quelqu'un qui vient pour t'interviewer. Pas pour t'accoster ou même te cuisiner. Ils auront fait leurs recherches et vont vouloir mettre un visage et une image sur cette querelle. Nous devrons probablement même les emmener sur le col pour qu'ils puissent voir l'opération minière par eux-mêmes.

Enrique l'étreignit et souhaita plus que tout pouvoir faire disparaître sa nervosité.

— Je sais tout ça. Mais je n'aime quand même pas cette partie du programme. Les rencontres dans une galerie sont assez difficiles. Je devais au moins parler à un petit groupe de personnes. Mais si je dis quelque chose de travers ? Que se passera-t-il si je foire à tel point que… ? s'interrompit-il en recommençant à trembler. Ce n'est pas simplement parler à des gens.

— Si, ça l'est. C'est la même chose que parler de ton art à quelqu'un dans une galerie. Du moins, tu peux le faire de cette façon. Ils ne vont pas amener un groupe énorme avec eux, j'en suis sûr. Ce ne seront que quelques personnes. Détends-toi simplement et respire. Je sais que tu peux le faire.

Enrique descendit du lit et s'agenouilla devant Devon.

Celui-ci prit une profonde inspiration, et Enrique se leva et quitta la chambre pour aller chercher un grand verre d'eau. Il revint et le tendit à Devon, qui en but la moitié comme s'il buvait une triple vodka.

— Seigneur. L'idée de faire ça est une chose, mais maintenant que ça se concrétise, j'ai l'impression que tout ce que nous voulons, tout ce que la ville veut… repose sur mes épaules.

Il se lécha les lèvres et continua ses grandes inspirations.

— Ça ira.

— Tu en es vraiment sûr ? interrogea Enrique. Tu n'es pas obligé de le faire. Nous pouvons les rappeler et…

— Non. Je dois le faire – je me suis engagé à le faire et je le ferai. Ils veulent me parler de mon art, et je ferai de mon mieux pour penser que j'ai une simple conversation avec eux. Peut-être que nous pouvons faire ça dans le salon du Comptoir ?

Le fait qu'il réfléchissait déjà à la logistique était un bon signe, en ce qui concernait Enrique. Cela signifiait que Devon commençait à penser à des façons de contrôler la situation. Oui, on leur apprenait qu'ils ne pouvaient pas tout contrôler dans leur vie. C'était une partie du programme des AA. Mais contrôler ce qui était possible était un moyen d'aider à lâcher prise.

— Je dois descendre et préparer le petit déjeuner pour mes clients. Est-ce que ça va aller?

Enrique ne voulait pas partir, mais il avait un couple qu'il s'attendait à voir en bas à sept heures, et il ne voulait pas les faire attendre.

— Ça va. Vas-y. Je ne vais rien faire de stupide, affirma Devon en se levant et en commençant à enfiler des vêtements. Je pense que je vais aller chez Papa. Tu as du travail, et moi aussi. Ça ne sert à rien de s'inquiéter de ce qui ne s'est pas encore passé.

Il lâcha encore une lente expiration. Au moins, il semblait moins paniqué. Enrique s'habilla et alla dans la salle de bain pour se nettoyer, puis passa la porte vers le Comptoir. Fort heureusement, ses clients n'étaient pas encore descendus, et il se dépêcha de faire du café et de sortir du jus de fruits et des céréales ainsi que des fruits et des muffins. Comme il était nerveux pour Devon, il mit la table et, quand ses clients arrivèrent, il les fit asseoir, et une fois qu'ils furent installés, il se mit au travail.

ENRIQUE NE vit pas Devon pendant le reste de la matinée. Il était occupé à tout préparer et continuait à être anxieux pour Devon, mais il avait du travail à faire, et cela signifiait nettoyer le salon et le Comptoir de fond en comble.

— Nettoyage de printemps? Je pensais qu'on était en été, constata M. Pett alors qu'il entrait tranquillement pour s'arrêter derrière Enrique.

Celui-ci mit de côté son kit de nettoyage et se tourna vers lui.

— En quoi puis-je vous aider?

— Juste faire suite à notre dernière conversation.

Il était tout en sourires mielleux, mais l'implication était là. Il était probablement curieux de savoir si sa petite livraison avait eu l'effet désiré.

Enrique choisit d'ignorer sa pêche aux informations.

— Les résultats de nos tests sont présentés au conseil du DNR, et une fois qu'ils auront approuvé la licence…

Enrique voulut le frapper pour ôter ce sourire suffisant de ses lèvres.

— Vous savez… commença-t-il en secouant la tête. C'est un endroit où nous essayons tous de vivre en harmonie. Tout le monde ne s'entend pas tout le temps, mais nous nous préoccupons des autres et nous n'essayons pas d'entuber nos voisins. Il n'y a pas moyen que je puisse, en toute conscience, simplement m'éloigner de ce en quoi je crois, et je ne pense pas non plus que les autres ici le feront. Mais si vous voulez parler aux gens et essayer

174

de les convaincre de votre position, ce sont vos affaires. Tout le monde a le droit d'avoir son opinion.

— Enrique ?

Il connaissait cette voix et ne put s'empêcher de sourire.

— Est-ce que ça va si nous nous retrouvons à midi demain… ? s'interrompit Devon, une fois qu'il eut tourné au coin. Bonjour…

Il arbora son sourire de dissimulation, mais M. Pett ne le savait pas. Seul Enrique savait que la tension dans ses lèvres et la légère rigidité dans son dos signifiaient que Devon était sur ses gardes. Il avança pour se tenir près d'Enrique.

— Pouvons-nous vous aider ?

— Je pense, déclara-t-il, que vous deux ne pouvez pas être aidés et n'avez aucune idée de ce qui est bon pour vous.

Il fit demi-tour et quitta le salon, la porte d'entrée du Comptoir claquant derrière lui.

— Que voulait-il ?

— Simplement voir si ses petits jeux allaient fonctionner. Tu te sens mieux ?

Enrique ne voulait pas parler de M. Pett. Il avait d'autres choses à l'esprit à cet instant. Le teint de Devon était meilleur, et il semblait moins stressé.

— Je ne me sentais pas mieux jusqu'à ce que je le voie. Maintenant, j'ai un visage contre lequel je peux diriger ma colère. J'ai aussi parlé à mon père.

— Qu'a-t-il dit ? demanda Enrique.

— Tu connais Papa – il est pragmatique. Il m'a dit que, parfois, nous devons tous faire des merdes dont nous avons peur ou que nous ne voulons pas faire. Que je devrais délaisser mes culottes courtes, prendre sur moi et faire ce qui doit être fait. Il a aussi dit que lui et toi devriez être là à mes côtés, indiqua-t-il, semblant en fait se détendre un peu. Est-ce que midi demain, ça va pour l'interview ici ?

— C'est parfait.

Il passa un bras autour de Devon et l'attira dans un baiser, s'écartant juste au moment où les premiers clients entrèrent.

XII

DEVON N'AVAIT pas pu dormir beaucoup cette nuit-là et avait atterri dans sa chambre chez son père, assis pour travailler sur une nouvelle toile. Plus d'une fois, il avait souhaité être resté avec Enrique, mais il avait eu besoin de travailler, et Devon ne voulait pas le déranger. À la fin, cela avait probablement été une bonne décision. Tout ce dont il disposait était une lumière incandescente, mais son esprit fournissait l'image. Ses coups de pinceau étaient rapides et furieux, tandis qu'il laissait sa nervosité et sa fébrilité s'écouler de lui à travers ses mains.

Au début, il n'avait pas été sûr de ce qu'était l'image qu'il créait, mais ensuite c'était devenu clair : c'était la montagne, la mère de toutes les montagnes alaskiennes au-dessus du lac. La perspective était différente, la montagne plus proche et plus imposante qu'elle ne l'était vraiment. Après avoir travaillé frénétiquement pendant la majorité de la nuit, Devon rampa dans son lit, épuisé, et s'endormit.

— Devon, appela son père en entrant dans sa chambre. Tu dois te lever. Il y a des gens qui sont ici pour te voir…

Il s'arrêta, alors que Devon levait la tête de son oreiller, obligeant ses yeux à s'ouvrir.

— Papa ?

Il se tourna pour le regarder et découvrit son père en train d'examiner la peinture. Devon pouvait à peine se souvenir de la nuit précédente, à part son besoin obsessif de peindre.

— C'est stupéfiant, dit son père.

Devon se tourna pour regarder ce qu'il avait fait.

— Voulais-tu cacher ce visage dans la montagne ?

— Quoi ? demanda-t-il en se frottant les yeux. Qu'est-ce que tu… ?

Il se rapprocha, et comme on pouvait s'y attendre, dans l'ombre de pierre et de neige de son Denali se trouvait un visage avec une larme coulant sur sa joue.

Il essaya de se rappeler ce qu'il avait pensé à ce moment-là, mais c'était un peu flou. Sa tête tambourinait, alors que ce qu'il allait faire ce jour-là le submergeait.

— Papa, je… je travaillais dans une lumière différente, alors tout est possible. Je l'ai peint assez vite. Désolé. Tu disais que quelqu'un est ici.

— Oui. Il est onze heures, et il y a des gens qui t'attendent au Comptoir. Alors lave-toi et habille-toi. Je vais appeler Enrique et lui dire que tu es en chemin.

Mal de tête ou pas, Devon se précipita dans la salle de bain, avala quelques comprimés d'Advil, et prit une des douches les plus rapides dans les annales. Son père avait préparé des vêtements pour lui, et il les enfila simplement.

— Prends ça avec toi.

— Elle n'est pas complètement sèche.

Il avait travaillé à l'acrylique pour la rapidité.

— C'est assez sec pour l'instant. Prends-la.

Son père le poussa vers le pick-up et monta sur le siège passager pour le court trajet vers le Comptoir d'Échange, tenant la peinture comme si c'était une cargaison précieuse.

Le parking était plein, mais une place avait été laissée libre près de la porte. Devon s'y gara, et ils descendirent du véhicule avant d'entrer. L'endroit était un vacarme d'activité, avec les tables pleines et des hommes et des femmes en train de manger.

— Tu es là un peu plus tard que nous nous y attendions, expliqua Enrique avant de voir ce que Charles transportait. C'est pour ça ? Étais-tu debout la moitié de la nuit ?

— Plutôt la majorité de la nuit. J'étais nerveux, et voici ce qui en est sorti.

Il montra la toile à Enrique, qui l'emmena avec précaution dans le salon. Devon n'était pas sûr de l'endroit où il était attendu, alors il resta là où il était jusqu'à ce qu'Enrique revienne.

— Viens à l'arrière. Il y a des personnes qui veulent te rencontrer.

Il prit Devon par la main et le conduisit vers le salon, où une chaise avait été réservée pour lui.

— Voici Devon Starr.

— C'est merveilleux de vous rencontrer. Je suis Diana Trumble, déclara une femme.

Elle avait un maquillage parfait et une simple robe bleue qui lui donnait fière allure. Elle se tenait devant son caméraman et un autre assistant qu'elle présenta rapidement, chacun hochant la tête avant de rapporter leur attention sur leur travail. Devon baissa le regard juste pour s'assurer qu'il ne ressemblait pas à un balourd.

— J'ai un tirage d'une de vos premières œuvres dans mon appartement. Je suis une vraie fan.

Son sourire était sincère, et Devon s'assit, Diane prenant le siège en face de lui. Son équipe bougea autour de lui, mais Devon fit peu attention à eux.

— Merci.

Devon regarda la salle autour de lui, puis derrière lui où *Hatcher Pass* prenait presque tout le mur. Sur le côté, la toile qu'il venait juste de peindre était accrochée là où les dessins des enfants du cours d'art d'Enrique avaient habituellement une place de choix. Sa nervosité commençait à sérieusement monter.

— Ce que nous allons faire, c'est parler de la peinture et de ce qui l'a inspirée

Elle posa devant lui une copie de la lettre et des photos qu'ils avaient envoyées quelques jours plus tôt.

— Est-ce que ça a quelque chose à voir avec tout ça?

— Oui et non, répondit Devon. J'ai peint ce qui était dans mon cœur. Je suppose que vous êtes bien renseignée, alors je ne vais pas vous ennuyer avec des choses que vous savez déjà. Mais c'est ici que j'ai grandi. Je suis revenu pour m'occuper de mon père, qui a eu des ennuis de santé, et j'ai retrouvé mon foyer. C'est ce qui a inspiré cette peinture. Vous voyez, la vraie signification dans cette image est qu'on ne sait pas ce que l'on a avant de l'avoir perdu. Et alors, il est trop tard pour le récupérer.

Elle sourit avec éclat et se pencha en avant.

— Vous allez faire un travail incroyable. Quand nous parlons, regardez-moi simplement et répondez-moi. Ne vous inquiétez pas des caméras ou des autres. Imaginez seulement que vous et moi discutons. C'est aussi simple que ça.

— Mais qu'en est-il des autres et de ce qu'ils ressentent?

— Nous parlerons aux autres, gloussa-t-elle, et nous les utiliserons quand nous en aurons besoin.

— Quand est-ce que ce sera diffusé? questionna-t-il avec un signe de tête. Il y a une pétition qui passe devant différents comités pour l'approbation d'une licence d'exploitation de la mine.

— Aussi rapidement que nous pouvons assembler toute l'histoire.

C'était une réponse très agréable et évasive, ce qui dit à Devon que tout ceci pourrait être fait pour rien s'ils arrivaient trop tard. Il croisa le regard d'Enrique et se demanda ce qu'ils allaient faire. Il avait eu tant d'espoir, et maintenant, cela pourrait prendre des jours voire une semaine avant que ce soit diffusé. D'ici là, la licence serait accordée et la situation serait encore plus difficile à stopper. Malgré tout, il ne pouvait pas contrôler les autres, seulement lui-même.

— L'un d'entre vous aimerait quelque chose à boire ? demanda Angie.

Seigneur, Devon rêvait d'une bouteille de vodka, mais il demanda de l'eau à la place. Il devait garder la tête claire.

— Excusez-moi, pria-t-il.

Il quitta le salon, attrapant son téléphone pour appeler son parrain. Il avait besoin d'une voix familière et de quelqu'un à qui il pouvait raconter ce qui se passait, et peut-être qu'il pourrait l'aider à trouver un moyen de faire face à tout ça.

— Es-tu prêt ? demanda Enrique, environ une heure plus tard. Ils sont tous installés pour toi.

Devon prit une grande inspiration. L'appel à son parrain l'avait aidé, et sa tête était plus claire. Le conseil de son parrain avait été de se concentrer sur ce qu'il pouvait contrôler et de quels étaient ses objectifs. Et il avait raison. Si Devon gardait à l'esprit ses buts et ce qu'il voulait accomplir, cela primerait sur les autres problèmes.

— Oui. Faisons-le.

Il retourna dans le salon, qui avait été préparé comme un petit studio avec des caméras et des lumières. Il s'assit, et un micro fut accroché à sa chemise et testé.

— Merci de faire ça, dit Diane.

— J'allais vous dire la même chose.

Il sourit, et un homme fit un compte à rebours avec les doigts.

— Ici Diane Trumble, et je suis avec l'artiste de renommée mondiale Devon Starr, qui vient juste de finir une œuvre épique intitulée *Hatcher Pass*. Pouvez-vous, s'il vous plaît, me parler de cette œuvre et de ce qui l'a inspirée ?

Devon lui raconta brièvement ce qu'il avait dit plus tôt.

— Alors c'est une leçon sur la perte.

— Une perte potentielle, clarifia Devon. Vous voyez, aujourd'hui, le col ressemble à ce qu'il est sur le côté verdoyant de la toile. Mais si nous ne surveillons pas ce que nous avons, nous pourrions le perdre. Endommager l'environnement, ici en Alaska, engendre des zones qui ne guériront pas pendant des décennies ou même des siècles. Si, en tant que société, nous nous autorisons à sacrifier nos ressources naturelles pour un gain immédiat, nous volons leur futur à nos enfants. Juste de l'autre côté du lac, à peut-être un kilomètre, se trouve une parcelle de terre qui a brûlé il y a dix ans. Elle porte toujours les arbres et souches calcinés, on y observe tout juste le début d'une repousse. Mère Nature a son propre rythme ici.

— Je comprends que *Hatcher Pass* sera bientôt en vente à New York.

— Oui. Et toutes les recettes de cette vente iront financer la Bibliothèque et le Centre Communautaire de Willow. Les gens d'ici m'ont rendu un don que je pensais avoir perdu, et c'est un moyen pour que je puisse les remercier.

Il tendit la main pour prendre un verre d'eau. Diane semblait vraiment savoir comment passer avec aisance d'un sujet à un autre et reprit.

— Pouvez-vous m'en dire plus sur cette opération minière et pourquoi elle vous inquiète autant ?

— L'entreprise…

— Oui, Hatcher Pass Mining, compléta-t-elle en remuant légèrement. Nous avons découvert qu'ils étaient une filiale de Grant Mining and Minerals. La société mère a été citée à de nombreuses occasions pour ne pas suivre les règles de protection de l'environnement.

— Et ils ne les suivent pas non plus sur ce site. Nous avons des photos d'eux en train de creuser en dehors de leur territoire alloué. Ils ont libéré de l'eau prématurément dans la rivière Willow depuis leurs bassins de sédimentation sous le couvert de la nuit. Des preuves de ces violations ont été envoyées par des membres de cette communauté à des personnes siégeant dans différents comités de surveillance et d'approbation. Nous n'avons pas eu de nouvelles d'eux.

— Nous avons tenté de contacter ces mêmes personnes et n'avons reçu aucun commentaire jusqu'ici.

Bon sang, elle savait comment faire monter la pression.

— Nous avons aussi tenté de contacter Grant Mining and Minerals, et pour l'instant, nos appels sont restés sans réponse.

— Alors pourquoi n'interrogez-vous pas le directeur de la mine ? intervint Devon. Il est juste ici, près de la porte. C'est lui qui est directement responsable des opérations et des violations qui ont eu lieu ici.

Le timing de M. Pett, qui entra dans le Comptoir, était incroyable. Puis Devon se rappela l'avoir vu la veille, et tout se mit en place.

— Avez-vous un commentaire ? demanda Diane.

Elle s'approcha de M. Pett avec le micro, les caméras à sa suite. Malheureusement, tout ce qu'ils obtinrent fut un « pas de commentaire », et M. Pett s'enfuit par la porte comme un lapin effrayé. Mais ça passerait bien à l'écran. Ils prirent quelques secondes pour se réinstaller et finirent ensuite l'interview.

Devon fut soulagé quand ils décrochèrent le micro.

Enrique l'étreignit dès qu'il se leva.

— Tu étais génial. M. Pett n'aurait pas pu arriver à un meilleur moment si cela avait été planifié.

Il lui fit un clin d'œil, et Devon sut qu'il allait devoir obtenir toute l'histoire de sa part un peu plus tard.

— C'était une interview extraordinaire. Ce sera édité et assemblé aussi vite que nous le pourrons, et nous enverrons une copie aux membres du comité approprié. Ne vous inquiétez pas, le rassura Diane.

L'éclat dans ses yeux lui dit que certaines parties de l'interview pourraient bien arriver à Juneau plus tôt.

— Merci, répondit Devon en lui serrant la main. Vous et votre équipe voudriez peut-être un déjeuner ?

— Nous adorerions rester, mais nous devons retourner à Anchorage pour que je puisse assembler cette histoire et préparer à diffuser.

Elle fit un geste de la main à l'équipe, et ils commencèrent à tout démonter et emporter. En une demi-heure, ils étaient partis, et le Comptoir semblait calme.

— Fils, tu as fait du bon boulot et tu nous as tous rendus fiers.

Le père de Devon le serra dans ses bras, ainsi que la plupart des autres présents. Puis, un par un, ils s'éloignèrent, ne laissant qu'Enrique et lui dans le salon.

— Je suis content que ce soit fini, murmura Devon. Et je suis content de l'avoir fait. Mais je ne veux pas le refaire.

— Tu avais l'air si calme. À quoi pensais-tu ?

— À Mme Fitz, Rita, Papa, tous ceux qui ont été là depuis que je suis enfant. Je pensais à toi, beaucoup à toi… et je pensais à un foyer. Mon foyer, parce que c'est ce que c'est. Toi et moi et cet endroit. C'est ce que je veux et ce qui est véritablement important.

Il allait en dire plus, mais Enrique l'embrassa. Quand on parlait d'un goût de chez-soi.

ÉPILOGUE

DEVON SE réveilla et glissa ses orteils hors des couvertures, puis les ramena immédiatement dessous avec un frisson. Seigneur, il faisait froid. Faisait-il aussi froid quand il était enfant? L'application sur son téléphone indiquait moins trente, ce qui signifiait qu'il faisait foutrement froid. Mais sous les couvertures épaisses, Enrique générait de la chaleur comme une fournaise, et Devon se rapprocha un peu plus. C'était mieux.

— Devons-nous bientôt nous lever? demanda Enrique avec un bâillement.

Il faisait toujours noir dehors, et avec les courts jours d'hiver, sortir du lit devenait plus difficile.

— Oui. Nous sommes complets, tu te souviens? Il y a le festival, et les chiens de traîneaux passeront aujourd'hui. Tout le monde sera dehors, et le Comptoir va être sacrément animé.

Malgré tout, il ne voulait rien d'autre que se planquer là où il était.

Devon avait vendu son appartement à New York et emménagé avec Enrique. Leur intention était de construire leur propre maison sur une propriété qu'ils avaient achetée au bord du lac. Le chalet qui était là actuellement était en mauvais état, alors ils allaient le raser et construire à neuf. Mais d'ici là, ils avaient leur tanière derrière le Comptoir. Ils faisaient également d'autres changements dans leur vie. Angie était en train de reprendre la direction du Comptoir pour qu'Enrique et lui puissent prendre du recul et se concentrer sur d'autres parties de leur vie. Tous les deux étaient conscients de la tentation que l'alcool représentait pour eux, et cela le mettait simplement plus à distance.

— Quand attends-tu Roz?

— Dans l'après-midi. Elle a envoyé un message pour dire qu'elle était à Anchorage et prendrait la route aujourd'hui.

On s'attendait à ce que le temps soit clair, et les autoroutes avaient été déneigées. Il essaya d'imaginer comment Roz réagirait à la météo alaskienne, mais elle était une New-Yorkaise. Rien ne l'atteindrait si elle avait son mot à dire là-dessus.

— Bien. Elle peut organiser l'expédition des toiles que tu as pour elle, et le mois prochain, toi et moi irons à New York pour ton inauguration et ensuite, direction la Floride pour quelques semaines de plaisir au soleil.

Il passa le bras autour de Devon en soupirant. Enrique avait accepté de l'accompagner durant le voyage, ce qui avait presque fait sauter de joie Devon. Il avait hâte d'avoir des moments privilégiés seul avec son partenaire.

— Quoi? demanda-t-il quand Devon se détourna.

— Ne sois pas en colère.

— Qu'as-tu fait? s'inquiéta Enrique en plissant les yeux.

— J'ai envoyé à Roz des photos de tes sculptures, expliqua-t-il en se rapprochant d'Enrique. Elle veut les voir quand elle sera ici et discuter de la possibilité de te représenter. Réfléchis-y simplement.

Devon n'était pas sûr de la façon dont il réagirait. Enrique marqua une pause et sourit ensuite.

— J'y réfléchirai.

Devon fut ravi et l'embrassa doucement. C'était ce qu'il pouvait espérer de mieux.

— Je suis tellement prêt pour quelques semaines de chaleur, reprit-il, changeant de sujet.

Il sortit à contrecœur du lit et enfila sa robe de chambre et d'épais chaussons avant de se diriger vers la salle de bain.

— Moi aussi, avoua Enrique en le suivant à l'intérieur. Je pensais qu'après le petit déjeuner, toi et moi pourrions faire un petit tour en voiture.

— Bien sûr.

Il démarra le jet d'eau et entra dans la douche, Enrique suivant juste derrière lui, s'appuyant contre lui.

— J'aime ça.

— Moi aussi.

Il enroula ses bras autour de Devon, l'embrassant minutieusement, avant de tendre la main vers le savon. La douche n'était pas tout à fait assez grande, ce qui était une chose à laquelle ils allaient remédier dans la nouvelle maison. Malgré tout, c'était une manière sensuelle de commencer la journée, et Devon savoura le rituel de nettoyage matinal.

Une fois douchés et habillés, ils se dirigèrent vers le Comptoir, où Devon embrassa Enrique et alla dans son petit studio. Cela avait été autrefois une pièce de stockage, mais Enrique l'avait aménagée pour lui et avait ajouté une fenêtre pour qu'il puisse avoir une bonne lumière. Devon s'affaira pendant un moment, mais rien ne lui vint vraiment. Il avait trop de choses à l'esprit.

— Tu es prêt à y aller ? demanda Enrique quelques heures plus tard. Angie nous remplace.

Il tendit à Devon son épais manteau et ses moufles. Ses bottes étaient près de la porte d'entrée.

— Oui.

Il enfila son équipement pour le temps froid et ses bottes avant de suivre Enrique dans l'air glacial, la neige craquant sous ses bottes. Enrique démarra le véhicule à quatre roues motrices, recula lentement de l'abri de voitures et s'engagea sur la grande route.

— Où allons-nous ?

— Ils ont déneigé le col, dit-il.

Il prit le tournant sur la route pavée exceptionnellement dégagée. C'était rare que le col soit ouvert en hiver, mais quelques jours de temps clair avaient permis à la neige d'être enlevée, du moins en partie. Enrique et lui avaient tous les deux emmené des lunettes de soleil à cause de l'éclat sur le paysage blanc.

— On peut à peine dire où étaient les mineurs avec tout ça, constata Enrique en prenant un virage.

Les piles de terre étaient tout ce qui restait du site. Avec la neige, elles ressemblaient à de petites collines. L'opération minière s'était arrêtée quelques semaines après l'interview, une fois que les autorités avaient jeté un coup d'œil plus précis à ce qu'ils faisaient. Leur permis avait été refusé, et ils avaient quitté la région précipitamment. Il y avait eu une fête la nuit où ils avaient appris la nouvelle.

— Oui. Parfois les gentils gagnent, exposa Devon. Au printemps, une partie de la communauté a accepté de monter ici et de voir ce qu'ils pouvaient faire pour aider à réparer ce que les mineurs ont fait.

Au moins, aplanir le sol et, avec de la chance, encourager Mère Nature à reprendre possession de son domaine.

— Nous pouvons seulement monter encore quelques kilomètres, déplora Enrique.

Il continua, puis se mit sur le côté à l'endroit qui marquait pour l'instant la fin de la route, avant de faire prudemment demi-tour.

— Regarde ça.

Tout le col était couvert d'une couche de blanc, des pins verts et des branches nues transperçant la neige.

184

— Je me souviens être monté ici avec toi quand j'étais enfant. Nous campions parfois, construisant des cabanes en glace et d'autres trucs.

— Oui, confirma Enrique en touchant légèrement son menton. Mais ce n'est pas pour ça que je t'ai amené ici.

Il pointa du doigt vers le sud alors que l'ombre de la montagne s'éclipsait soudain et que le soleil brillait avec éclat au-dessus du pic.

— Notre lever de soleil personnel.

Devon s'appuya contre Enrique, observant la lumière briller sur le paysage. Quand il était revenu, sa vie était sombre, même au milieu de l'été. Et maintenant, elle était éclatante et chaude. Même au milieu d'un hiver alaskien, il y avait du soleil. Il regarda la lumière jouer sur la peau d'Enrique, se rapprocha et l'embrassa.

— Rentrons à la maison.

Extrait exclusif

Amour… numéro hors série

Geoff vit en ville, profitant pleinement la vie libre d'un jeune homme gay, lorsque la mort de son père le convainc de retourner dans la ferme familiale. Découvrant un jeune amish endormi dans sa grange, Geoff apprend qu'Eli passe une année loin de sa communauté avant de demander le 'Baptême' et vivre selon les traditions de son église. En dépit de leur attraction mutuelle, Geoff est déterminé à ne pas s'impliquer avec lui, mais Eli découvre que Geoff partage ses sentiments et il commence à le courtiser, capturant tout d'abord son attention, puis son cœur.

Leur relation naissante est menacée par des parents médisants et étroits d'esprit, ainsi que par la société en général. Un nouveau monde s'ouvre à Eli et il doit décider s'il doit retourner dans sa communauté, sa famille, le monde et futur qu'il connaît, ou rester avec Geoff et avoir foi en la puissance de l'amour

www.dreamspinner-fr.com

I

QUAND GEOFF Laughton reprit conscience, il était dans un lit qui n'était pas le sien, pressé contre un corps immense, chaud et suant, la fenêtre laissant entrer le soleil déjà levé.

— Eh bien, quelle sacrée nuit, marmonna-t-il dans sa barbe en faisant l'effort de bouger ses jambes.

Assis au bord du lit, la tête dans les mains, il tenta de se rappeler où il pouvait bien être. Ah oui ! Il était sorti en boîte la veille au soir avec Lonnie et Juan.

Il se tourna vers l'homme allongé sur le ventre sous les draps.

— Mon Dieu…

Il se souvenait maintenant – enfin, partiellement. Il y avait eu des shots de tequila, et ensuite il avait dansé avec un arbre.

— L'arbre, c'est probablement lui.

Comme d'habitude, tout lui revint alors d'un seul coup : il dansait, il se jetait au cou de son partenaire, lui grimpait dessus… Bon dieu, il lui avait même collé une main dans le slip.

Un nouvel élancement douloureux dans le crâne le fit se lever et tituber jusqu'à la salle de bains. Il ne se donna pas la peine d'allumer la lumière, vu qu'il ne trouverait sans doute pas l'interrupteur, et réussit à atteindre le lavabo. Il ouvrit le robinet, plongea les mains sous le jet d'eau fraîche et s'aspergea le visage avec un grognement de soulagement lorsque l'eau lui picota la peau.

— Au moins, je suis vivant.

Il ferma le robinet puis utilisa les toilettes, et c'est d'un pas un peu plus sûr qu'il retourna dans la chambre, où il trouva son compagnon de lit réveillé et en train de gémir.

— Quel jour on est ? ditil en se tenant la tête et en geignant doucement. Oh putain, je déteste la tequila.

Il leva les yeux vers Geoff, ceuxci étant aussi rouges que ceux de Geoff lorsqu'il les avait vus dans le miroir.

— Dieu merci, on est dimanche, répondit Geoff.

Puis il se mit à chercher ses vêtements. Il trouva son pantalon au pied du lit et l'enfila.

— Parle pour toi. Moi, je bosse aujourd'hui, dit le colosse en jetant un coup d'œil à l'heure. Merde, il faut que j'y sois dans une demi-heure.

Il se leva péniblement et traîna des pieds vers la salle de bains, fermant la porte derrière lui tout doucement.

Geoff inspecta la pièce et réussit à localiser le reste de ses vêtements. Une fois habillé, il n'avait décidément aucune envie de faire des mouvements brusques. Il se traîna jusqu'à la cuisine.

— Dieu existe !

Il y avait une cafetière, branchée, prête à l'emploi. Geoff la mit en route et elle se chargea du reste ; la pièce s'emplit bientôt de l'arôme paradisiaque du café frais.

Geoff entendit la douche se mettre en route, puis s'arrêter quelques minutes plus tard. Il fouilla dans les placards et en sortit deux tasses. Elles semblaient propres, à la différence du reste de l'appartement. Il attendit que le café finisse de se préparer puis en versa deux tasses et retourna vers la chambre.

La porte était entrouverte et… euh… Gary, oui, c'était bien ça, Gary… s'habillait. Geoff poussa la porte et lui tendit une tasse pleine sans rien dire.

— Oh ! Merci, j'en avais vraiment besoin, dit Gary, puis il en but une gorgée avant de poser sa tasse sur la table. Il faut que je sois parti dans deux minutes.

Geoff hocha la tête, but son café – merde, qu'est-ce qu'il était bon – et fit demi-tour pour laisser Gary s'habiller tranquillement. Quand celui-ci émergea de la chambre, Geoff avait fini sa tasse et se sentait de nouveau humain. Enfin, plus ou moins.

— Merci, Gary. À un de ces jours.

— Ouais, okay… Merci.

Gary finissait son café quand Geoff quitta l'appartement, descendit les escaliers, et franchit la porte de l'immeuble datant des années soixante-dix. Dehors, l'air frais contribua à lui éclaircir les idées. Il parcourut le parking à la recherche de sa voiture, avant de la découvrir de l'autre côté de la rue.

Il fouilla sa poche pour y prendre la clé, s'installa au volant et démarra pour faire le trajet jusque chez lui – enfin, ce qui lui servait de chez lui.

La vieille guimbarde ne lui fit pas défaut, et il se gara sur sa place de parking réservée avant de prendre le chemin pavé qui menait à son immeuble. Il était plus récent que celui de Gary : années quatre-vingt, chic, et non pas soixante-dix. Il y entra, puis gravit l'escalier jusqu'à son appartement.

Il n'y avait pas grand-chose à l'intérieur : un canapé, une télévision sur son meuble télé. Geoff jeta ses clés sur le comptoir et lança un regard plein de convoitise à la porte de la salle de bains. Il fallait absolument qu'il se lave de toute cette sueur, cet alcool, ce sexe. Geoff se rendit directement dans sa chambre, meublée aussi simplement que le reste de son appartement : un lit et une commode. Il se déshabilla puis entra dans la salle de bains.

— Oh merde !

Ses cernes étaient sombres, sa peau pâle et terreuse.

— Le miroir ne ment jamais, hein ?

Geoff entama l'opération nettoyage en se brossant les dents, puis se rasa avant d'ouvrir le robinet de la douche et de se glisser sous le jet d'eau. Le jet lui fit un bien fou – purifiant, rafraîchissant. Il se savonna bien fort et sentit enfin les restes de la nuit s'échapper par la bonde.

Le téléphone sonnait lorsqu'il sortit de la douche. Il se passa une serviette autour des hanches et courut y répondre.

— Geoff ? C'est Raine. Comment va ta gueule de bois ?

Raine faisait exprès de parler si fort, Geoff le savait.

— Salaud.

Un rire lui parvint de l'autre bout de la ligne.

— En fait elle n'est pas si terrible… ça pourrait être pire, en tout cas. Et la tienne, elle est comment ?

Encore un rire.

— Je n'ai jamais la gueule de bois, tu te souviens ?

C'était un de ces tours cruels du destin : Raine pouvait boire comme un trou, il ne semblait jamais en ressentir aucun effet le lendemain matin.

— On va prendre un café ?

— Okay, donne-moi un quart d'heure. Je te retrouve au coin.

Geoff se sécha et se rhabilla, enfilant un sweater parce que le fond de l'air printanier était frais. Il quitta l'appartement à pied pour se rendre au café du coin d'un pas guilleret.

Le café était plein à craquer, mais il avisa la tête de Raine, reconnaissant sa chevelure frisée d'un noir de jais, et se dirigea vers sa table.

— Je n'ai rien pris ; si je vais commander au comptoir, je perds la table, dit Raine.

— Pas de problème, je vais commander pour toi. Un grand crème ?

Raine acquiesça en souriant, et Geoff prit position dans la file d'attente. Cela prit un bon moment mais il finit enfin par retourner à leur table, avec deux cafés et deux pains au lait sucrés dans les mains. Il avait besoin de sucre. Absolument.

— Merci, Geoff.

Raine prit la tasse qui lui revenait tandis que Geoff s'asseyait.

— Tu as l'air cadavérique, dit Raine en sirotant son café.

— Merci, sympa. Prends pas de gants surtout.

Raine rit.

— C'est la vérité !

Raine était un type direct, qui n'y allait jamais par quatre chemins. Au moins avec lui on savait toujours à quoi s'en tenir, parce qu'il allait toujours droit au but.

— Tu brûles la chandelle par les deux bouts depuis un petit moment.

— Je sais, concéda Geoff.

C'était vrai. Depuis qu'il était arrivé en ville six mois auparavant, tout frais émoulu de son école, avec un diplôme de comptabilité et une libido à tout casser, il s'était quasiment donné pour mission de voir combien d'hommes il pouvait collectionner… Et ça devenait lassant.

Raine sirotait toujours son café.

— Faudrait que tu te calmes, que tu te détendes un peu. La baise ne fait pas le bonheur.

Et voilà – encore un des dictons de Raine. Il en avait pour toutes les circonstances.

— Non, mais en attendant on s'éclate bien, dirent-ils à l'unisson.

Ils éclatèrent de rire, et l'humeur sombre de Geoff s'évapora. Raine lui mettait du baume à l'âme. Même lorsqu'il était au trente-sixième dessous, il pouvait toujours compter sur l'humour irrévérencieux et le caractère affable de Raine pour l'en sortir.

— Non mais sérieusement, Geoff, tu abuses un peu du buffet "mecs à volonté".

— Je sais.

Ils finirent leurs cafés et pains au lait.

— On devrait aller voir un film, s'amuser un peu. Je crois que ça te ferait du bien, dit Raine.

Geoff fit semblant de consulter un agenda invisible.

— Ah mais c'est que j'ai une journée tellement chargée : ménage de l'appartement, lessive… je ne sais pas si je peux caser ça quelque part.

190

— Le sarcasme ne te va pas au teint.

Riant tous les deux, ils débarrassèrent leur table avant de quitter le café.

Raine et Geoff passèrent le reste de la journée ensemble, d'abord au cinéma, puis à faire un peu de shopping. Comme ils étaient fauchés tous les deux, ils firent plus de lèche-vitrine que d'achats, et finirent ensuite à l'appartement de Raine pour une soirée passée à regarder des films. Geoff fila tout droit au lit lorsqu'il rentra chez lui.

Geoff devait être au bureau à huit heures lundi matin, et il était presque en retard. À la différence des semaines précédentes, il avait bien dormi cette nuit et n'avait pas passé sa soirée à draguer des mecs. Il arriva pile à l'heure et rangea calmement ses affaires personnelles avant de démarrer son PC pour se mettre au travail. Il avait obtenu ce poste de comptable d'équipe pour une chaîne de magasins directement à la sortie de son école. Le travail lui plaisait, et ses collègues étaient plutôt gentils, mais ils étaient plus vieux, pour la plupart, et ce n'était pas évident de s'en faire des amis. La seule exception était Raine. Geoff l'avait rencontré le premier jour, et ils étaient vite devenus très copains. Malheureusement, c'était le seul véritable ami que Geoff s'était fait. Oh bien sûr, il avait des connaissances et des potes avec qui sortir, mais Raine était son seul véritable ami, et il menait une vie assez solitaire.

Il était plongé dans le registre des comptes fournisseurs, cherchant à corriger une contradiction, lorsqu'une toux discrète l'interrompit.

— Geoff, Kenny voudrait te voir. Il est dans son bureau.

Kenny était le chef du service comptabilité, et lorsqu'il demandait à voir quelqu'un, on ne le faisait pas attendre. Il n'était pas méchant mais exigeait de son équipe une ponctualité parfaite ; arriver en retard à une de ses convocations était un signe de manque de respect.

Une heure plus tard, Geoff revenait à son bureau, chargé de résoudre plusieurs mystères supplémentaires. C'était ça qu'il aimait vraiment, qu'il aimait le plus. Les nombres lui parlaient, et il avait le chic pour creuser et découvrir les erreurs qui se cachaient dans un bilan, aussi petites soient-elles. En un rien de temps, il avait acquis la réputation de mettre le doigt sur les petites boulettes avant qu'elles deviennent de gros problèmes.

La seule chose qu'il n'aimait pas tant que ça dans son travail était sa solitude. Il passait le plus clair de son temps la tête dans les chiffres, et une toute petite fraction de sa journée à travailler avec d'autres personnes. Il aurait préféré pouvoir faire les deux.

À midi, Raine vint le chercher à son bureau, et ils mangèrent ensemble rapidement avant de se rendre à la salle de gym de la boîte pour compenser les excès du weekend. Une fois changés, ils choisirent chacun un tapis de jogging et se mirent en marche. Ils étaient les seuls dans la salle, comme d'habitude.

— J'envisage de chercher un autre boulot, dit Raine.

— Pourquoi ?

Rien que d'y penser, Geoff eut un frisson. Que ferait-il s'il ne voyait plus Raine tous les jours ?

— Je stagnerai toujours, ici. Kenny ne m'aime pas, il ne me filera jamais une promotion.

Raine était entré dans la boîte un an avant que Geoff n'arrive, mais ce dernier semblait décrocher des dossiers plus intéressants ; ses efforts étaient plus reconnus. Ne sachant quoi répondre, Geoff se concentra sur son jogging, accélérant sur le tapis roulant. Raine remarqua sans doute l'air inquiet de Geoff, et lui dit :

— Ne t'inquiète pas, on sera toujours amis.

— Je sais, mais… ça va être mortellement ennuyeux ici, sans toi.

— Ce n'est sûrement pas l'opinion de Kenny, mais… c'est sans doute vrai.

La modestie ne faisait pas partie des qualités de Raine.

— Tu sors ce soir ? demanda Raine.

— Non. J'ai décidé de lever le pied, trouver d'autres trucs à faire.

Geoff buvait beaucoup trop ces temps-ci, son foie et son portefeuille apprécieraient tous les deux une accalmie.

— Mais demain soir, peut-être.

On ne peut pas non plus rester tout le temps à la maison.

Raine se mit à rire.

— Ah, j'ai eu peur !

Geoff rit aussi, et la conversation en resta là jusqu'à la fin de leur jogging.

Le modeste vestiaire était vide quand ils s'y retrouvèrent. Geoff enleva ses vêtements pleins de sueur pour aller prendre une douche rapide. Il avait à peine ouvert le robinet lorsqu'un coup fouetté aux fesses le fit sursauter.

— Holà ! s'exclamatil.

Sa peau piquait là où Raine l'avait frappé avec sa serviette. Geoff tordit la sienne pour riposter, mais Raine l'esquiva facilement. Ils riaient de nouveau tous les deux quand Geoff se glissa sous la douche en se massant la fesse douloureuse.

Raine l'attendit patiemment tandis qu'il se séchait et s'habillait, et ils retournèrent ensemble au bureau.

Geoff se remit tout de suite au travail, passant le registre au peigne fin pour localiser l'erreur qu'il savait cachée là. Il remarqua bien une certaine effervescence, des voix qui chuchotaient avec animation, mais il n'y fit pas attention. Les rumeurs se propageaient dans l'entreprise à la vitesse du son, mais il faisait bien attention à ne pas se trouver embarqué dans ces jeux.

Il venait de trouver l'erreur et il se préparait à saisir la correction dans le système lorsqu'on frappa doucement à la paroi de son bureau. C'était Angela, la directrice du service aux comptes fournisseurs.

— Geoff, je voudrais te présenter Garrett Foster, le nouveau manager aux comptes fournisseurs.

Geoff se leva pour saluer son nouveau boss, tendant la main, et le regarda droit dans les yeux. Bon sang… Il retira presque sa main mais se retint, faisant un effort pour garder une expression neutre.

— Enchanté de vous rencontrer, Garrett, le salua Geoff.

Le grand blond lui adressa un large sourire, puis il répondit :

— Je suis impatient de travailler avec vous, Geoff.

Il serra la main de Geoff, la gardant un peu plus longtemps qu'il n'aurait dû avant de lâcher prise. Geoff réprima un frisson. Avec un de ses grands sourires hypocrites, Angela mena Garrett plus loin pour rencontrer le reste de l'équipe.

Geoff s'affala dans sa chaise. Quelques minutes plus tard Raine se tenait à son bureau.

— Est-ce que c'est… ?

Geoff confirma lentement de la tête.

— Monsieur Vaniteux en personne, oui.

Rain se mit à rire et dut se couvrir la bouche de la main pour éviter d'être entendu.

— T'as Monsieur Vaniteux comme patron.

Geoff mit la tête entre ses mains.

— Mon dieu. Je savais bien que ça allait me rattraper un jour.

Raine se pencha plus près.

— Qui aurait pu prévoir que ce serait si tôt ? ditil en le regardant avec sympathie. Désolé, mon pote.

Puis il repartit.

Geoff essaya de se concentrer mais il n'y arrivait pas. Il avait passé la soirée avec le nouveau manager, Garrett Foster, environ un mois auparavant. Ça s'était plutôt bien passé, mais Garrett – qui portait à ce moment-là le nom de Phillip – s'était avéré un amant égoïste. Les murs de sa chambre étaient couverts de miroirs ! Raine et Geoff l'appelaient Monsieur Vaniteux parce que la chanson [3] lui allait comme un gant. Cet homme n'avait jamais rencontré un miroir qu'il n'aimait pas. Geoff n'avait pas eu la moindre envie de le revoir, et que Garrett soit devenu son boss était une complication dont il se serait bien passé.

À l'heure de quitter le bureau, Raine le rejoignit sans tarder, et Geoff rassembla rapidement ses affaires pour qu'ils puissent partir au plus vite.

— On dîne dehors ?

Geoff n'avait pas vraiment envie de sortir.

— Non, je vais rentrer.

On récolte ce que l'on sème.

— Alors on commande une pizza, et on se pose devant la télé.

Raine savait ce dont Geoff avait besoin même quand Geoff lui-même l'ignorait.

— Okay.

Ils quittèrent les bureaux de la boîte pour se rendre chez Geoff, d'où ils commandèrent une pizza. Ils venaient de la finir quand le téléphone sonna.

— Geoff, c'est Len.

Il semblait tendu, au bord des larmes. Geoff se raidit.

— C'est ton père, continua-t-il.

Son père se battait contre le cancer depuis un moment, mais la dernière fois que Geoff lui avait parlé, il avait dit qu'il se sentait bien, vraiment bien.

— Tu veux que je rentre à la maison ? demanda Geoff.

— Oui, dit Len, sa voix se brisant. Geoff, il est mort.

Les larmes coulaient clairement à l'autre bout du fil, et Geoff sentit ses propres larmes monter, sa gorge se serrer.

— Je serai là au plus vite.

Geoff raccrocha et se tourna vers Raine, lèvres tremblantes, tentant de se contrôler.

— C'est mon père. Il est mort cet après-midi.

---

3 En anglais, "Mr. Vain", qui est un titre chanté par le groupe Culture Beat.

Raine l'attira contre sa poitrine et le serra fort, lui prêtant son épaule pour pleurer.

Quand les larmes se furent taries, Raine passa à l'action.

— Il faut que tu y ailles. Tu prends la voiture ou l'avion ?

Geoff s'essuya les yeux à l'aide de sa manche.

— Je ferais mieux de conduire. Ça ira aussi vite.

— Il faut qu'on prépare tes bagages. Ne t'en fais pas pour le boulot ; demain matin, j'expliquerai à Kenny ce qui s'est passé, et tu l'appelleras quand tu auras le temps.

Quand Raine le quitta pour rentrer chez lui, les bagages étaient prêts, la voiture déjà chargée. Il ne lui restait plus qu'à rappeler Len et à se mettre en route dès le lendemain matin.

ANDREW GREY est l'auteur de plus d'une centaine d'ouvrages référencés « romance gay contemporaine ». Après vingt-sept ans dans le monde des affaires américain, il s'est finalement installé en Pennsylvanie avec son ordinateur portable et son époux, Dominic. Un ménage des plus intéressants. Andrew a grandi dans l'ouest du Michigan avec un narrateur en herbe en guise de père et une mère grande dévoreuse de bouquins. Depuis lors, il a parcouru le pays et voyagé un peu partout dans le monde. Il est titulaire du Prix du centenaire du RWA [4], détient un master de l'université de Wisconsin– Milwaukee et s'attelle à l'écriture à temps plein. Ses hobbies sont de l'ordre de la collection d'antiquités au jardinage, ou encore de laisser sa vaisselle sale partout ailleurs que dans l'évier (particulièrement lorsqu'il écrit). Il se considère heureux d'avoir une famille aussi tolérante, des amis fantastiques et le plus encourageant et aimant des partenaires. Andrew vit actuellement dans les magnifiques quartiers historiques de Carlisle, en Pennsylvanie.

Courriel : andrewgrey@comcast.net
Site Internet : www.andrewgreybooks.com

---

4 Romance Writers of America. Une association à but non lucratif dont la mission est de mettre en commun les intérêts des auteur(e)s de romance et de sensibiliser le public à ce genre littéraire.

Par Andrew Grey

Alchimie organique
Un cœur en échange
Destinés l'un à l'autre
Fermier malgré lui
Ferrer le poisson
Une juste cause
Peinture par numéro
Tout pour toi

AMOUR…
Amour… sans honte
Amour… et courage
Amour… sans limite
Amour… et liberté
Amour… sans peur
Amour… et guérison

LES ARÔMES DE L'AMOUR
La saveur de l'amour
Une portion d'amour

DREAMSPUN DESIRES
#4 – Le rancher solitaire
#28 – Le secret de Poppy

LES FLICS DE CARLISLE
Feu et eau
Feu et glace

HISTOIRES DE CŒUR
Cœur de loup
Cœur à prendre
À cœur ouvert
À cœur perdu

PAR LE FEU
Le baptême du feu
Tout feu, tout flamme

Publié par Dreamspinner Press
www.dreamspinner-fr.com

Robin sait bien qu'il ne peut pas donner son nouveau cœur à n'importe qui…

D'une greffe cardiaque à une rupture brutale, Robin a vécu bien des coups durs récemment, mais il sait désormais que la vie est courte et qu'il doit mordre dedans à pleines dents en profitant de chaque bouchée. Un poste au sein des Euro Pride Tours est pile le genre d'aventure qu'il re-cherche : il a la chance de voir le monde et de vivre un peu, mais l'amour ne l'intéresse pas. Il ne pense pas que son cœur puisse en prendre encore.

Johan a peut-être déçu sa famille en voulant voler de ses propres ailes, mais quand il ren-contre Robin, il n'a pas l'intention de le laisser tomber. Chaque homme est exactement ce dont l'autre a besoin pour se sentir entier à nouveau et, bien que Johan ne soit pas celui qu'imaginait Robin au départ, il est exactement ce que le médecin lui a prescrit pour faire battre son cœur. Comme leur voyage se poursuit en Allemagne, les deux hommes se rapprochent, mais l'arrivée de l'ancien partenaire de Robin pourrait bien prendre une mauvaise tournure.

www.dreamspinner-fr.com

DREAMSPUN
DESIRES

LE SECRET
DE POPPY

Andrew Grey

Une deuxième chance née de l'amour.

Une deuxième chance née de l'amour.

Pat Corrigan et Edgerton « Edge » Winters étaient prêts à fonder une famille – du moins, c'est ce que pensait Pat. À la dernière minute, Edge a pris peur et s'est enfui. Pat n'a pas pris la peine de lui dire que la conception avait déjà eu lieu et que la petite Emma était en route. Il ne voulait pas d'une relation basée sur une obligation. Il préférait encore élever sa fille seul.

Neuf ans plus tard, Emma et son Poppy se portent bien. Ce n'est pas de cas d'Edge. Il réalise ce qu'il a rejeté en partant et il est de retour pour changer sa vie et reconquérir sa famille. Il devra déployer des efforts considérables afin de prouver à Pat qu'il est un autre homme, et même s'il y parvient, le secret que Pat a gardé pendant des années pourrait bien briser à nouveau leurs rêves.

www.dreamspinner-fr.com

Tout
pour Toi
ANDREW GREY

Le seul chemin vers le bonheur c'est la liberté : la liberté de vivre – et d'aimer – comme le cœur le désir. Revendiquer cette liberté nécessitera tout le courage que possède un jeune homme… mais il n'aura pas à l'affronter seul.

Dans la petite ville conservatrice de Sierra Pines en Californie, le Révérend Gabriel est la loi. Son fils, Willy, suit ses directives… jusqu'à ce qu'il rencontre un homme à Sacramento, et puis le croise à nouveau dans sa ville natale – juste sous le nez de son père.

Reggie est le nouveau shérif nommé à Sierra Pines. Son dévouement pour son travail signi-fie qu'il ne fait pas étalage de sa sexualité, mais quand il voit Will de nouveau, il ne peut échapper au sentiment qu'ils sont destinés à être ensemble. Il gardera le secret de Will jusqu'à ce que celui-ci soit prêt à laisser le monde voir qui il est réellement. Mais si aller à l'encontre de l'Église et des habitants de la ville n'est pas suffisant, les risques du métier que Reggie aime tellement pour-raient signifier la fin de leur romance avant même qu'elle prenne son essor…

www.dreamspinner-fr.com

FERRER le POISSON

ANDREW GREY

Série Love's Charter, tome 1

Cela pourrait être la chance d'une vie.

Deux fois par an, William Westmoreland échappe au sentiment d'insatisfaction que lui pro-cure sa vie à Rhode Island en se rendant en Floride et louant le bateau de pêche de Mike Jansen pour une sortie dans le Golfe. L'eau bleue cristalline et les paysages tropicaux ne sont pas la seule vue qu'il aime, mais il n'est jamais passé à l'acte. Un amour de vacances n'est tout simplement pas à l'horizon.

Mike a commencé son service de location de bateau de pêche à Apalachicola comme un moyen de subvenir aux besoins de sa fille et de sa mère, faisant passer leur sécurité avant les be-soins de son cœur. Niant son attirance, qui devient de plus en plus en plus forte à chaque visite de William.

La récente excursion de William et Mike commence par un temps magnifique, mais la course erratique d'un ouragan change tout, piégeant William. Alors que la pluie et le vent font rage à l'extérieur, la passion à laquelle les deux hommes ont tenté de résister depuis des années s'abat sur eux. Dans le sillage de la tempête, il ne reste que deux hommes qui aspirent à prolonger ce qu'ils ont trouvé. Mais la vie réelle ramène William à ses obligations. Peuvent-ils trouver un moyen de réduire la distance entre eux et découvrir un endroit où leurs âmes pourraient se retrou-ver ? La traversée sera mouvementée, mais l'avenir brillant qui se profile pourrait valoir la peine d'affronter la houle.

www.dreamspinner-fr.com

FERMIER MALGRÉ LUI

ANDREW GREY

Brighton McKenzie vient d'hériter d'un des derniers domaines agricoles de la banlieue de Baltimore. Cette petite ferme du Maryland a été dans sa famille depuis le temps des premiers colons. La vendre à des développeurs immobiliers serait la solution de facilité, mais Brighton veut honorer les dernières volontés de son grand-père et la travailler à nouveau. Malheureusement, depuis quelques mois, un accident l'oblige à utiliser une canne au quotidien : il a donc besoin d'aide. Tanner Houghton avait l'habitude de travailler dans un ranch du Montana jusqu'à ce que son ex le fasse virer à cause de sa sexualité. Invité par son cousin, il débarque dans le Maryland, où il est ravi de se voir offrir une nouvelle opportunité de travail.

Immédiatement, Brighton se trouve attiré par la beauté sauvage de Tanner, qui est tout ce qu'il cherche chez un homme, mais il se retient, car Tanner est un employé… Et aussi parce qu'il ne comprend pas pourquoi un homme aussi viril serait intéressé par lui. Mais ce n'est pas le pire de leurs problèmes. Ils vont devoir faire face aux machinations d'une tante, au retour inattendu d'un ex et à la nécessité de trouver un moyen de rentabiliser la ferme, s'ils ne veulent pas perdre l'héritage familial pour toujours.

www.dreamspinner-fr.com

Pour les meilleures
histoires d'amour
entre hommes, visitez

DREAMSPINNER PRESS
www.dreamspinner-fr.com

www.ingramcontent.com/pod-product-compliance
Lightning Source LLC
Chambersburg PA
CBHW031230260626
47169CB00007B/2224